KB153988

레드빈 케이크

양선규
연작소설

레드빈 케이크

소설이 본업이라는 생각을 한시도 버린 적이 없었습니다만 그동안 소설 쓰기를 제대로 하지 못하고 살았습니다. 그러다가 이번에 '레드빈 케이크'라는 제목으로 소설을 한 편 썼습니다. 열다섯 개의 짧고 긴 이야기로 된 연작소설입니다. 절반은 그동안 틈틈이 써두었던 것을 손본 것들이고 나머지 절반은 이번에 새로 쓴 것들입니다. 여기저기 흩어져 있던 것들을 한데 모아 살도 더 붙이고 빈 곳들도 꼭꼭 채워 넣었습니다. 전체적으로 장편소설의 몸집을 갖춘 성장소설이 되도록 작품 배열에도 신경을 썼습니다. 자전(自傳)이라고도 할 수 있는 내용입니다만 꼭 제 이야기만 쓴 것은 아닙니다. 소설이 추구해야 하는 '사회와의 대화'도 소홀히 하지 않았습니다. 한 개인이 가지고 있는 '지나온 시간들'이 하나의 보편적인 의미로 응축되고 동시에 누구나 공감할 수 있는 주제로 확산될 수 있어야 소설일 것입니다. 소설가는 환유를 귀히 여기고 시각보다는 후각을 더 예민하게 가져야 한다고 저는 생각합니다. 그 방침에 따라서 남들처럼 쓰기보다는 저만이 쓸 수 있는 소설을 쓰려고 노력했습니다. 소설은 인물, 사건(사물), 배경이 주인공이 되는 것이지 작가 자신이 주인공이 되는 것이 아니라고 믿습니다. 자전소설이라고 해서 그 사정이 변하는 것은 아닙니다. 짧고 긴 열다섯 편의 이야기를 모아서 굳이 연작소설의 형식을 취한 것도 그런 취지에서였음을 말씀드립니다. 한 편 한 편이 모두 제목에 지지 않는 독립적인 소설이 되었으면 하는 것이 저의 바람입니다. 아무쪼록 저의 『레드빈 케이크』가 읽는 재미도 있고 생각할 화두도 제시하는 소설의 본령을 크게 벗어나지 않았으면 좋겠습니다.

저의 소설이 이렇게 예쁜 책으로 만들어져 독자분들을 만날 수 있게 되어 무척 기쁩니다. 저의 소설가로서의 새 출발에 큰 격려를 주신 강출판사 정홍수 대표님과 편집진 여러분들께 깊은 감사의 뜻을 전합니다. 부족한 글들이지만 읽는 분에게 따뜻한 한 잔의 커피처럼 실물(實物)의 위로가 되는 책이 되었으면 하는 바람 간절합니다. 고맙습니다.

2024년 봄날에
양선규

차
례

취하는 것

술이 왜 있을까? 어려서는 그게 의문이었다. 매일매일 보는 술꾼들의 술주정이 징글징글했다. 그러나 술꾼들을 싫어하거나 경원시하거나 배척하지는 않았다. 오히려 고마운 마음이 들 때가 많았다. 그들이 있어야 우리가 먹고살 수 있었다. 아버지가 달성토성(공원) 앞에서 선술집을 열고 있었기 때문이었다. 아버지는 공원의 '가고(상자) 부대'(들병이 영업을 하던 아낙들)를 주거래처로 하던 주류나 음료 도매로는 만족할 만한 수지를 맞추기가 어려워지자(길 맞은편에 새로운 경쟁업체가 생기면서 거래처가 반으로 줄었다), 직접 홀 가운데 바를 하나 설치해서 당시로는 선진적인 선술집을 열었다. 낱잔 소주를 파는 소매를 겸한 것이다. 길게 탁자를 놓고 손님들이 마주 보고 서서 소주잔을 기울이는 일종의 소주 칵테

일 바였다. 요즘 같으면 하이볼도 한 잔씩 타서 돌릴 수도 있 겠지만 아버지는 소주만 팔았다. 맥주잔만 한 큰 소주잔 한 잔에 오 원이었던가? 소주 공장에서 주정을 사다가 아버지가 직접 제조한 '싸고 순한 소주'는 할 일 없이 공원 주변을 맴도 는 백수의 주당들에게 큰 인기를 끌었다. 당시는 진로든 금복 주든 백구소주든 모두 30도로 도수 높은 소주 일색이었다. 심 지어 약간 작은 병으로 나오던 수성고량주는 45도였다. 아버 지는 20도 내외로 도수를 크게 낮추어서 주조(酒造)를 했다. 그때는 개인이 술을 만들어 팔 수 없던 시절이었다. 법적으로 보자면 엄연한 밀주 장사였다. 범법이었지만 누가 시비를 걸 지는 않았다. 고객들이 그 맛을 사랑해서 별 탈 없이 장사는 계속될 수 있었다. 아버지의 소주는 뒤끝이 깨끗하다는 평을 받았다. 술을 입에도 대지 못했던 아버지가 어떻게 그렇게 속 깊은 주당들의 입맛을 사로잡을 수 있었는지는 지금도 의문 이다.

아버지의 순한 소주 맛뿐만이 아니었다. 모여서 시간 가는 줄 모르고 객담을 나누는 재미도 꽤나 소소했는지, 하루도 빠 지지 않고 출근하는 단골손님들도 많았다. 주로, 한때는 잘나 갔으나 지금은 찬밥 신세인, 낙일거사(落日居士)들이 많이 모 였다. 그렇게 모이면 취중한담으로 세월을 낚는 도락에 서로 가 강태공을 자처하곤 하였다. 그때는 몰랐지만 지금 생각해 보니 가진 것 없는 서민들의 공론의 장이 매일 한 번씩 열렸던 셈이었다. 아버지의 공원 앞 선술집은 그들 위로받고 속을 털어놓고 싶은 사회적 소외 계급들에게는 작지만 실(實)한 소확행(소주가 확실한 행복)의 장소였다.

아버지의 단골손님 중, 젊어서 교편을 잡았다는 키가 작고 단단한 몸집을 가진 유씨라는 아저씨가 있었다. 그 양반과 동래고보 출신(이라고 스스로 말하는)의 토성공원 주변의 양아치 대장 변상태 아저씨가 아버지의 손님 중에는 단연 위엄이 있었다. 일단 학력이 엄연했다. 인천상업 축구부 출신이었던 아버지는 한강 이남에서는 동래고보 축구부가 단연 톱이었다는 것을 군소리 없이 인정했다. 주당이라면 누구나 취하면 취할수록 말이 많아지는 것이 인지상정인데 이 두 양반은 그렇지 않았다. 화장실 볼일 때문에 잠깐 자리를 비우는 아버지 대신 내가 소주 주전자를 들고 여기저기, 올망졸망, 달랑달랑, 빈 잔을 채우러 다니던 적도 있었는데, 그럴 때도 이분들은 말없이 그저 술잔만 앞으로 조금 내밀 뿐이었다. 간혹 내 뒤통수를 한번씩 쓰다듬는 일이 있기도 했었다. 변상태 아저씨는 가끔씩 말을 걸기도 했다. 내 팔을 자기 쪽으로 잡아당기며 "이치방(일등)?"이라고 농담도 건넸다. 아마 아버지가 집 아이들이 공부깨나 한다고 자랑했던 모양이었다. "공부 잘한다며?"라는 말이었다.

카리스마 측면에서는 유씨 아저씨가 변상태 아저씨보다 한 수 위였다. 그는 동료 주당들 사이에서 일종의 경각심이나 경외심을 불러일으키는 존재였다. 모두를 그 앞에서는 말을 조심하는 눈치였다. 행색도 그중에서 가장 멀쑥했다. 아무도 그에게는 농지거리를 함부로 던지지 않았다. 오직 오십여 명의 양아치(넝마부대)를 수하에 둔, 두어 살 연상인 변상태만이 그에게 먼저 말을 걸었다(이하 존칭 생략). 떠도는 말로는 엄청난 무공의 소유자라고 알려져 있었다. 그러나 그 누구도 그의 실력을 눈으로 확인한 사람은 없었다. 아버지의 소주방 고객들은 늘 그런 식이었다. 그저 무성한 소문만 즐길 뿐 실체를 소유한 이들은 아무도 없었다. 그런데 하루는 그 소문의 진상이 만천하에 드러나는 일이 벌어지고 말았다. 결국 일이 터지고 말았던 것이다.

변상태가 주워서 키운 양아들인 '백인종' 덕구가 양아버지 변상태를 공공연하게 갈구고 있다는 것은 토성 앞 사람들이라면 누구나 다 아는 사실이었다. 덕구는 얼굴이 너무 하얘서 백인종이라는 별명으로 불렸다. 그는 수십 명의 어린 식구를 거느린 양아치 부대의 실질적인 보스였다. 두어 해 전 변상태를 권좌에서 끌어내릴 때 더 이상 술꾼인 변상태에게 대식구의 살림살이를 맡겨둘 수가 없었다고 그는 떠벌리고 다녔다(변상태가 술주정꾼인 것은 사실이었다). 그러나 공원 주변의 사람들은 덕구가 양아버지 변상태를 제친 것은 아이들을 위해서라기보다는 새로 만난 인연과 함께 제 살림을 꾸려나가기 위한 것이라고 믿고 있었다. 여자가 그렇게 요구했다는 소문이었다. 들리는 소문으로는, 덕구가 젊은 과부와 살림을 나겠다고 했을 때 주제넘게도 변상태가, 그 과부의 행실을 문제 삼으며 강하게 말렸다는 거였다. 이삼 년 전, 멀리 어디서 수재민들이 집단으로 이주해 와서 공원 옆 공터에 임시 거처를 짓고(나라에서 지어줬다) 거주한 적이 있었다. 그 수재민들 중 한 집에 오자마자 초상이 난 적이 있었는데 아마 그 집 과수댁인 모양이었다. 소문이 계속 좋지 않게 나던 인물이었다. 변상태는 순순히 덕구의 모반을 받아들였다. 자신의 얼굴에 난 시퍼런 멍을 애서 감추려고도 하지 않았다. 그때부터 아버지의 소주방이 그의 종일 근무지가 되었다. 종일토록 시도 때도 없이 무표정하게 술만 마셨다.

그러던 어느 날이었다. 그날도 늦은 시간까지 변상태와 유씨가 술을 마시고 있었다. 공원 앞 가게의 특징은 해가 지면 고객들도 약속이나 한 듯이 일제히 철수한다는 것이었다. 아버지의 소주방에 고즈넉한 기운이 낮게 가라앉아 있던 때였다. 어둑어둑한 신작로에는 굵은 장대비가 한번 지나간 뒤, 가늘게 부슬비만 부슬부슬 내리고 있었다. 눈을 내리깔고 길바닥 쪽만 바라보며 술잔을 기울이던 유씨가 갑자기 냅다 술잔을 내던지더니 밖을 향해 소리를 질렀다.

"야, 백인종, 너 이 쌔끼 거기 서라우!"

비를 맞으며 가게 앞을 잰걸음으로 지나치려던 덕구가 멈칫, 발걸음을 멈췄다.

"야 이 쌍놈의 쌔끼야, 나 좀 보고 가라니끼니!"

유씨가 밖으로 뛰쳐나갔다. 덕구는 어릴 때부터 권투를 해서 몸이 민첩했고, 키도 훤칠했다. 생긴 것도 깔끔해서 모르는 사람이 보면 전혀 양아치 대장이라고는 생각할 수 없었다. 그러나, 입과 손은 마냥 거칠었다.

"이 ××놈의 영감탱이가 웬 지랄이고?"

달려드는 유씨를 향해서 덕구가 냅다 주먹을 내질렀다. 그 순간, 유씨의 몸이 쓰윽 덕구의 품 안으로 안기는가 싶더니 덕구의 몸이 크게 '사카다치(逆立ち, 거꾸로 섬. 아버지의 표현이다)'를 그리며 땅으로 내동댕이쳐졌다. 덕구의 그 긴 몸뚱어리가 크게 원을 그리며 사정없이 진흙 바닥에 내리꽂혔던 것이다. 늘 그랬던 것처럼, 저녁 무렵의 심심함을 달래기 위해 아버지의 가게에 나와 앉아 있던 내게는 진기하고 신기한 한 폭의 그림이었다. 나중에 그 비슷한 이미지를 영화 「인정사정 볼 것 없다」(이명세, 1999)의 라스트신에서 봤다. 인간이 벌이는 몸싸움이 그렇게 아름다울 수 있다는 것이 놀라웠다. 덕구는 그 한 번의 큰 기술로 완전히 제압된 듯했다. 꼼짝을 못했다. 무슨 말인지 들리지는 않았지만, 온몸에 진흙을 바르고 길바닥에 내동댕이쳐진 채로 유씨의 훈계를 묵묵히 듣고 있었다.

유씨는 그렇게 자신의 무도(武道) 교사 이력(본인은 그렇게 주장했지만 고등계 형사 출신이라는 말도 떠돌았다)을 소주방 친구 변상태를 위해서 사용했다. 그러나, 유씨의 분투에도 불구하고 변상태는 그해 겨울 공원 뒷길에서 술에 취해 얼어 죽고 말았다. 유씨도 술을 끊었는지 그 뒤로는 아버지의 가게에 나타나지 않았다. 변상태가 죽고, 과수댁과 살림을 내고 있던 덕구도 후배 용구에게 자리를 물려주고 그곳을 떴다. 우리 가게도, 어머니의 빈대떡으로 권토중래를 노렸지만(경쟁자의 신고로 즉심에 넘겨져 벌금만 물었다. 불법으로 내건 화덕이 문제였다), 성공하지 못하고 결국 그곳을 뜨지 않을 수 없었다.

　나는 나도 술을 잘 마실 거라고 생각했다. 동래고보 출신 양아치 대장 변상태나 왜정 시절 무도 교사였다는 유씨처럼 소주 한 잔을 앞에 두고 객담이나 나누며 쓸쓸하게 늙어갈 것으로 생각했다. 선술집 아이가 그 출신 성분에 어울릴 만큼의 주량은 가질 것이라 당연히 여겼다. 그런데 아니었다. 체질이 아니었다. 대학에 들어가자마자 그 사실을 알았다. 그러나 취하는 것이 어디 술뿐이랴, 아버지도 술을 입에도 대지 못했다. 그렇지만 당신이 만든 술로 많은 사람들을 기분 좋게 취하게 했다. 그러니 나도 술은 입에도 대지 못하지만, 술 한 잔 권할 수는 있을 것이다. 그럴듯한 이야기로, 흘러간 시절의 애잔한 이야기들로, 여러 사람들에게 '취하는 것' 한잔(한 편) 권하면 될 일이다.

빈대떡

　나이 들면 많아지는 것이 눈물, 콧물이다. 물론 또 있다. 고속도로 휴게실 남자 공중화장실에 적혀 있는 "남자가 흘리지 말 것은 눈물만이 아니지요!"라는 표어가 그냥 나온 것이 아니다. 알 만한 남자는 다 안다. 그렇지만 '흘리고 다니는' 물이란, 아는 분은 또 아시겠지만, 오줌 말고도 또 있다. 젊으나 늙으나 조심해야 할 일 중의 하나다. 노파심에서 드리는 말씀이지만, 남아 대장부는 무릇 식색(食色)에 초연해야만 나중에 큰일을 할 수 있다는 것을 잊어서는 안 된다. 이야기가 좀 엇나갔다. 어쨌든, 나이 드니 눈물이 많아진다. 얼마 전에는 아내와 함께 대구의 오래된 근대 건물인 계산성당 옆 골목의 홍합밥집에서 빈대떡을 먹다가 목이 콱 메었다. 비릿한 돼지 비계 냄새가 은근슬쩍 코끝을 자극하더니 한입 가득 문 녹두

전 특유의 심심 쌉쌀하고 들큰한 맛이 구강을 온통 도배하자마자 생각할 틈도 없이 누선이 요동쳤다. "그거는 맛없던데", 일전에 성당 친구들과 함께 와서 먹어봤다고 빈대떡 시키는 것을 수차 말린 아내의 조언을 무시하고 "빈대떡을 보고 그냥 지나치는 자는 진정한 어머니의 아들이 아니다"며 우격다짐으로 시켜낸 녹두지짐이었다. 그런데 기대 이상으로 옛 생각을 불러냈던 것이다. 사실, 내 빈대떡 애호는 맛의 유무에 영향받을 게 아니었다. 맛이야 어떻든 무슨 상관이랴, 어머니와 둘이서 오순도순, "우리 조근놈*이 다 컸다. 맷돌도 어쩜 이렇게 잘 돌리누?" 하며 어머니는 가만가만 불린 녹두를 붓고 나는 씩씩하게 맷돌을 돌리고, 그렇게 모자간에 정담을 나누던 그 시절만 연상할 수만 있으면 그것으로 그만이었다. 그것 말고는 나로서 더 바랄 일이 없었다. 사 먹는 빈대떡 맛은 어디서고 기대난망, 고만고만한 수준을 벗어나기 어려웠다. 어머니가 부쳐주던 그 녹두지짐 맛을 그대로 재현해내는 곳은 참 찾기가 어려웠다. 사실 피난민 1세대들이 세상을 거진 다 떠난 이 마당에 이남 땅에서 무턱대고 진(眞) 빈대떡 맛을 바랄 수도 없는 일이었다. 더군다나 내 빈대떡은 그냥 빈대떡이 아니었다. 어머니와 함께한 추억이 보존된 소중한 기억의 보물창고였다. 아니면 영원히 삭혀지지 않는 상처의 표상이

---

* 작은놈. 막내아들의 제주도 방언이다.

었다. 이미 지상의 맛이 관여할 대상이 아니었다. 당연히 그대로 재현될 성질의 것도 아니었다. 빈대떡을 사 먹을 때마다 그런 식의 자포자기 내지는 자아비판을 꾸준하게 행해오고 있는 상황이었다. 그런데 이번에는 좀 달랐다. 아연 식신강림(食神降臨), 제대로 복병을 만나고 만 것이다. 완연한 녹두지짐이었다. 냉면집도 아니고, 홍합밥집에서 이런 녹두지짐을 만날 수 있다니, 정말이지 기대 이상이었다. 어머니가 부쳐준 것 이래로 먹어본 녹두지짐 중에서는 최고의 맛이었다. 그 심심하고 그윽한 녹두전 맛은 이 이남 땅에서 먹어본 것 중에서는 단연 으뜸이었다. 본 메뉴도 아니고 사이드 메뉴인 주제에 사람을 이렇게 울리다니. 젓가락을 든 채로 순간 뜨악한 표정을 짓고 있는 이쪽을 보더니 아내가 얼른 한마디 했다. "맛있어요? 하기야 그때는 배도 좀 불렀었지……" 맛없다고 초를 친 것이 좀 미안했던 모양이었다. 같은 피난민의 자식으로 태어나 사십 년 고난의 행군을 함께한 평생동지로서 서방의 일거수일투족을 훤히 꿰고 있는 아내는 그렇게 은근슬쩍 발뺌을 했다. 나도 약한 모습을 보이기 싫어 짐짓 엄연한 표정을 지으며, 별일 없다는 투로, "제대로 부쳤네!" 한마디 하는 것으로 일단락 지었다. 더 이상 말문을 열고 있다가는 하릴없이 눈물 콧물 쏟는 누추한 꼴이 나올까 두려웠다. "그때는 왜 그리 맛이 없었을꼬?" 아내가 크게 또 한입 떠가며 그렇게 이쪽을 위무했다. 팥밥과 녹두전, 그 둘은 아내가 본디 싫어하는 메뉴다. 팥과 녹두 같은 그런 달큰한 곡물들을 아내는 극히 싫어한다. 평생을 함께 살면서 집에서는 팥밥 한 번 제대로 얻어먹어본 적이 없다. 웬만하면 남편 사정도 좀 봐줄 만한데 자기 싫은 건 밥상 위에 절대 올리지 않는다. 물론 예외가 있긴 하다. 하나 있는 아들과 사위 식성은 언제나 충분히 감안된다. 그래서 식단을 가운데 두고 마주 앉아 있자면 아내는 내게 밉상일 때가 더 많다. 그런 아내가 빈대떡을 그렇게 맛있게 먹어주니 표현은 안 했지만 내심 고마웠다. 자기도 삼팔따라지 평안도 출신 아버지의 딸이니 내 사정에 약간의 동병상련은 있을 만했다.

아침부터 빈대떡 생각이 고이는 연유를 모르겠다. 오랜만에 일에 쫓기지 않는 주말을 맞아서 좀 느긋한 심정인가? 팥밥, 빈대떡, 왕만둣국, 냉면. 그런 것들이 가장 맛있는 음식이라고 생각하며 나는 살아왔다. 중간에 다른 것들이 조금씩 끼어들기도 했지만 그닥 오래가지 못했다. 그중에서도 딱 하나만 고르라면 나는 단연 녹두지짐, 빈대떡을 꼽는다(어머니는 빈대떡이라 하지 않고 꼭 녹두지짐이라고 불렀다). 정월 한 달 내내 먹던 만둣국도 맛있었지만 그건 그다음이다. 빈대떡이 내게 페티시즘인 것은 그것으로 어머니와 내가 함께 재미진 장사를 했던 이력도 한몫 거들기 때문이다. 어머니도 당신의 빈대떡 부치는 솜씨에 자부심을 느꼈던지, 아니면 어린 나이에도 팔뚝 힘이 제법 있던 아들이 든든했던지, 아버지 가게 한 모퉁이에 화덕을 얹고 본격적으로 소주 안주로 빈대떡을 부쳐 팔았다. 박리다매(薄利多賣) 문전성시(門前成市), 지글지글 돼지기름 타는 고소한 냄새로 온 동네를 발칵 뒤집어 놓으며 어머니의 빈대떡은 날개 돋친 듯 팔려나갔다. 아버지의 소주방에서는 기다렸다는 듯이 특급 안주로 대환영을 받았다. 시쳇말로 대박이었다. 어디서 그렇게 손님들이 꼬이는지 도통 알 수 없었다. 어머니의 전대에 일 원짜리, 십 원짜리 지폐가 가득가득 찼다. 그러나 호사다마, 그렇게 좋은 일만 찾아올 리가 없었다. 우리 집만 마냥 좋을 수는 없었던 것이다. 일단 동네 상황이 누가 혼자서 잘나가는 것을 진심 옹호하고 응원하는 그런 새마을적 분위기가 아니었다. 골목 좌우로 왜식 적산가옥들이 검은 옷을 입은 미망인처럼 고개 숙여 도열한 그 음산한 거리에서, 장터도 아니면서, 요란한 소리와 냄새로 제대로 범벅을 짓는 빈대떡을 지져 팔 생각을 하다니, 완전히 허를 찔린 풍경은 순간 완연하게 안절부절못하는 모습이었다. 본래 아버지의 소주방에는 동네 손님들이 잘 찾아들지 않았지만(한두 명의 단골은 있었다) 동네 이웃들은 그 누구도 빈대떡을 사서 먹지 않았다. 서서히 무언가 불안한 기운이 거리를 덮어 나가고 있다는 것이 느껴졌다. 그것이 어린 내게도 전달될 지경이었으니 어머니에게는 꽤나 큰 압박이 되었을 것임이 틀림없다. 결국 어머니의 유쾌한 모반은 사흘을 넘기지 못했다. 삼일천하, 어머니는 그 거리 누군가의 고발로 건축법 위반인지 도로교통법 위반인지의 혐의로 즉심에 회부되고 말았다. 그 얼마 전에 생겨서, 거래선의 절반을 뚝 잘라 갔던 맞은편의 경쟁업체가 앞장을 섰다는 혐의가 짙었지만 속수무책이었다. 빠루를 가지고 와서 어머니의 화덕을 무지막지하게 뭉개버리는 구청 직원들의 무도함에도 일말의 저항을 할 엄두가 나지 않았다. "조근놈은 나중에 꼭 공부 잘해서 판사가 되거라잉—" 어머니는 법대 위에 높이 앉은 젊은 판사에게 후하게 벌금을 맞고 나오면서 내게 그렇게 말했다. 그렇게, 길에 나앉아 있던 어머니의 화덕은 철거되고 어머니의 빈대떡은 더 이상 세상의 허전한 입맛들을 채워줄 수 없게 되고 말았다.

어머니의 녹두지짐이 뭇 술꾼들의 입맛을 사로잡았던 결정적인 동기, 그 성공의 필수 모티프는 탁월했던 어머니의 김치 담그는 솜씨와 하루 종일 녹두를 일정하게 갈아내던 내 팔뚝 힘이었다. 결국 빈대떡은 두꺼운 무쇠솥 뚜껑을 사정없이 달구는 센 화력과 두텁고 고소한 돼지기름, 그리고 슴슴하니 담백한 녹두 반죽과 얼큰하고 시원한 김치 맛이 결정하는 거였다. 그중 하나라도 잘못되면 최상의 맛을 내기가 어렵다. 주로 변수가 되는 것은 김치 맛과 녹두 맛이었다. 하나 더 첨가한다면, 빈대떡을 부쳐내는 이의 정성과 자부심 같은 심리적 요인을 들 수도 있을 것이다. 맛있게 만들어서 한번 두루 본 때를 보이겠다는 불굴의 투지가 없으면 음식은 기가 살지 않는다. 특히 녹두지짐이나 냉면, 칼국수, 팥국수, 두부전, 도토리묵처럼 양념 맛을 능가하도록 주재료 맛을 살려야 하는 음식들은 더 그렇다. "나야 나—"라는 만드는 이의 자긍심 없이는 절대 제대로 된 음식 맛을 만들어낼 수 없다. 하여튼 그 모든 것이 어우러져서 어머니의 녹두지짐은 최고의 빈대떡이 될 수 있었다.

참, 앞에서 그 맛있던 빈대떡이 내게는 기억의 보물창고만 되는 게 아니라 삭혀지지 않는 상처의 표상이 되기도 하는 것이라는 말씀을 드렸다. 왜 그런지 설명을 드려야겠다. 원래 찬란한 것들은 깊은 그림자를 만들어내기 마련이다. 막내인 내가 어머니를 도와서 빈대떡 장사를 할 때가 우리 집이 가장 좋았을 때였다. 그러나 그 이후로는 모든 것이 급격하게 내리막길을 걷게 된다. 몇 년 되지 않아서 어머니는 크게 사기를 당해 모은 돈들을 다 잃고 건강까지 해치게 된다. 그리고 마산으로 내려가(지금도 그렇지만 마산은 결핵요양소가 있는 곳이다) 제대로 치료도 받아보지 못하고 세상을 버리게 된다. 어린 내게는 악몽이 아닐 수 없었다. 그 모든 것들이 어머니와의 행복했던 빈대떡 장사와 이어지는 시간의 연속선상에서 일어난 일들이었다. 어쩔 수 없이 내 기억 속에서는 어머니의 빈대떡을 뒤집으면 모든 것을 빨아들이는 슬픔의 블랙홀이 나타나는 것이다. 막내로 태어나서 어머니의 치마폭에서 커온 나로서는 어머니와의 그 이른 이별이 참 힘든 일이었다. 내가 황순원 소설을 대상으로 박사논문을 쓰면서 주된 논지의 핵심어로 '위대한 어머니와 아들 연인'이라는 분석심리학의 용어를 차용할 수 있었던 것도 그런 내 사정이 있었기 때문이었다. 내 모성 콤플렉스를 황순원 소설에서 찾을 수 있었다는 말이다.* 돌이켜 보면 모성콤플렉스의 블랙홀에서 빠져나오는 것이 내 일생의 화두였다고 해도 과언이 아니었다. 정말이지, 아침부터 웬 빈대떡 타령인지 모르겠다. 나이가 몇 갠데…… 늙으면 눈물, 콧물만 느는 게 아니라 주책도 느는 모양이다.

* '위대한 어머니' 이론은 칼 융의 수제자 에리히 노이만(Erich Neumann)에 의해서 본격적으로 전개되었다. 융의 이론과 사상을 끝까지 잇고자 한 철저한 후계자로 평가되는 그의 이론적 업적 중에서 가장 중요한 것은 외향성과 내향성을 통합한 "중심화"라는 개념이다. 신화의 출현 과정을 개인과 집단의 의식의 발현 과정으로 이해한 그의 관점은 후대의 신화학, 발달 심리학, 여성학 등에 큰 영향을 끼쳤다. 『의식의 기원과 역사』, 『심층심리학과 새로운 윤리』, 『위대한 어머니 여신』, 『아모르와 프시케』, 『헨리 무어의 원형적 세계』 등의 저술이 있다.

대동강

TV에서 모처럼 좋은 걸 봤다. 인천의 박정희 여사의 일생이 밤늦게 TV로 재방영되었다. 정말이지 좋은 모범을 보여주는 어른이었다. 사람마다 받아 쓰는 게 다 다른 게 인생인데 여사는 받기도 많이 받은 분이지만 받은 것보다도 훨씬 더 많은 걸 세상에 돌려주고 간 분이다. 그것도 그랬지만 내겐 또 다른 감회를 안겼다. TV를 시청하는 중에 문득 문득 박여사의 삶에서 어머니의 잔상들을 발견할 수가 있었다. 마치 내겐 없는 '늙은 어머니'의 모습을 보는 듯했다. 연배도 비슷하고, 무엇이든 자근자근 때와 장소를 살펴서 기르고 만들고 거드는 자상함(용의주도함)이나, 약간 과장된 표정이나 말투, 대책 없는 소녀 투의 명랑과 선의, 거기다가 그림을 잘 그리는 것까지 똑같았다. 하나 더 있다. 신혼 시절을 평양에서 보내다가 해방 이후(어머니는 전쟁통에) 인천으로 내려온 것까지도 같았다. 옛날 어머니들은 왜 그렇게 턱없이 명랑하고 쾌활하실까? 그리고 그림은 또 왜 그렇게 잘 그리시나? 아흔의 연세에도 현역 화가로 활동하고 있는 박할머니의 삶과 작품을 보면서 난데없이 그런 생각마저 들었다. 조증이 의심될 정도로, 어머니도 틈만 나면 늘 유쾌했다. 우리 형제들의 초등학교 시절, 학급의 환경미화에 필요한 그림들은 거의 다 어머니 손으로 그려졌다. 박할머니와 어머니는 여러 면에서 너무 닮았다. 이제는 두 분 다 돌아가셨지만…… 참고로 박정희 여사의 『육아일기』 중의 일부를 옮겨 본다.

올해 내 나이 여든하고도 둘이다. 우리 아버지는 한국에서 최초로 시각장애인들을 위해 점자를 만드신 송암 박두성 선생이다. 나는 경성여자사범학교를 나와 인천에서 교사로 3년간 근무하다 1944년에 평양의전 출신 의사 유영호 씨(현재 85세)와 백년가약을 맺었다.

평양에서 시부모를 모시고 살았고 슬하에 4녀 1남을 두었다. 1947년 삼팔선을 넘어 친정이 있는 인천 율목동에서 6·25의 비극을 겪었다. 1·4후퇴 때는 남쪽으로 내려온 시댁 식구들을 포함해 모두 23명의 대식구가 함께 살았다. 남편이 1949년에 인천시 화평동에 의원을 개업한 이후 나는 1952년부터 1963년까지 우리 다섯 아이들을 살뜰한 마음으로 보살피며 있었던 재미있고 인상

깊었던 일들을 틈틈이 적었다. 내가 직접 그림도 그려서 만든 육아일기 일부를 살짝 공개한다.

첫째 딸 명애

결혼 이듬해인 1945년, 내 나이 스물세 살에 너를 낳았다. 네 아버지는 당시 평양 철도병원 내과에 근무했다. 여러 식구들과 함께 살던 그때는 생활형편이 참 어려운 시절이었다. 네가 태어난 집은 해바라기, 나팔꽃, 양귀비, 국화, 앵두, 복숭아, 개나리, 진달래가 집 안팎을 아름답게 장식한 '꽃집'이었다. 평양 교외에 있던 그 집에 꽃들이 만발할 때면 나는 무한한 환희를 느끼며 그 꽃들을 화폭에 담곤 했다.

네가 일곱 살 때 여름날 저녁달을 보고 있더니 "어머니, 달은 아마 얼음인가 보아요. 이것 보세요. 내 팔도 (달빛을 쪼여서) 이렇게 산득산득합니다" 하여 우리는 웃었다. "오동잎 우수수 지는 달밤에 집을 잃은 기러기가 울고 갑니다. 가도 가도 끝없는 넓은 하늘로 엄마 엄마 부르며 날아갑니다" 하고 눈물 어린 목소리로 실감나게 노래를 불러서 또 우리를 놀라게 했다. 어린 명애는 시인이었다.[*]

내가 난생 처음 인천이라는 곳을 가 본 것은 중학교 1학년

---

[*] 박정희, 『박정희 할머니의 육아일기』, 네이버 블로그 '사랑의 육아일기'에서 재인용.

때의 일이다. 아주 더웠거나 추웠던 기억이 없으니 아마 가을쯤 되었을 것이다. 하루는 어머니가 뜬금없이 나를 불렀다.

"인천에나 좀 다녀와야겠다, 우리 조근놈이랑."

웬 인천? 아마 그렇게 반문했을 것이다.

"친구들도 좀 보고……"

어머닌 그렇게 답했다.

하루 날을 잡았다. 학교를 거르고 어머니를 부축해서 기차역으로 갔다. 마산에서 인천까지 하루 종일 기차를 탔다. 그때만 해도 아직 경부고속도로가 개통되기 이전이었다. 전국적으로 교통 사정이 그리 좋지 않았던 시절이었다. 마산에서 서울 한 번 가려면 꼬박 하루를 덜컹거리는 기차간에서 보내야 했다. 그런데 어머니는 놀랍게도 그 먼 여행길을 별 탈 없이 치러냈다. 인천에서의 일정도 무사히 잘 끝냈다. 친구 가게든 친척집이든, 어디를 가면 얼른 인사만 시키고는 두어 시간 밖에서 놀다가 오라고 했다. 아마 그사이에 궂은 이야기를 하고 수금(收金)을 했던 모양이다. 헤어질 땐 친구든 친척이든 다 눈물로 배웅을 했다. 철없던 나는 그때 인천 구경을 잘했다. 번화가로 진출해 왕우가 주연한 홍콩영화 「대자객」도 보았고 양키시장 근처에서 먹성껏 군것질도 해보았고 숙소 근처의 자유공원 위로 올라가 맥아더 장군 동상도 여유롭게 구경했다. 2박 3일의 짧은 여정이었지만 인천 시내의 지리를 나름대로 충분히 섭렵했다. 주머니 속에 든 잔돈푼도 넉넉했다. 나쁜 기억은 아니었다. 그런데 그것뿐이다. 자세한 다른 기억이 없다. 인천에서 어떻게 마산으로 귀환했는지 전혀 기억에 없다. 생각해 보니, 내 기억력 속에서는 그쪽 기억이 가장 허술했다. 남아 있는 게 별로 없었다. 마산으로 돌아온 어머니는 바로 자리에 누워 고랑고랑 그해 겨울을 간신히 넘기고 꽃피는 이른 봄날 하루를 골라 지상의 모든 것들과 작별하고 말았다.

어머니가 자신의 마지막 여행지로 인천을 선택했던 것은 친구들과 친척들이 그곳에 많이 살고 있었기 때문이었다. 인천상업을 나온 아버지가 이남에서의 정착지로 인천을 선택하지 않았던 것이 지금도 의문이지만, 그때도 어머니는 아버지와는 별반 상의 없이 그 최후의 여행길에 나섰던 것으로 알고 있다. 어쩌면 아버지가 처가 쪽 사람들과 별로 친밀감을 가지지 못했던 때문일 수도 있겠다 싶다. 아버지는 훗날 인천상업고등학교에 편지를 부쳐 자신의 졸업증명서를 받아본 적은 있어도 본인 스스로 인천 나들이를 한 적은 단 한 번도 없었다. 재미있었던 것은 아버지의 졸업증명서가 아주 그 옛날의 서식(書式)으로, 옛날 종이에 옛날식 표기로 적혀서, 송달되어 왔다는 사실이다. 나도 놀랐지만, 아버지가 그것을 받아보고 굉장히 흡족해했던 것이 상기도 또렷하게 기억에 남아 있다.

내가 인천을 생애 두번째로 다시 찾은 것은 몇 달 전의 일이다. 집안일로 서울에 갔다가 딸네 식구들과 함께 그쪽으로 나들이를 나갔다. 중국인 거리에서 짜장면도 먹고 근대문화유산거리의 '팟알'(옛날 건물 모습으로 복구된 카페)에 가서 단팥죽도 먹고, 발길 닿는 대로 이리저리 돌아다녀보기도 했다. 이번에 알게 된 일이지만, 아마 '팟알' 자리쯤에 내 어릴 때의 인천 숙소가 있었던 것 같다. 어쩌면 '팟알'이 그 장소였는지도 모르겠다. 내부 형태로 봐서도 꽤나 비슷했다. 어머니의 이모뻘이 되는 분이 살던 그 집에는 나이 차가 많이 나는 삼촌뻘 형들이 있어서 좀 어렵게 그 형들과 함께 잠자리를 썼던 기억이 있다. 미닫이문을 열고 들어가면 바로 크고 긴 방이 나타나는 구조가 좀 독특한 왜식 가옥이었다. 일층이 본디 상업용이었던 것을 주거용으로 바꾸다 보니 그런 형태가 된 것이 아닌가 싶다. 건물 속이 깊었고 입구 쪽에 이층으로 올라가는 계단도 있었던 것 같다.

어머니가 그렇게, 목숨을 걸고, 인천까지 가서 수금한 돈이 자신의 장례비였다는 것을 안 것은 어머니가 돌아가시고 난 뒤였다. 어머니는 그 돈을 아버지에게 맡겨 자신의 장례비로 쓰도록 했다. 아버지도 두어 집 있는 친가 쪽 친지들에게 편지를 썼다. 조만간에 초상을 치를 것 같으니 얼마간 융통을 좀 해달라는 내용이었다. 그리고는 내게 주의를 주는 걸 잊지 않았다.

"편지가 오면 니네 오마니에게는 보여주지 말고 내게 바로 가져오라우, 알간?"

행여 회신 속 내용 중에 어머니에게 상처가 될 말이라도 있을까봐 그렇게 당부했던 것 같다. 그러나, 내가 받아서 아버지에게 직접 건넨 편지는 한 통도 없었다. 회신도 오기 전에 어머니는 조용히 우리 곁을 떠났다.

　어머니가 나를 낳은 건 제주도에서 피난살이를 할 때였다. 어머니는 늘 "그때(나를 낳을 때) 피를 너무 많이 흘렸다"는 말로 내게 원죄 의식을 심어줬다. 그렇게 내겐 출생의 트라우마가 생기게 되었다. 나를 낳은 이후로 어머니의 건강이 많이 악화되었다는 말이 그때는 참 듣기 싫었다. 그전까지만 해도 어머니는 해녀 생활을 해볼 요량으로 자맥질을 배우고 있던 중이었다. 나를 낳고 그 일도 포기했다고 한다. 나 때문인지 어머니의 체질과 체력 때문인지, 아무런 행위의 원인과 결과가 없는 상태에서, 나는 문맥상 죄 많은 아들로 자랐다. 또 하나, 외삼촌과 판박이로 닮았다는 것도 한편으론 달콤하면서도 다른 한편으론 소외감을 부추기는 이중적인 내 정체성이었다. 집안에 무슨 일이 있을 때마다 "조근놈은 외탁이야"라는 말을 수도 없이 들어야 했다. 어쨌든 나는 어머니의 몸이 결정적으로 쇠약해지는 동기를 제공했고 형제 중에 유일하게 외탁한 외톨이였다. 그래서 어머니에게 나는 불행의 씨앗이면서 동시에 하나뿐인 동생의 부활을 매번 소망케 하는 모종의 '내용 없는 형식'이었다. 마치 부도를 일삼는, 겉만 그럴듯

하지 속은 텅 비어 있는 문방구 어음과 같은 존재였다.

　어머니에게도 황금기가 있었다. 어머니의 황금기는 대동강과 함께한다. 아버지가 해주 시멘트 공장 지배인으로 있다가 평양의 산업성으로 발령을 받았을 때였다. 해주에서 신혼을 보내고 둘째를 평양에서 가졌다고 했다. 어머니가 그 시절 대동강을 이야기할 때는 눈빛이 초롱초롱 빛났다.

　"평양('피양'이라고 어머니는 발음했다)에서는 관사에서 살았디. 김일성대학하고는 담장을 같이 썼더랬는데……"

　그렇게 시작하는, 어머니가 들려준 이야기 중 기억에 남아 있는 그림은 다 끌어모아도 몇 점 되지 않는다. 휴일이면 맏형(이 형은 이북에 남겨두고 월남했다)을 데리고 을밀대와 모란봉으로 놀러 가곤 했다는 것. 옆 관사에 살던 누구에게 부탁해서 나발이나 불면서 빈둥거리며 놀고 있던 외삼촌을 평양 시내의 한 소학교 교사로 취직을 시켰다는 것. 동란 통에는 끔찍한 것도 많이 보았는데, 한번은 일요일 날 미국 공군의 B29가 대학 운동장을 냅다 때려서 운동장에서 탁구대회 중이던 사람들이 수도 없이 죽고, 피를 철철 흘리며 트럭에 실려 나갔다는 것. 한창 더울 때 외삼촌이 징집되어서 낙동강 전투에 투입되었다는 것(낙동강에서 전사한 외삼촌은 출정식 때 맨 앞에서 나발을 불며 나갔다고 했다. 그 슬픈 이야기도 어머니는 동화 구연하듯이 담담하게 들려주곤 했다) 등이 전부다. 아마 더 있었을 것인데 지금 기억에 남아 있는 것은 그 정도다.

아버지가 평양에 간 것은 군정이 끝나고 김일성 정부가 들어선 직후였다. 일본인들이 빠지고 난 뒤의 행정 공백을 메우기 위해서 해주 시멘트 공장의 임시 지배인으로 있던 아버지를 평양의 산업성으로 불러올렸다. 이런저런 사람들이 많이 모여 있어서, 성분 좋은 노무자 출신 당 간부들 사이에서 알게 모르게 눈칫밥을 먹고 지내던 해주 관사보다는 지내기가 훨씬 나았으리라 짐작이 된다. 나이도 젊었고, 나이에 비해 아버지가 받던 대접도 괜찮은 것이었기 때문에 어머니는 거기서 인생의 황금기를 보냈던 것 같다. 그 이후는 가시밭길이었기 때문에 그 시절이 더 빛났던 것 같기도 했다.

그러나 그 짧았던 대동강가의 황금기가 어머니에게 요구했던 대가는 가혹하기 그지없었다. 스물다섯 살의 어머니는 그 짧은 인생의 황금기를 뒤로하고 차마 삭힐 수 없었던 모진 이별의 슬픔들을 한꺼번에 다 겪어야 했다. 삶의 안락한 근거, 부모와 동생과 자식을 모두 잃어야 했다.

출신 성분이 나빴던 아버지는 매일같이 자아비판에 시달리다 폐병 요양을 구실로 장수산으로 도망치듯 들어가고, 사리원 친정에 내려가 있던 어머니는 어느 날 갑자기 월남을 결심한 아버지에게 인편으로 연락을 받았다. 인천으로 갈 것이니 언제까지 해주 어디로 오라는 것이었다.

"눈발도 어지간한데 큰아이는 두고 가려무나. 길어도 한두 달이면 돌아올 텐데……"

사정을 모르던 외할머니는 새벽을 기다려 집을 나서는 딸에게 그렇게 말했다.

"그렇지 않아요. 데리고 가야죠."

어머니는 큰아이의 손을 잡고 동구 밖까지 나왔다. 작은아이는 등에 업었다. 살을 에는 바람이 눈발을 모래알처럼 흩뿌렸다. 앞이 캄캄했다. 머리에 인 보따리는 무겁기만 한데 날은 어둡고 갈 길은 멀었다.

"나, 할머니한테 갈래!"

그때 큰아이가 어머니의 손을 뿌리치고 거리를 두고 멀찌감치 따라오던 외할머니 쪽으로 달려갔다. 달려 들어온 아이를 치마폭에 감싼 외할머니는 멀리서 어여 가라는 손짓을 했다. 그게 끝이었다. 왜 그렇게 허무하게 첫아들과 헤어졌는지 어머니는 더 이상 설명이 없었다.

아버지는 그 이야기를 듣는 것을 끔찍하게 싫어했다. 그래서 어머니는 늘 나한테만 소곤거리듯 말했다. 너라면 어떡하겠니? 설마하니 그런 생이별이 있을 줄 어떡케 알았겠니? 날은 춥고 눈보라는 치는데 안 가겠다고 고집을 부리는 아이를 어떻게 데려올 수 있겠어?

"그게 다 소갈머리 없는 니 아버지 탓이란다. 좀 마음을 굳게 먹고 진득하게 참고 지냈으면 될 일이었는데, 그렇게 싫은 소리 듣는 게 싫어설랑은……"

그렇게 아버지도 죄인이 되었다. 어머니의 아버지 타박은 알게 모르게 형과 나에게 일찍부터 부자유친을 포기하게 만들었다. 물론 어머니도 그것만이 진심은 아니었다. 그런 말 말고는 달리 할 말이 없어서였다. 자식을 버리고 온 어미가 무슨 할 말이 따로 있었겠는가. 어머니와 아버지는 그 출신 성분이 판연히 달랐다. 그런 사정은 나중에 알았다. 외할아버지는 왜정 때 수원고농을 나온 인텔리였고 해방 직전에 돌아가셨다. 학창 시절의 친구들이 여러 명 평양에 있었던 모양이었다. 외삼촌이 아무런 자격도 없으면서 하루아침에 교사로 발령이 날 수 있었던 것도 다 그런 배경 때문이었다. 어머니에게는 친정(성분이 좋은)과 시집(성분이 나쁜)의 양극단 처지를 극명하게 다 보여준 것이 바로 대동강 시절이었다.

조증에 가까운, 어머니의 명랑 쾌활은 나름 세계의 비참을 견디는 한 수단이었다. 지금 생각해보니 그렇다. 그런 어머니의 자기 원망, 자기혐오를 가리기 위한 과장된 명랑을 보는 것도 잠시뿐이었다. 어머니는 마흔넷이라는 이른 나이에, 이북에서의 부모와 첫아들과 하나뿐인 동생과의 이별에 뒤이어, 이남의 남은 것들과도 완전히 헤어졌다. 말년의 몇 년간은 병치레로 거의 격리되어 있었기에 막내아들인 나와는 십 년도 채 같이해보지 못한 세상살이였다. 생각하면 어머니는 나에게 너무 많은 짐을 남기고 가셨다. 너무 일찍, 어린 아들에게 당신의 짐을 부리셨다.

어머니가 남긴 짐 중의 하나가 예민한 후각이다. 얼마 전에 향수 문제로 아내와 심하게 다퉜다. '다투다'라는 표현을 쓰지만 사실은 일방적으로 내가 아내에게 화를 내며 성질을 부렸다는 편이 옳았다. 아내가 누구한테 선물 받았다는 건데(짐작건대 미국의 처형이 보낸 것 같았다. 평소에도 그 집 향수는 너무 독해서 견디기 힘들었다. 아마 누군가 겨드랑이 암내가 심했던 모양이었다) 냄새가 역해서 사용하지 말라고 누누이 당부한 것을 딸아이에게 줘서 그 사정을 모르는 딸아이가 재미로 집 안 구석구석 여기저기 뿌리고 다니다가 사달이 났다. 딸아이는 자기 탓으로 역정을 내는 아버지가 보기 싫어서 일찍 새벽차로 올라갔다. 아내는 내가 예민하다고 타박을 한다. 특히 이런저런 냄새를 두고 그렇게 성질을 내는 까닭을 모르겠다고 투덜댄다. 그러나 배려는 한다. 빨랫감에 들어가는 세제류도 자극적인 향내가 나는 것은 삼가고 장(醬)류를 다룰 때는 미리미리 그 사실을 알려 자리를 피하거나 문을 열어두도록 한다. 내가 그렇게 냄새에 민감한 것은 아무래도 어머니에게서 내림으로 물려받은 것 같다. 어머니는 그림도 잘 그렸지만 냄새로 무엇이든 분간을 잘해내었다. 음식이 타거나 상한 것, 우리 몸의 땀 냄새 같은 것들을 예민하게 집어내곤 했다. 어머니가 만든 음식은 우선 그 냄새부터가 좋았다. 그 생각을 하니 지금도 고소한 참기름 냄새가 코끝을 맴돈다. 그런 어머니가 나에게 자신의 모습을 감춘 것은 당신이 세상을 버리기 대여섯 달 전쯤부터였다. 아버지에게 말해서 방 안으로 일절 나를 들이지 못하게 했다. 몰골도 몰골이지만 냄새가 안 좋으니 들어오지 말라는 거였다. 그때 내가 무슨 생각을 했는지가 통 기억에 없다. 그게 한번씩 슬프다. 어머니의 그림을 내가 몇 장이나 가지고 있는지 궁금할 때가 있어서 한번 세어본 적도 있다. 열두어 장? 희미하게 남아 있는 그림들조차 세월에 색이 바래 초라하기 그지없었다. 그중에서도 어머니의 손을 잡고 대로변을 걷던 그림이 제일 먼저 떠오른다. 어머니의 치맛자락이 내 얼굴을 가끔씩 스쳤던 것 같았고, 집세가 밀렸으니 집주인네 가게를 우회해서 가자는 말을 내가 했던 것이 기억에 남아 있다. 그래도 오 원짜리 산도(샌드) 과자 하나는 입에 물었던 것 같다. 네댓 살이나 되었을까? 왜 그 그림이 가장 선명한 축에 드는지 그 이유를 알 수 없다. 어머니 생각이 나면 으레 그 대목부터 재생된다. 어쨌든 나는 어머니의 말년을 제대로 그려낼 수 없다. 앞에서 말한 어머니의 냄새 통금령 때문이다. 당연한 일이지만 나는 어머니가 어떻게 육신의 몰락을 이루었는지 자세히 알지 못한다. 그래서 그림의 연결이 자주 끊어지는지도 모르겠다. 임종 때 볼 수 있었던 그 뼈만 남은 앙상한 육신은 이미 어머니가 아니었다. 모든 윤곽이 지워진 채, 오직 움푹 파인 눈자위와 볼썽사납게 튀어나온 입언저리로만 남아 있는, 그야말로 해골과 진배없는 얼굴과 간헐적으로 들락거리는 미약한 숨결만 가지고는 도저히 어머니라고 할 수 없었다. 정말이지, 내가 할 말을 이미 다 해버린 로렌 아이슬리의 말처럼 어머니의 그런 모습은 그저 "생이 지나가면서 늘 남기는 부스러기"일 뿐 다른 어떤 것도 아니었다.*

불가(佛家)에서는 천상에서의 대화가 말이 아니라 향내로 이루어진다고 한다는 걸 누구에겐가 들었던 기억이 난다. 냄새에 그렇게 민감했던 어머니도 아마 천상의 대화를 추억하느라 그랬을 것이다.

십 년 남짓, 그 짧은 사이, 어머니가 어린 막냇자식에게 들려준 이야기 중에서는 그래도 대동강이 가장 볼 만했다.

---

* '생이 지나가면서 늘 남기는 부스러기'의 출처는 다음과 같다. "우리, 어머니와 나는 이제 하나로 될 만치 가까웠다. 울타리 구석에 쌓인 지난해 낙엽의 잔해처럼 누운 채로. 그리고 그건 아무것도 아니었다. 허무, 알아듣겠는가? 그 모든 고통과, 그 모든 고뇌, 아무것도 아니다. 우리는, 둘 다, 생이 지나가면서 늘 남기는 부스러기일 뿐이었다. 부화 칸막이 상자에 버려진 불구의 병아리들처럼, 그 이상은 아니었다." 로렌 아이슬리, 『그 모든 낯선 시간들』, 김정환 옮김, 강, 2008, 39쪽.

서북인

서북인 아버지를 둔 나는 태어나기는 제주도에서 태어났지만 평생을 동남인(東南人)으로 살아왔다. 내가 주로 살아온 경상남북도(대구, 마산)가 한반도의 동남쪽에 치우쳐 있기 때문이다. 그러나 경상남북도 사람들을 동남인으로 부른다는 말은 여태 듣지 못했다. 영남인 호남인은 있어도 동남인 서남인은 없다. 그런데 서북인(西北人)이라는 말은 있다. 아버지는 서북인이었다. 평생을 그렇게 살다 갔다. 남북이 분단되고 동족상잔의 전쟁이 일어나고 칠십여 년이 흐른 지금, 아버지 세대가 거의 사라진 세상에서는 서북인이라는 말을 잘 듣지 못한다(과거사와 관련된 기사나 에세이에서 '서북청년단'은 가끔씩 보인다). 그러나 내가 어릴 때만 해도 서북인이라는 말은 영남인, 호남인 등과 함께 많이 쓰이던 말이었다. 이남에서 황해도와 평안도 사람들을 지칭하는 말이다. 서북인들은 자신들을 서북인이라 칭하지 않는다. 그냥 '우리 게 사람들'이라고 말한다. 아버지는 전형적인 서북인이었다. 다혈질이고 생각보다 말과 행동이 항상 앞섰다. 대구에서 살 때 아버지의 선술집 가게에는 서북인들이 많이 드나들었다. 그들의 대화는 엄청 시끄러웠다. 서로 동병상련하는 관계라 더 시끄러웠던 것 같다. 평안도 박치기, 무뎃뽀, 간나이, 에미나이, 민하게 놀지 말라우 같은 말들이 떠오른다. 밉상들에게는 간나새끼, 간나이, 에미나이, 민한 새끼라는 호칭을 잘 갖다 붙였다는 것, 틀어지면 일단 상대의 면상을 이마로 갖다 박아버린다는 것, 그리고 끼리끼리의 대화에서는 과장이 심하고 툭하면 잘 웃었다는 게 기억난다. 아버지의 단골손님 중에 강씨 성을 가진 서북인이 한 분 계셨다. 평양이 고향인데 평소 대화 중에 과장이 심해서 강대포라는 별명으로 불렸다. 물론 면전에서는 누구도 그렇게 부르지 않았다. 그런데 하루는 아버지가 가게를 비우고 잠깐 자리를 비운 사이 그 아저씨가 나타났다. 어린 마음에 반가운 나머지 "아버지, 강대포 아저씨 오셨어요!"라고 소리를 질러버렸다. 아버지의 소주방을 가득채우고 있던 손님들 사이에서 일제히 폭소가 터져 나왔다. 아버지는 가게 안에다 긴 탁자를 놓고 선술집을 겸해 운영하고 있었는데 양쪽으로 서 있던 고객들이 일제히 "강대포!"를 연호했다. 볼일을 보고 온 아버지는 사정을 알고 강대포 아저씨에게 연신 고개를 숙이며 사과하는 포즈를 취했다. 그것이 실수였다는 것을 나는 그때서야 비로소 알게 되었다. '대포'가 허풍쟁이를 가리키는 말이라는 걸 그 상황을 보고 알 수 있었던 것이다.

　나중에 든 생각이지만, 아버지는 일제가 키워낸 전형적인 실용적 친일 지식인이었다. 순응적이었고, 규범에 충실했고, 자신이 어려서 배운 지식, 그리고 젊은 날의 스승과 상사들을 평생 존중했다. 순응적 체질이 몸에 배어 있었다. 해방이 된 후에는 계속해서 탄압을 받으면서도 이북의 정치체제에 적응하려고 노력했다. 할아버지가 친일 반동지주로 몰려 큰 고초를 치르고 나서 평생을 반공주의자로 일관했던 것과는 아주 대조적이다. 이것도 나중에 든 생각이지만 나는 아버지보다는 할아버지를 많이 닮은 것 같다. 성격도 그렇고 외모도 그렇다. 형이 나이 들어서 대전 어딘가에 살고 있던 봉산할아버지(아버지와 갑장인 할아버지의 이복동생)를 뵙고 와서 한 말도 그랬다. 외탁이라던 내 얼굴이 봉산할아버지를 빼다 박았다는 것이다. 나는 여태 할아버지나 봉산할아버지의 얼굴을, 실물로나 사진으로나, 한 번도 본 적이 없다.

　봉산탈춤으로 유명한 황해도 봉산이 아버지의 고향이다. 어머니의 고향인 사리원과 봉산은 동일 생활권이다. 사리원은 지금의 황해북도 도청 소재지이다. 황해남도는 해주, 황해북도는 사리원이 중심도시다. 황해도는 북쪽은 평안도와 남쪽은 경기도와 가깝다. 지리적으로도 그렇고 문화적으로도 그렇다. 아버지는 평양사범을 지망했다가 신체검사에서 떨어지고 인천상업을 다녔다. 전쟁통에 미련 없이 이남행을 결심한 것도 그런 학업 배경에 영향을 많이 받았던 것 같다. 아버지는 평양사범행이 좌절되었던 것에 대해 여러 번 아쉬움을 표한 적이 있다. 그때 평양사범에 진학했더라면 많은 것이 달라졌을 거라고 말하곤 했다. 내가 사범대학을 아무런 고민 없이 선택한 것도 그런 아버지의 어려서부터의 가정교육에 힘입은 바가 컸다는 생각이다. 아버지는 천석지기 집안의 첫째 아들, 지파(支派, 종파에서 갈라져 나온 파)이긴 했지만 어느 정도 규모가 있었던 한 문중의 어엿한 종손이었다. 할아버지는 그런 아버지를 금지옥엽으로 키웠다(할아버지는 아버지를 열일곱 살에 낳았다). 학교도 징용을 피할 수 있었던 사범학교나 상업학교를 택하도록 했다. 아버지는 인천상업을 우수한 성적으로 졸업하고 기간산업체인 해주 시멘트 공장에 입사하여 전쟁터로 나가는 걸 면할 수 있었다. 아버지 자신의 이야기를 토대로 하는 것이지만, 고지식한 성격이었던 아버지는 어디에서든 자기가 맡은 일에는 최선을 다하는 성실한 인물이었다. 젊어서의 한 일화를 봐도 그것을 짐작할 수 있다. 해방 직후, 일본인들이 일거에 철수한 뒤에 해주 시멘트 공장에서 일어난 일이다.

"시멘트 공장에서도 석회를 굽는 화로 작업이 가장 궂은일이었는데 거기서 일하던 얼굴이 많이 얽고 시커먼 화부 한 사람이 떡하니 나서는 것이 아니갔어? 알고 보니 그치가 공장 지하 세포를 총괄하던 운동가라는 거였디. 사람 일은 참 알 수 없는 기야. 그 무지렁뱅이 같던 인사가 대중을 모아놓고 일장 연설을 하는데 청산유수가 따로 없었어. 그이가 인민위원장이 턱 되어서는 일본 사람들이 떠난 자리를 하나씩 메우는데, 덜컥 나보고 지배인을 맡으라는 거 아니갔니? 사무실에서 근무하던 조선 사람은 나밖에 없었으니까 젊긴 하지만 임시로 회사 살림을 맡으라는 거였디. 그러니끼니, 밑에서 발칵 뒤집어졌디. 주로 나를 모르던 치들이 불만이 많았어. 왜 놈들과 함께 관사에 살던 저런 친일파 새끼가 어떻게 지배인 동지가 될 수 있느냐며 악악거리더군. 친일파 새끼라는 말을 들으니 등골이 다 오싹하더라. 넥타이 매고 앉아서 왜놈과 한 통속으로 붙어먹던 반동분자에게 지배인 직무를 맡길 수 없다고 한 사람이 일어서서 정식으로 이의를 제기하더라야. 그러자 그 화부 출신 인민위원장이 탁자를 한 번 탁 치더니 좌중에게 한마디 하는 것 아니갔어? 자기가 쭈욱 봐왔는데 이 동무만큼 양심적이고 성실한 동포를 본 적이 없다고. 지금 이 어려운 시국에 한 사람이라도 더 일할 사람을 찾아야 한다고, 새로운 공화국 건설에 젊음과 열정을 바치고, 인민에게 충성할 기회를 한번 주는 게 좋지 않겠느냐고. 그러면서 먼저 박수를 치는 거라. 그러자 한두 명씩 따라 치더니 종내에는 다치고 말더라."

그렇게 아버지는 스물다섯 살의 약관에 해주 시멘트 공장 지배인이 되었다. 짧은 세월이었지만 이북에서의 관료 생활이 그렇게 시작되었던 것이다. 시멘트 공장이 다시 정상적으로 돌아가기 시작하자 아버지는 평양의 산업성으로 전출이 되었다. 거기서 받은 직책은 자재 담당이었다. 관급공사에 필요한 자재의 수급을 담당하는 요직이었다. 시멘트 공장에서도 늘 하던 업무라 쉽게 적응할 수 있었다. 아버지와 어머니의 평양 생활은 그렇게 시작되었다. 형은 그때 거기서 태어났다.

아버지는 양심 바르고 성실한 관료였다. 평양에서의 생활은 그런 아버지의 성정에 힘입어 순탄했다. 고급 관리들이 사는 관사에서 살면서 '사모님'이라는 소리를 듣는 게 참 좋았다고 어머니는 말했다. 어머니 나이 스물두 살 때였다. 그러나 아버지의 결정적인 흠결은 참을성이 부족하다는 거였다 (어머니의 전언이다). 특히, 굴욕과 비굴에 약했다. 평생을 두고, 물론 그리 긴 결혼생활은 아니었지만, 어머니는 늘 그 점을 신세 한탄의 서두로 삼았다. 한 번만 죽으면 오래 살 수 있는데 왜 한 번 죽지를 못하느냐는 것이 어머니의 비판 요지였다. 물론 아버지 앞에서는 대놓고 그런 비난을 할 수 없었다. 아버지가 죽기보다도 싫어하는 비난이 바로 그것이었기 때문이다. 어머니는 주로 자식들을 앞에 두고 그런 푸념을 늘어놓았다. "남들도 다 견디는 자아비판인데 왜 자기만 못 견디겠다는 거인디…… 이게 무슨 날벼락 맞는 일이라니 글쎄, 불쌍한 처자식들 생각도 좀 해야지……"

이남에서 한번씩 모진 풍파를 겪을 때마다 어머니는 우리에게 그렇게 말했다. 인천까지 내려와 LST를 탄 것을 두고두고 후회했다. 스무 살에서 스물다섯 살 때까지, 지배인 동지 사모님으로 그리고 젊은 산업성 과장댁 사모님으로 그 시절을 화려하게 보낸 것을 끝내 잊지 못했다. 김일성대학과 담을 같이 쓰는 관사에서 살면서 주말이면 근처 명승지로 야유(野遊)를 가곤 하던 일을 자주 회고했다. 옆집이 교육장 사택이 었는데 그쪽 사모님에게 청을 넣어 나발이나 불며 하릴없이 놀고 있던(어머니의 표현이다) 남동생을 소학교 교사로 취직까지 시킬 수 있었다. 어머니의 황금 시절이었던 것이다. 그러나 아버지는 달랐다. 악질 반동지주의 아들이라 밤마다 자아비판에 시달렸다. 당연히 관료들에게 필수사항이었던 노동당 입당도 몇 번씩 거부되었다. 아버지에게는 그야말로, 생지옥과 같은 세상이었다. 남들은 해방이 되었다고 모두 기뻐했지만 아버지에게는 8·15해방이 되려 세상 모든 것들과 불화하고 고립되는 인생 감옥의 입구가 되었다. 그 모든 것이 아버지의 의지와는 별개로 진행된 것들이었다. 아버지의 환경 중에서 가장 안 좋았던 것은 할아버지였다. 아버지가 스물다섯 살 때 할아버지는 마흔두 살이었다. 청년 할아버지는 자신이 김일성 정권 치하에서 겪은 온갖 핍박을 유엔군과 국방군이 북진했을 때 그대로 되갚아주었다. 아버지는 "거기서는 도저히 살아 계실 수 없을 거구만"이라는 말을 정초 차례상 앞에서 자주 하곤 했다. 아버지가 이남으로 내려오지 않을 수 없었던 것도 결국 서북인 청년 할아버지 때문이었던 것이다. 할아버지는 자신의 화를 다스리지 못해 자식의 하나 남은 출구마저 봉쇄해버렸다. 그렇게 퇴로를 차단당한 아버지는 "죽어도 집에서 죽겠다!"며 고집을 피우는 할아버지를 뒤로하고 한 치 앞을 내다볼 수 없는 이남행을 결행할 수밖에 없었다.

서북인 청년 할아버지와 관련된 이야기 한 토막 더 하고 아버지 이야기는 끝을 내야겠다. 한동안 잊고 있었던 이야긴데 얼마 전에 황석영의 『손님』(창비, 2007)을 읽고 갑자기 육십 년이라는 세월의 지층을 뚫고 어릴 때 들은 한 대화 내용이 생각났다. 일테면 의식의 영역으로 올라온 '억압된 기억'이었다. 나는 어려서부터 어머니로부터 '애늙은이'라는 말을 많이 들었다. 서너 살 때부터 어른들이 하는 말을 듣고 거의 다 알아들었다. 어른들이 주변을 물리고 쑥덕거릴 때도 나는 옆에서 그 내용을 들을 수 있을 때가 많았다. 워낙 어린아이니까 경계의 대상으로 여기지 않았던 것이다. '억압된 기억'의 자초지종을 말하기 전에 먼저 『손님』에 나오는 '신천군 사건'의 내용부터 알아보자.

신천군 사건은 한국전쟁 중 일어난 사건으로 1950년 10월, 황해도 신천군에서 주민의 4분의 1에 해당하는 3만5천여 명의 민간인들이 학살되었던 사건을 말한다. 신천학살 혹은 신천학살사건이라고도 불리며, 조선민주주의인민공화국에서는 신천대학살이라고 부른다. 이 사건은 조선민주주의인민공화국에서 주장하는 내용과(조선민주주의인민공화국 측에서는 미군이 좌파 성향의 민간인 3만여 명을 학살했다고 주장하고 있다) 대한민국에서 주장하는 내용이 극명하게 상반된다(대한민국에서는 1950년 10월, 국군과 유엔군의 북진이 이루어졌을 때, 패퇴하는 인민군이 황해도 신천군에 있는 지주, 자본가 세력 등 우파 성향의 민간인들을 대량 학살했고 여기에 우파 민간인들이 인민군에 대항하여 봉기를 일으켰다고 주장한다). 아직 정확한 사실관계가 규명되지 못하고 있다. 일설에는 미군 측의 학살 개입 주장은 신빙성이 약하고, 신천군 내의 기독교 세력과 조선민주주의인민공화국 정부 지지 세력 간의 갈등이 토지개혁을 매개로 파멸적으로 일어난(좌우 대립 격화 속에서의) 비극일 것이라는 주장이 제기되고 있다.(위키백과)

황석영 소설 『손님』은 '신천군 사건'의 민감한 부분을 가급적이면 자극하지 않기 위해서 친절한 화자를 일찌감치 사양하고 서두부터 판타지 소설의 외양을 취한다. 산 사람과 죽은 사람을 똑같이 취급하면서 당시의 이야기를 재구성해나간다. 죽은 사람들을 꿈(악몽)에서 불러내 현실 속의 인간들과 대면시키는 서사 전략을 구사하는 것이다. 비극적인 동족상잔의 피멍을 어루만지기 위해서 부득이 선택할 수밖에 없었던 고육지책임을 이해하기 어렵지 않다. 『손님』에서 마르크스주의와 기독교가 다 우리에게는 '손님'이었다고 말하는 것도 충분히 이해가 된다. 그런데 '이해'가 그것만 되는 게 아니었다. 어릴 때 들었던, 어른들이 귓속말로 주고받던 한 이야기도 비로소 온전하게 이해가 되었던 것이다. 네댓 살 때인가, 학교에 들어가기 전의 일이었다. 하루는 집에 손님이 한 분 오셨다. 여자분인데 이것저것 어머니에게 바깥소식을 많이 들려주었다. 그때 어머니가 그분에게 하신 말씀이 생각이 났다. 아마 잠이 들기 직전이었지 싶다. 어머니의 무릎을 베고 누워서 들었다. 어머니가 평양에서 내려와 큰아이는 사리원 친정에 두고 작은아이만 업고 봉산의 시댁을 다니러 왔을 때의 이야기였다. 초등학교 교사였던 외삼촌이 낙동강 전투에 투입되고, 폐병에 걸렸다는 핑계를 대고 장수산으로 요양 생활을 떠난 아버지에게서 갑작스런 이남행을 통보받았을 무렵이었다. 다만, 어머니 입에서 나온 세세한 지명들은 기억나지 않는다. 인물, 사건, 배경 중 인물과 사건만 기억난다. 어머니는 시댁에서 할머니와 할아버지가 나눈 대화를 아주 조심스러운 어조로 옮기고 있었다. 그 부분을 『손님』에서처럼 소설식 문장으로 옮긴다.

……그날도 밤늦게 들어온 남자에게 걱정스런 표정을 지으며 아내가 물었다. "오늘은 또 얼마나 죽였수?" 그러자 남자가 말했다. "그건 알아서 뭐 하겠어?" 그러고는 등을 휙 돌리고 여자를 외면했다. 남자는 유엔군을 따라 올라온 청년들을 데리고 미친 사람처럼 쏘다녔다. 그때 얼마나 많은 사람을 죽였는지 당사자를 빼고는 아무도 몰랐다. 어디에 가서는 한 마을을 몽땅 다 몰살시키고 왔다고 하기도 했다(그 마을은 우수 부락으로 김일성 표창을 받은 곳이었다). 여자는 남자가 제정신이 아니라고 여겼다. 이러다가 다 죽지, 이럴 바에야 차라리 시고모부댁처럼 차제에 남쪽으로 일가가 다 내려가버리는 게 좋을 것 같았다. 그쪽 집은 해방이 되자마자 고모할아버지가 5대 악질 반동지주로 지목되어 모란봉에서 공개 처형되었었다. 혼자된 고모할머니는 마루 밑에서 유엔군이 올라오고 있다는 라디오방송을 듣고 너무 기뻐 뛰어나와 만세를 부르다가 근처를 배회하던 인민군의 총탄을 맞고 그 자리에서 즉사했다. 모든 게 지옥에서나 일어날 일들이었다. 한시라도 빨리 버려야 할 고향이었다. 그러나 남자는 요지부동이었다. 행여 그런 내색을 조금이라도 비추면 "내가 뭐 그릇된 일이라도 하고 있간? 고향을 등지고 어디서 살 수 있갔어? 세상이 또 뒤집어진다고 해도 나는 내 고향에서 죽갔어!"라고 고집을 피웠다……

황해도는 옛날부터 임꺽정, 장길산 같은 맹렬한 도적들이 구월산 같은 곳에 근거지를 두고 활약하던 땅이다. 해서 지역은 비교적 산물이 풍족한 편이었다. 땅이 좋으니 토지개혁을 둘러싸고 지주와 소작인 사이의 계급 갈등도 유난했다. 황순원의 『카인의 후예』도 그 문제를 다루고 있다. 특히, 재령평야 같은 비옥한 토지를 가운데 둔 봉산-재령-신천 라인에서는 토지개혁과 관련된 주민 갈등이 심했다. 역사의 피멍들은 유전된다. 우리 베이비부머 세대들까지는 그 유전된 피멍으로부터 자유로울 수가 없다. 내가 네댓 살의 나이에 어른들의 이야기를 그렇게 들을 수 있었던 것도 어쩌면 그 피멍의 유전을 감내하라는 운명의 권고인지도 모르겠다. 그 마지막 한 방울 남은 핏자국들도 다 사라져야 이 땅에서 '손님'들을 완전히 배웅할 수 있을 것 같다.

아버지는 이남으로 내려와서도 순탄한 삶을 꾸려나갈 수 없었다. 피난지 제주도에서 다시 뭍으로 올라오는 데에만 십 년 가까운 세월이 흘렀다(그럴 바엔 차라리 제주도에서 사는 것이 나았을 뻔했다). 전쟁의 상흔이 어지간히 아물고 있을 무렵, 어디에도 아버지를 반겨주는 직장이 없었다. 오히려 5·16이 터져서 가까스로 한자리 얻어 걸쳤던 양키시장 좌판마저 눈물을 머금고 거둘 수밖에 없었다. 밀수쟁이로 낙인찍혀서 특별단속 대상에 들었다는, 경찰에 있던 고향 선배의 전언을 받고 야반도주를 감행해야 했다. 약골로 태어나 축구와

검도로 자신의 몸을 꾸준히 보강해온 아버지이지만 내 기억
에는 몸 쓰는 일에는 늘 서툴렀다. 그럴 때마다 아버지는 평
양사범 타령을 했다. 접골원에서 간단한 시술만 했으면 아무
런 문제가 없었을 팔꿈치 탈골 문제로 신체검사에서 불합격
한 것이 내내 원망의 대상이 되었다. 사범학교만 졸업했으면
어디서고 당장이라도 교원으로 입신할 수 있었을 것이고 저
잣거리의 잡상인 신세를 면할 수 있었을 것이라는 말이었다.
아버지는 결국 이남에서도 해방되지 못하고 출구 없는 질곡
속의 삶을 보내야 했다. 젊은 아버지의 튼튼한 울타리 안에
서 보호받고 자란 부잣집 도련님에게 일가친척 없는 이남 땅
은 오아시스 없는 황량한 사막과도 같은 것이었다. 어머니 쪽
친척들의 도움을 얻어 간신히 버텨나가던 아버지는 어머니가
돌아가신 뒤로는 교회에 의지해서 여생을 보냈다. 평양사범
낙방생인 아버지는 평양신학교 출신 목사님이 새로 짓는 교
회 공사장에 인부로 일하다가 그분의 눈에 들어 사찰집사 자
리를 얻을 수 있게 되었다. 방 두 칸짜리 집과 딱 먹고살 수
있을 만큼의 급여가 주어졌다. 덕분에 그나마 안정된 생활을
영위할 수 있었던 나는 그 대신 "애비는 종이었다"로 시작하
는 서정주의 「자화상」을 크게 힘들이지 않고 외울 수 있었다.

노루몰이꾼

그대 다시 돌아가지 못하리…… 시간과 장소에 대한 그리움을 그렇게 많이 표현한다. 시간은 젊은 날의 추억일 때가 많고 장소는 고향일 때가 많다. 모두 돌아가고 싶은 시간과 장소를 가진 자들의 한탄이다. 그리움이든 안타까움이든, 되돌아볼 것이 있는 자들은 행복하다. 시간이 흐를수록 더 아련하게 우려지는 것들을 가졌다면 더 행복한 인생이다. 적어도 그것들을 회고하는 시간에서만은 외롭지 않을 것이기 때문이다. 나에게는 그런 그리움과 안타까움의 대상들이 고정적이지 않다. 수시로 자리 이동을 한다. 시시때때로 그리운 사람과 그리운 장소가 바뀐다. 이곳저곳 옮겨 다니는 나의 그리움을 부박(浮薄)하다 할 수도 있겠지만 어쩔 수 없다. 사실이 그러하니 나로서도 어찌해볼 도리가 없다.

요즘 들어 가장 홀대받고 있는 추억의 장소가 제주도다. 제주도는 내 출생지다. 제주시 구좌읍 김녕리가 내 출생지다. 어릴 때는 고향이 어디냐고 누가 물으면 제주도라고 대답했다. 그러다가 서울이라고도 했고(본적지가 서울시 서대문구 정동 22번지였다. 지금은 서울시 중구 정동길 3으로 바뀌었다), 그다음엔 황해도 봉산이라고도 했다가(원적지가 황해도 봉산군 서종면 홍리였다. 지금은 아마 다른 군 소속이지 싶다) 마산이라고도 했다. 고등학교와 대학교 다닐 무렵 본가가 마산에 있었기 때문에 그때 만난 친구들에게는 그렇게 말해주어야 이해가 빨랐다. 요즘은 "대구지 뭐"라는 대답을 자주 한다. 간혹은 "대구에서 산 지가 너무 오래되어서"라고 토를 달기도 한다. 대구에서 오래 살았고, 대구서 태어난 아내와 살면서 아이들 둘을 모두 대구에서 낳아 길렀기에 그렇게 말하는 데 전혀 이물감이 없다.

한때는 제주도에 내려가 좀 살아볼까 하는 생각도 한 적이 있었다. 요즘 유행하는 제주 한달살이 제주 일년살이 같은 게 없을 때였다. 제주도에서 만들어진 내 몸 안에는 제주도 것이 잔뜩 들어 있을 거라는 생각을 많이 했다. 바닷가에만 가면 몸과 마음이 편안해지는 것도 한몫했다. 연구교수 기간에 그쪽 대학으로 내려가볼 수도 있었다. 아니면 별장이라도 하나 전세로 장만해볼까 하기도 했다. 그러나 성사된 것은 하나도 없다. 무엇보다도 아내가 전혀 그럴 생각이 없었다. 마산이면 몰라도 제주도까지는 곤란하다는 입장을 고수했다. 아내는 무슨 까닭에서인지 마산에 대해서는 관대한 편이다. 아마 시부모님이 거기서 다 돌아가셨기 때문이 아닌가 짐작만 한다. 설혹 아내가 동의한다고 해도 막상 혈혈단신으로 내려가 주야장천 혼자서 지내야 한다니 솔직히 엄두가 나질 않았다. 또 그럴 만한 마땅하고 절박한 사유도 없었다. 만약 지금처럼 혼신의 힘을 기울여 마지막(?) 소설을 쓸 마음이 있었다면 사정이 좀 달라졌을 것이다. 그러나 그때는 아직 직장에 매여서 살 때였다. 그래서 알게 되었다. 생각만큼 제주도는 내게 가까운 곳이 아니었다. 제주도는 내게 관념이지 현실이 아니었다. 고작해야 이삼일 머물다 오는 여행지, 그것도 다 합쳐서 다섯 번 안쪽에 그치는, '가까이하기엔 너무 먼 당신'에 머무는 곳이었다.

한번은 큰아이가 무슨 마일리지를 총동원해서 서귀포와 제주에 일급 호텔을 잡아줘서 편안하게 제주 여행을 다녀온 적이 있었다. 그게 마지막 여행이었다. 아내가 자동차 멀미를 좀 심하게 하는 편이어서 많이 돌아다니지는 못했지만 가볼 곳은 빠뜨리지 않고 다 돌아볼 수 있었다. 오전 오후를 알차게 보내고 좀 이른 저녁을 먹으러 식당에 들렀다. 제주시 중심가에 자리 잡은 규모가 꽤 큰 불고기 전문의 한식집이었다. 시간이 일러서 손님은 우리밖에 없었다.

"내외분이 참 보기가 좋아요. 바깥분이 참 자상하시네요."

고기 몇 점을 구워 먹고 아내와 한담을 나누고 있는데 주인 아주머니가 불판을 바꿔주며 그렇게 말했다. 우리보다 두어 살은 연상으로 보였다.

"감사합니다. 음식 맛이 좋습니다, 사장님."

인사치레로 그렇게 응대했다.

"여기서만 사십 년 장사를 해오고 있습니다. 이제는 아들에게 물려주었지만요."

그러면서 간단하게 자기소개를 했다. 학창 시절 포함해서 여태껏 제주도를 나가 살아본 적이 한 번도 없다는 것, 얼마 전에 남편과 사별했다는 것, 돈은 벌 만큼 벌었지만 인생에 낙이 없다는 것 등등을 요령 있게 간추려서 말했다. 제주도민의 자긍심, 자신의 번듯한 출생 이력, 그 나이에는 보기 드문 고학력 같은 것들이 표 나지 않게 이야기 속에 잘 녹아들어 있었다.

"제주도 토박이시군요. 저도 나기는 제주에서 났습니다."

들은 만큼 들려줄 것이 없어서 궁여지책으로 그렇게 말했다. 그러자 주인이 반색을 하며 되물었다.

"제주에서 나셨어요?"

제주시에서 태어났느냐고 묻는 듯해서 얼른 다시 고쳐 말했다.

"구좌읍에서 났습니다. 김녕에서요."

"아, 그러세요? 김녕 분이시군요……"

그러면서 왠지 실망이라는 듯한 표정을 지었다. 워낙 표정 변화가 뚜렷해서 다시 묻지 않을 수가 없었다.

"김녕이 왜요?"

그러자 또 한 번 당황한 듯한 표정을 지었다.

"아뇨. 김녕 사람들이 다 잘되었다고요. 원래 거기가 깡촌이었거든요."

그렇게 얼버무렸다.

"원래 그곳 사람은 아니고요. 6·25 때 피난 와서 거기서 태어났습니다. 어른들 고향은 황해도고요."

그러나 주인아주머니는 내 대답에는 이미 관심이 없었다. 이번에는 아내 쪽을 향해서 덕담을 던졌다.

"사모님은 좋으시겠어요. 이렇게 좋은 낭군님과 평생 해로하시니."

아내가 그 말을 듣더니 피식 웃었다. '너 한번 같이 살아볼래?' 하는 표정이었다.

"사장님 말씀에 이 양반 괜히 헛바람 들까 봐 걱정이네요. 자기 본바탕도 모르고……"

아내는 처음 듣는 말도 아니어서 아무렇지도 않다는 듯이 가볍게 대꾸를 보냈다. 언젠가 여름날에 어떤 부부 모임에 같이 나갔었는데 한 부인네가 "팔 좀 만져보면 안 되겠냐?"고 덤벼드는 통에 아내나 나나 질겁을 한 적도 있었다. 그때가 팔에 운동살이 잔뜩 올라 있던 때라 보는 이마다 한마디씩 입을 댈 때였다(검도를 하면 팔뚝이 굵어진다). 그런 일도 겪었는데 말로 덤비는 것은 새 발에 피지, 이제 이력이 났다는 투였다. 아내의 표정에 그렇게 적혀 있었다.

식당을 나서면서 주인아주머니의 반응을 내 나름으로 다시 한번 정리해보았다. 이건 순전히 내 주관적인 추측이다. 어떤 사실적 근거를 가진 것들은 전혀 아니다.

① 사굴(蛇窟) 전설이 있는 김녕은 제주도 사람들에게는 좋은 인상으로 남아 있는 곳이 아니다. 그 이유는 잘 모르겠다(어릴 때 들은 이야기도 있고 나대로 여러 가지 추리가 만발하지만 굳이 여기서 세세히 밝힐 일은 아닌 것 같다). 큰 뱀에게 처녀를 갖다 바쳤다는 사굴 전설도 그렇고(보통 관의 가렴주구가 있던 곳에 그런 전설이 많이 전해 내려온다) 성세기 해변에 전해 내려오는 이야기(한 못된 인물이 있었는데 동네 주민들이 그를 멍석말이해서 죽임)도 그렇고 언젠가 제주도 출신 직장 동료에게 내 출생지를 밝혔을 때 그가 보인 반응도 식당 주인아주머니와 비슷했다는 기억이 있다. 내가 김녕 출신이라고 말했을 때 그가 "김녕?"이라고 뜨악한 표정으로 반문해서 내가 왜 그러느냐고 물었더니 "아, 동김녕도 있어서……"라고 얼버무렸던 적이 있었다.

② 6·25 때 제주도에 설치된 김녕 피난민수용소는 부산과 거제도가 포화상태가 되어 급하게 마련된(바다 항해 중에 결정된) 장소였다. 부산에 한 번 입항했다가 다시 제주도로 선수

를 돌렸다는 이야기를 들었다. 따로 수용소 건물이나 부지가 있었던 것이 아니라 한 마을에 피난민들을 일괄 부려놓고 '알아서 살아라'는 식으로 조성된 임시적 공간이었다. 피난민 각자가 알아서 집집마다 찾아가서 더부살이를 허락받아야만 했다. 솥이며 이불이며 옷가지며 수저며 모두 마을 사람들에게서 얻어서 썼다(내가 탐문한 바에 따르면 그 부분에 대해서 나이 드신 마을 분들은 굉장한 자부심을 가지고 계셨다. 어려운 형편에서도 콩 한 알도 나누어 먹는 심정으로 우리가 불쌍한 동포들을 살렸다고 말했다). 아마 반대급부로 마을 주민들에게도 미군이나 정부 측에서 상당한 보상을 했을 것으로 짐작된다. 김녕이 부촌이 아니라 소문난 깡촌이었다는 게 피난민 수용소로 선택된 한 가지 요인일 수도 있겠다는 생각이 든다.

③ 아버지와 어머니가 찾아 들어간 곳은 바닷가에 면한 동성(同姓)의 한 할머니 댁이었다. 일찍 남편을 여의고 혼자서 어렵게 자식들을 키우고 있던 할머니의 성함은 얼마 전까지도 기억했는데 지금은 생각이 나지 않는다. 내가 태어났을 때 어머니의 산후조리를 거든 분도 그 할머니였고 어머니에게 일터를 제공한 분도 그 할머니였고 내게 조근놈이란, 잊지 못할 아명(兒名)을 지어준 분도 그 할머니였다.

④ 내가 태어난 집은 오래전에 허물어져 있고 아직 새집이 지어지지 않은 상태였다. 바로 그날 확인하고 온 일이었다. 동네 사람들에게 물어보니 얼마 전까지도 할머니의 따님(지

금은 돌아가신 것으로 안다고 했다)이 그 집에 살고 있었는데 대처에 나간 자식들이 모셔갔다고 한다. 걸어서 몇 걸음이면 바로 바다로 나갈 수 있는 집이었다. 지금은 그 동네에 멋있는 펜션들이 속속 들어서고 있으니 그 집터에도 좋은 변화가 있을 것으로 기대한다.

내가 이렇게 출생지 김녕에 대해서 '요약 정리'를 하게 된 연유는 간단하다. 그동안 어머니에게서 들어온 김녕의 이미지는 하나같이 좋은 것 일색이었다. 그런데 내가 어른이 되어 만나는 제주도 사람들은 모두 김녕에 대해 시큰둥한 반응을 보였다. 내가 너무 예민한 탓인지도 몰랐지만 일단 기대 밖의 일이었다. 그러나 그렇다고 해서 그게 기분이 나쁘거나 싫다는 이야기는 전혀 아니다. 오히려 내게는 그 '차이'가 김녕을 더 살가운 존재로 만들어준다. 어떤 '이상한 가역반응' 혹은 역설적인 카타르시스 같은 게 찾아들기도 하는 것이다. 제주 도민들에게는 척박한 땅으로 기억되는 김녕이 어머니에게는 거의 준(準)낙원 수준이었다는 게 듣기에 나쁘지 않았다. 어머니가 나를 낳은 장소를 그렇게 회고해주었다는 게 너무 고마웠다.

어머니에게 제주도는 그야말로 따뜻한 남쪽 나라, 머나먼 신세계, 꿈속의 이방이었다. 내게는 그렇게 말했다. 해녀들의 길게 내뿜는 숨소리를 들을 때마다 매번 꿈을 꾸는 듯했다. 어머니는 나를 낳기 전후로 잠시 해녀 일을 배웠다. 그러나 약해진 체력과 짧은 숨 때문에 본격적으로 그 길로 나서지는 못했다. 주로 주인집 할머니를 따라 밭일을 나갔다. 어머니는 나를 낳고서 급격하게 몸이 약해졌다고 말했다.

"조근놈 낳을 때 피를 너무 많이 흘렸어야."

어머니는 그렇게 말하곤 했다. 그게 내게는 원죄 의식이 되었다. 어머니가 일찍 돌아가신 원인 중의 하나가 나였다는 게 내 무의식에 깊게 각인되어 있다. 그 모성 콤플렉스가 지워지지 않는 얼룩처럼 남아 내 성장기의 모든 연애에 짙은 암영(暗影)을 드리우곤 했다. 나는 처음 김녕을 방문했을 때 그곳의 풍광을 보고 깜짝 놀랐다. 너무 아름다운 곳이었다. 그리고 어머니의 김녕이 왜 그렇게 아름다웠는지도 그제서야 전체적으로 이해할 수 있었다. 김녕은 맑은 바닷물과 조개껍질이 주성분인 하얀 모래로 유명한 곳이다. 검은 용암 바위들이 해안가 도로에 경계석처럼 늘어서 있고 해안가를 따라서 거대한 풍력발전용 풍차들이 도열해 있다. 한 폭의 그림 같은 풍경을 만들어내고 있다. 어머니가 밭일을 나가면 형은 나를 업고 바닷가로 가서 검은 용암 바위 위에 앉혀놓곤 동무들과 헤엄을 치며 놀았다. 아직 걷지 못했던 나는 하루 종일 뙤약볕 아래서 온몸이 발갛게 익도록 울고 또 울었다. 울다 울다 목이 쉴 때쯤이면 어머니가 밭일을 끝내고 나를 데리러 왔다.

"애기를 이렇게 혼자 두는 법이 어디 있단 말이꺄?"

어머니의 핀잔에도 형은 아랑곳하지 않았다. 달리 방법도 없었다. 바위 위가 가장 안전했다. 잘못 장소를 찾았다가는 큰 낭패를 볼 수도 있었다. 아무리 얕은 바다라지만 물가는 어디나 위험하긴 마찬가지였다. 물만 위험했던 것은 아니다. 집 안이라고 해서 아가에게 안전한 곳은 아니었다. 한번은 어머니가 나를 방 안에 혼자 두고 낮잠을 재웠는데 나중에 보니 내 머리맡에 큰 구렁이 한 마리가 내려앉아 있더라는 것이다. 시커먼 게 아기 머리 위에 한일자로 길게 놓여 있는데 처음에는 밖에서 갖고 놀다가 가지고 들어온 막대긴 줄 알았다고 한다. 그게 구렁이라는 걸 알고 주인집 할머니에게 달려갔더니 할머니가 쌀알을 뿌리며 달래서 내보내더란 것이다. 그러니 차라리 바닷가 용암 바위 위가 안전했다. 어머니는 서른 살에 나를 낳았다. 스물다섯 살에 피난길에 올랐으니 제주도에 온 지 오 년 만에 나를 낳은 것이다. 푸르고 깊은 바다와 속없이 검은 바위들과 병약하고 무능한 남편과 어린 자식들을 보면서 젊은 어머니는 무슨 생각을 했을까? 아마 아무런 생각도 할 수 없었을 것이다. 낙동강 전투에 나가서 행불이 된 남동생과 친정에 두고 온 첫아들과 풍비박산이 났을 시집과 친정, 그리고 한 치 앞을 내다볼 수 없는 아이들의 미래를 두고 무슨 생각을 할 수 있었을 것인가. 전쟁은 어머니에게서 모든 생각을 앗아가버렸다. 아버진들 달랐으랴. 아버지는 피난민수용소장을 맡아서 동사무소나 파출소에서 하달하는 소식을 피난민들에게 전달했다. 그리고 날이면 날마다 파출소장 대리였던 노루 순경과 함께 한라산으로 노루 사냥을 나갔다. 원래 병약한 체질이었지만 학창 시절에 축구부 풀백으로 활약했던 것이 노루몰이꾼으로서는 아주 좋은 자질이 되었다. 한 마리의 노루라도 더 잡아서 식구들에게 노루고기를 양껏 먹이자는 게 아버지의 생각이었다. 그 외에는 아버지가 할 수 있는 다른 생각이 없었다. 아쉽게도 내겐 제주도에서 먹었던 노루고기에 대한 추억이 전무하다. 군대 시절 인근 산에서 잡았다며(그때는 남쪽의 한 사관학교에서 근무할 때다) 부대 앞 구멍가게에서 구워 먹던 싱거운 노루고기 맛과 친구가 쓴 병영소설 중의 한 장면만 기억에 남아 있다. 친구의 군대 시절 이야기를 담은 그 소설의 노루 사냥 장면은 아버지의 노루 이야기와는 결코 공존할 수 없는 절대 상극의 이미지를 담고 있는 것이었다.

선임하사는 노루의 등뼈를 쪼개어 그 속에서 흰 고무줄 모양의 척수를 이빨로 끄집어내어 삼키며 말했다.

"이게 정력에는 그만이야, 하 병장. 새끼 밴 노루를 한번 잡아 와. 아기집은 정말 진품이지. 하기야 겨울에 무슨 새끼를 배겠느냐만. 짐승들은 먹을 것이 없으면 사랑도 하지 않아."

나는 남쪽 산 능선을 타고 파괴된 마을 흔적이 남아 있는 수곡리 산비탈까지 돌아다녔다. 벙커에서 멀리 떨어진 곳에서 뻗은 노루는 눈밭에 그대로 버려두었지만, 벙커와 가까운 거리에서 잡은 노루는 병사들이 나가서 노루 다리를 오리나무에 묶어 매고 벙커까지 운반해왔다.

노루를 쫓다 지치면 나는 자동소총 총구를 턱에 괴고 앉아 하늘을 올려다보았다. 하늘은 갑자기 함박눈을 쉴 새 없이 쏟아내곤 했다. 총구의 싸늘한 질감이 뼛속을 툭툭 건드렸다. 나는 눈밭에 벌렁 누워 누가 곁에 있는 듯이 말했다.

"아무도 나를 기다리지 않는다. 나는 아무도 기다리지 않는다."

(……)

나는 선임하사가 전해준 대로 노루를 쏜 뒤 기다려야 한다는 법칙을 지키지 못했다. 눈밭에 뿌려지는 핏자국을 군홧발로 뭉개며 달아나는 노루를 악착같이 뒤쫓았다. 자꾸 눈앞이 어두워졌다가 밝아지곤 했다. 물레방아로 불을 켜는 산골 집 전등처럼. 노루가 산 능선을 올라 뒤돌아보면 나는 가슴이 철렁했다. 노루는 자동소총을 겨누고 있는 나를 보았을까. 그 순간 누군가의 모습이 노루와 겹쳐 싸늘하게 떠올랐고, 나는 방아쇠를 당겼다. 그 모습은 처연한 몸매로 뒤돌아서 나를 고요히 내려다보는 첫사랑의 얼굴 같았다. 아니 어쩌면 그것은 내 모습인지도 몰랐다.*

군막(軍幕)에서 벌어지는 노루 사냥에 관해서, 그리고 사냥꾼 병사의 내면에 대해서, 이 장면만큼 절절하게 묘사한 것을

* 문형렬, 『어느 이등병의 편지』, 북인, 2021, 70~71쪽.

나는 아직 보지 못했다. 노루를 겨누던 총부리를 자신의 턱에 괴고 앉아 하늘을 올려다보는 대목과 노루를 쫓아가면서 "자꾸 눈앞이 어두워졌다가 밝아지곤 했다"고 말하는 대목에서는 짙은 소설적 타나토스(Thanatos, 자기를 파괴하려는 죽음에의 본능)와 페이소스(Pathos, 허전하고 슬픈 마음)가 흥건하게 배어 나왔다. 살기 위해 저지르는 죽임(살생) 앞에서는 그 누구나 자신의 죽음을 예감할 수밖에 없다는 운명적 아이러니도 잘 그리고 있었다. 삶의 좌표를 잃고 쫓기는 노루처럼 살아가야 하는 젊은 청춘의 내면 묘사가 특정 사건(노루 사냥)을 매개로 이만큼 완성된 수준에 도달하기는 쉬운 일이 아니다. 글로 쓰는 타나토스는 젊음의 한 특권이다. 지금 생각해보니 더 그렇다. 사랑도 열정도 좌절도 미련도 그것 위에서 뜨겁게 달구어진다. 너무 뜨거워져 변곡점을 지나면 불판 위에서 노루 살점들이 익는 것처럼 감정의 생살들이 노릇하고 팍팍하게 익는다. 그렇게 통과하고, 그렇게 포기하고, 그렇게 삭히면서 세상을 받아들인다. 친구의 이 소설은 젊은 시절의 '맨살의 기억'을 아프게 호출해내고 있는 수작(秀作)이었다.

또 하나, 노루가 산 능선을 올라 뒤돌아보는 것을 보면서 가슴이 철렁 내려앉았다는 고백 장면도 특별히 인상 깊은 대목이었다. 아버지도 그런 노루의 습성에 대해서 말한 적이 있었다. "결국 그것 때문에 노루는 죽는 거구만." 아버지는 담담하게 그렇게 말했다. 물론 소설의 어조와는 정반대의 것이었다. 아버지는 노루에 대한 동정도, 살생의 자책도, 타나토스도, 페이소스도 일절 가지지(드러내지) 않았다. 그런 것들은 아버지에게는 일종의 감정의 낭비였다. 내가 아버지에게서 들은 제주도 이야기는 오직 승리자로서의 노루 사냥 이야기뿐이었다. 노루 순경이 자리를 잡고 총을 겨누고 있으면 아래서 위로 아버지가 노루 몰이를 하는데 노루가 힘차게 산 정상 쪽으로 뛰어오르다가 중간쯤에서 반드시 한 번 아래를 내려다본다는 거였다. 그때를 노려서 방아쇠를 당기면 백발백중이라고 했다. 아버지는 노루 순경이 매복하고 있는 쪽으로 기술적으로 노루 몰이를 잘해서 사냥의 성공률을 항상 높게 가져갔다. 노루 사냥에서는 노루 몰이가 8할이라는 게 아버지의 주장이다. 그 때문에 노루 순경이 늘 아버지와 함께 노루 사냥을 나가고 싶어 안달이었다. 노루몰이꾼 아버지는 자신의 노루 사냥 전과에 대해서 이야기할 때만 명랑했다. 그 외의 일에서 아버지의 얼굴에서 웃음을 본다는 것은 아주 어려운 일이었다. 아버지의 얼굴에는 늘 그늘이 내려앉아 있었다. 어머니가 조증에 가까운 명랑을 생활 태도로 가지고 있는 것과는 아주 대조적이었다.

형에게는 제주도 시절의 그림들이 꽤나 많이 남아 있다. 언젠가 자신이 다녔던 초등학교에 가서 찍어온 사진을 내게 보여준 적도 있다. 형에게도 제주도는 낙원이었던 모양이었다. 그러나 나는 그곳 그림이 전혀 없다. 앞에서 정리한 내용이 고작이다. 그것도 모두 들어서 안 것들이다. 내 기억은 제주도를 떠나 목포에 도착해서 기차로 서울로 올라갈 때가 시발점이다. 세 살 때다. 이리저리 역 구내에서 엿가락처럼 휘어지는 철로를 본 것이 내 최초의 기억이다. 그 이야기를 하면 사람들은 다 놀란다. 그 나이에 있었던 일을 어떻게 다 기억하느냐고 반문한다. 다 기억하는 건 아니다. 어머니 무릎과 아버지 무릎에 번갈아가며 얹혀서 왔다는 것, 그리고 예의 그 철로길이 전부다. 짧게 짧게 어머니와 이야기도 나누었던 것으로 기억한다.

제주도 기억을 정리하면서 문득 우리 가족에게는 노루가 하나의 불길한 상징이 된다는 것을 느낀다(노루고기를 먹으면 부정 탄다는 속신이 전방에는 있다고 들었다). 노루몰이꾼 아버지는 자신이 노루를 잘 몰아서 노루 순경의 노루 사냥을 크게 성공시켰다고 자랑스럽게 말했지만 결국은 그 자신 역시 노루몰이의 희생이 된 가엾은 한 마리의 노루에 불과했다. 그때 아버지는 친구의 소설에서처럼 "노루를 악착같이 뒤쫓았다. 자꾸 눈앞이 어두워졌다가 밝아지곤 했다"라고 내게 말했어야 했다. 그런 말이라도 들었어야 좀 덜 억울했다. 인간의 역사에서 노루 사냥이 사라진 적은 한 번도 없었다. 누구든 노루몰이꾼의 추격에서 한숨을 돌리고 뒤를 내려다보는 순간 매복해 있던 노루 순경의 총탄 세례를 받아야만 하는 게 인생이다. 물론 그 마지막 총탄은 죽음이다. 누구도 죽음을 피해 갈 수는 없다. 금년에는 꼭 다시 제주도를 찾을 생각이다. 김녕 쪽에서 한라산으로 오르는 길을 따라 한번 걸어봤으면 좋겠다. 노루몰이꾼 아버지에게 쫓기던 노루가 한숨 돌리며 자신이 거쳐온 길을 뒤돌아볼 만한 산 능선이 어디쯤일지, 그저 마음 내키는 대로 멋대로 생각하며, 이리저리 걸어보고 싶다.

궤도반

나는 '팥쥐'를 인생 상징, 혹은 제 한 몸으로 나를 감싸는 상징으로 여긴다. 여기저기서 그런 의미로 사용한다. 말하자면 나는 '팥쥐' 정체성 소유자다. 그 내막은 이렇다. 일단 팥을 좋아한다. 단팥죽, 팥빙수, 단팥빵, 팥밥, 앙버터 등등 팥으로 된 것은 모두 좋아한다. 그중에서도 단연 원톱은 팥밥이다. 구수하고 알싸한, 어릴 때 자주 먹던 자줏빛 팥밥의 풍미를 여태 잊지 못한다. 팥을 싫어하는 콩쥐 아내와 살면서 평생 집에서는 먹어보질 못해서 그 그리움이 더하다. 그다음 내막은 변덕스럽고 불안하고 천방지축이고 의존적이고 이기적이고 쾌락 추구적인 내 성격이다. 어릴 때 내 성격과 관련해 어머니에게 자주 듣던 말이 두 개 있다. "씨아 틈에 쇠불알을 놓고 견디지"와 "변덕이 팥죽 끓는 것 같네"가 그것이다. 앞의 말은 하나에 꽂히면 죽자사자 사람을 귀찮게 한다는 뜻으로, 뒤의 말은 이랬다저랬다 하는 의지박약을 꼬집는 뜻으로 사용되곤 했다. 앞의 말의 뜻은 최근에 와서야 알게 되었다. '씨아'가 목화씨를 빼내는 나무틀이라는 것, 그 귀에 질긴 쇠불알(주머니)을 끼운다는 뜻으로 끝없는 노역이 뒤따를 뿐이라는 말이었다. 그런 말을 들으며 자란 나로서는 아무리 생각해봐도 겸손하고 책임감 있고 독립심 강하고 신중하고 이타적이고 인내심 강한 '콩쥐' 스타일은 아니었던 게 분명하다. 내가 철들면서 남과 어울리지 않고 혼자 노는 '글쟁이'(소설가)가 된 것도 어쩌면 그런 팥쥐 성격 때문이었는지도 모르겠다. 물론 후회는 없다. 콩쥐들의 세상에서는 종종 별종 취급을 받지만 세월이 좋아져서 가끔씩 "너처럼 그렇게 살아도 과히 나쁘지는 않겠다"는 말을 들을 때도 있기 때문이다.

내게 팥쥐 상징이 오게 된 직접적인 동기를 제공한 것은 '콩쥐, 팥쥐' 이야기다. '신데렐라 이야기'로 널리 알려져 있는 '콩쥐, 팥쥐 이야기'는 세계적으로 그 가짓수만 해도 삼백 종이 넘는 버전이 있다. 각 국가, 각 지역마다 풍토에 맞게 최적화되어 전해지고 있다. 그만큼 보편적인 주제를 다루고 있다는 말이겠다. 형제(자매) 갈등 모티브, 생존 지상주의(기아의 극복), 결혼과 신분 상승에 대한 열망 등이 한데 얽혀 있는 이 이야기는 특히 여성 쪽에서 보면 인생의 질곡과 소망들이 총망라되어 있는 일종의 베이스캠프와 같은 것이기도 하다.

금기의 준수, 노동의 승화, 성인식의 성수(成遂) 등 자아의 사회화 과정과 관련된 요점들이 고스란히 들어 있다. 그 지혜의 권고를 잘 수용한 콩쥐는 크게 성공하고 그렇지 못한 팥쥐는 비참한 파국을 맞는다.

팥쥐 정체성을 가지고 있는 나는 어쩔 수 없이 팥쥐에게 동정적일 수밖에 없다. 팥쥐(신데렐라 언니)가 잘못된 것은 전적으로 자식을 끔찍하게 사랑했던 어머니 때문이었다. 자상하고 모성애 강한 친절한 어머니 덕분에 잘 먹고 영양 상태가 좋아서 발이 좀 컸을 뿐이었다. 콩쥐(신데렐라)처럼 영양실조로 작은 발을 가졌다면 굳이 유리 구두에 발을 맞추기 위해서 발뒤축을 칼로 베어낼 필요도 없었을 것이다. 팥쥐는 특별히 못난 아이도 아니었고 유난스럽게 주변의 부러움을 사던 엄친아도 아니었다. 그저 환경이 만들어낸 피조물이었을 뿐이었다. 어쩌다 콩쥐라는 절대 강자(그 아이는 전 우주의 도움을 받는다)를 만나서 재수 없게도 인생의 쓴맛을 보게 된 것이다. 팥쥐가 한 일에 비해 팥쥐가 받은 징벌은 너무 가혹했다. 불쌍한 팥쥐, 그 아이를 생각할 때마다 가슴 한쪽이 아려온다. 우리 집에도 공부 잘하고 운동 잘하고 친구들한테 인기가 많았던 콩쥐가 한 명 있어서 엄마 치마폭에 싸여 살던 팥쥐를 엄청 힘들게 했다. 학교에 가면 "너는 어떻게 형의 반도 못 따라가냐?"는 말을 예사로 들어야 했고 멀쩡한 이름을 두고 꼭 '누구 동생'으로만 불려야 했다.

생각해보면, 나는 평생 "너 팥쥐지?"라는 추궁 속에서 살아온 것 같다. 아마 그 압박감 속에서 팥이 주는 단맛에 더 몰두했던 것이 아닌가 싶기도 하다. 그런데 요즘 들어 위로가 되는 생각이 하나 든다. '콩쥐, 팥쥐 이야기'를 누가 적었을까? 이야기의 진짜 주인공, '현실에서 살아남은 자'가 그 이야기를 적었음이 분명하다. 그러니까 콩쥐가 아니라 팥쥐가 남긴 기록이 분명하다는 것이다. 계모(엄혹한 현실) 밑에서 불쌍한 인생을 살다 간 콩쥐에게 바치는 팥쥐의 진혼곡, 살아남은 자의 고해성사가 바로 '콩쥐, 팥쥐 이야기'가 아닐까? 그런 생각이 든다. 그렇기 때문에 그런 잔혹한 이야기가 가능했을 것이다. 만약 콩쥐가 진짜 살아남아 그 이야기를 적었다면 팥쥐를 그렇게 모질게 죽이지는 않았을 것이다. 용서하고 같이 잘 살았다고 적었을 공산이 크다. 문득 그런 외로운 생각이 들기도 한다.

형은 우리 집의 희망이었다. 공부도 잘했고 운동도 잘했고 사교성도 좋았다. 그러나 지금 생각해보면 아버지는 틈틈이 형을 홀대했다. 그때는 많이들 그랬지만 아버지는 형의 학교 행사에는 장사를 핑계로 일절 불참했다. 그리고 아직은 힘에 부칠 때인데도, 마치 형을 장사치로 키울 요량인 양 노역을 강요했다. 형이 중학교 1학년인가 2학년인가 되던 때였을 것이다. 여름방학 땐데, 아버지는 토성공원 앞에서부터 한 리어카 가득 음료수 따위를 실어서 도회의 끝자락인 방천 유원지까지 가 장사를 하도록 시켰다. 그때는 방천이 물도 제법 맑고 많아서 여름 피서지로 꽤 사랑을 받고 있을 때였다. 아무데나 전만 펴면 이문은 남게 되어 있었다. 그러나 거의 도시를 대각선으로 가로지르는 먼 거리였다. 형과 나는 끌고 밀고 하면서 반나절을 꼬박 걸어서야 목적지에 당도할 수가 있었다. 서문시장 네거리, 키네마극장, 2군사령부, 방천시장, 신천 뚝방길…… 지금도 생생하게 기억되는 도회의 큰 장소나 요지들을 거치면서 그렇게 걷고 또 걸었다. 앞에서 끄는 형은 땀을 비 오듯이 흘렸고 얼굴은 도착했을 때 이미 새빨갛게 익어 있었다. 우리는 오후 내내 싣고 간 것을 다 팔고 돌아왔다. 꼬박 일주일을 그렇게 보냈다. 그리고는 힘에 부쳐 더 이상 가지를 못했다. 형이 몸살로 앓아누웠기 때문이다. 그때 아버지가 내린 보상이 내 기억에는 자세히 남아 있지 않다. 아마, 사이다 한 병 정도가 아니었나 싶다. 형에게는 칠성사이다(서울에 공장이 있다)가 주어졌고 내게는 삼성사이다(대구에 공장이 있다)가 주어졌다.

그러니까 형이 모든 일에 재바르고 탁월했던 것은 그런 아버지의 무관심과 냉대로부터 벗어나려는 어떤 인정투쟁이었는지도 모르겠다. 문득 그런 생각이 든다. 물론 형의 타고난 자질이 그것을 뒷받침해주었다. 백 미터 달리기는 도내 중학생 기록을 가지고 있었고, 중학교 때는 핸드볼 주전 선수로도 맹활약했다. 체력도 있었고 경기 감각도 뛰어났다. 그리고 리더십도 있어서 실장, 전교학생회장 같은 것을 도맡아 했다. 머리도 있는 편이어서 공부도 잘했고 일류 중고등학교를 다녔다. 그러나 한 가지 풀 수 없는 궁금증이 내겐 있다. 어머니가 돌아가신 뒤의 형의 급격한 몰락이 좀처럼 쉽게 납득이 안 된다. 내 경우는 어머니의 죽음이 내 삶을 근본적으로 바꾸는 반전의 계기가 되었다. 그때의 각성이 지금의 나를 만들었다고 해도 과언이 아니다. 그런데 형은 그렇지 않았다. 그 이후로 형의 얼굴에서는 웃음이 완전히 사라졌다. 그런 형의 무기력을 대할 때면, 어머니가 돌아가시면서 아버지의 냉대에 대한 형의 응전이 더 이상의 의미와 가치를 상실해버렸던 것이 아닐까, 하는 궁색한 추리까지 들 지경이었다. 그것 말고는 형의 몰락을 설명할 방법이 없었다. 물론, 확실한 물증 같은 것이 있는 것은 아니었다. 다만 어머니와 형은 큰형을 이북에 두고 두 사람만 같이 내려왔을 때부터 이미 한 몸이었다. 어렸을 때는 잠시 그 사실을 간과했던 적이 있었지만(나는 막내인 내가 어머니의 사랑을 독차지하고 있다고 오인했다) 커가면서 어머니에게는 형의 성공만이 자신의 결정적인 실수를 보상해줄 수 있는 유일한 수단이 되는 것이라는 걸 알게 되었다. 형은 큰형과 자신의 성공을 동시에 수행해야 했던 것이다. 내가 중학교 입시와 고등학교 입시를 치르고 공납금이 없어서 학업을 포기하지 않을 수 없었을 때도(그러나 두 번 다

형의 도움으로 학교를 다닐 수 있게 되었다) 형의 공납금은 항상 이상 없이 조달되고 있었다. 그런 상황 증거가 어쩔 수 없이 나의 궁색한 추리를 옹호해 마지않았던 것이다. 그러나 형의 그 모든 것은 어머니의 죽음으로 한꺼번에 일그러지게 된다. 형은 자신의 반쪽을 잃고 인정투쟁의 일선에서 물러나 아버지에게 큰 배신감을 안겨준다. 지방 국립대 사범대학 입시에서 실패하고(그 학과에 내가 들어갔다) 사립대학 영문과에 합격한 형에게 아버지는 냉혹하게 지원을 끊었다. 나이도 들 만큼 들어 군 입대를 목전에 두고 있었던 형은 더 이상 '학생'이라는 보호받는 신분을 유지할 수 없었다.

형의 궤도반 생활은 그렇게 해서 시작되었다. 형은 군대에 입대하기 전 몇 달을 궤도반에서 지냈다. 궤도반은 철로보수반을 지칭하는 말인데 보통은 궤도공영 주식회사 등의 외주 회사에서 일용직 노동자를 고용해서 외주팀으로 운영한다. 반장(십장)을 중심으로 팀별로 움직이는데 노동 조건이 열악하고 인명 사고가 자주 일어나서 지원자가 아주 적은 편이었다. 그만큼 취직이 쉬운 곳이었다.

형이 궤도반에 들어가서 험한 막노동을 한다는 것을 알려 온 것은 고2 여름방학 무렵이었다. 나는 1학기 내내 힘들었던 초등학생 입주 가정교사를 드디어 그만두고 같은 반 친구 집에서 하숙 생활을 시작했다. 난생처음 해보는 하숙이었다. 친구에게 공부하는 학생의 모범을 보여주는 조건으로 이십 퍼센트 정도의 할인을 받았다(보통 하숙비가 만 원이었을 때 팔천 원이었다). 내게 다시 한번 기회가 온 것이다. 부진했던 공부를 다시 한번 끌어올릴 생각에 마음이 부풀어 올랐다. 그러나 형에게는 고난의 행군이 기다리고 있었다. 앞에서도 말했지만 아버지는 사립대학 합격증을 가지고 내려간 형에게 등록금 지원을 거절했다. 국립대 입학금만 마련하고 있었던 아버지는 사립대의 그 많은 입학금을 변통할 데가 없었다. 일단 대학에만 들어가게 해주면 그 이후로는 스스로 모든 것을 알아서 해결하겠다는 형의 간청을 아버지는 냉정하게 거절했다. 그 뒤 형은 홀연 종적을 감추었다. 그리고 몇 달 후 내게 편지를 보내왔다. 짧게 안부를 물은 후 현재 자신이 있는 곳이 용산역 구내라고만 알려왔다. 아버지에겐 알리지 말라고 덧붙였다. 형에게 편지를 받은 것은 그때가 두번째였다. 처음은 내가 고등학교에 진학할 무렵이었다. "쌍수를 들고 환영할 일이나, 아버지 곁에서 고등학교를 다니며 안정적으로 학업을 지속하는 게 좋을 것 같다"라고 동생이 자기가 다니던 학교로 진학하겠다는 것을 한사코 말렸다. 형이 그렇게 '아버지 곁에서'를 강조한 까닭을 나중에 알았다. 형은 아버지의 '눈 밖에 나는 일'에 대해서 염려하고 있었다. 일종의 격리 불안증 같은 것을 가지고 있었다. 아버지가 자식들에게 때로 황당할 정도로 무심할 때가 있다는 것은 어렴풋이 나도 알고 있었다. 실제로 나도 대학 시절 아닌 밤중에 홍두깨 식으로 갑자기 학업을 중단하고 군에 입대하라는 통지를 아버지에게서 받은 적이 있었다. 2학년 올라갈 무렵, 이제 막 하숙집도 옮기고 새 출발을 준비하고 있었는데 무슨 이유인지는 모르겠지만 일체의 지원이 갑자기 끊어졌다. 나는 나대로 계획이 있었기 때문에* 아버지의 변덕을 수용할 수가 없었다. 형편이 좀 괜찮았던 친구에게 급하게 등록금을 빌리고 부랴부랴 입주 과외교사 자리를 구해서 간신히 그 위기를 넘겼다. 일언반구의 의논도 없이 그런 '통보'가 오는 것이 황당했지만 나는 그것도 '사건 그 자체'로 받아들였다. 그러나 형에게는 그런 '갑작스럽게 닥치는 일들'이 단순한 문제가 아니었다. 워낙 어릴 때부터 겪은 일이라 자기도 모르는 사이에 뿌리 깊은 콤플렉스가 되어 있었다. 내가 알기로 형은 초등학교 입학식을 네 번 치렀다. 형이 초등학교 다닐 무렵에 수차례 아버지가 그렇게 '갑작스럽게 닥치는 일'을 형에게 선사한 것이다. 형은 이사 간 곳마다 거기서 다시 1학년으로 입학해 학교를 다니곤 했다. 대구에 정착해 비로소 안정적으로 학창 생활을 영위할 수 있었을 때에는 한참 나이 어린 동기생들과 학교를 같이 다녀야 했다. 다른 아이들과는 비교가 되지 않았다. 당

* 초등학교에서 중학교 올라갈 때부터 상급학교로 진학할 때마다 학업이 중단될 위기를 겪었던 나는 무슨 일이 있어도 자립을 위해서는 대학 졸업까지 중단 없이 학교를 다녀야 한다는 강박을 가지고 있었다. 대학 졸업 후 직장을 가지고 대학원 공부를 하게 되었을 때 비로소 그 강박에서 벗어날 수 있었다.

연히 모든 면에서 앞설 수밖에 없었다. 학업에서도, 운동에서도, 다른 학교생활에서도 형은 두각을 나타냈다. 4학년 때부터는 교내 방송국 아나운서를 해서 학교 아이들에게는 다정한 얼굴과 친숙한 목소리로 널리 알려지게 되었다. 그리고 나는 내 이름 대신 '누구의 동생'으로 불리는 것이 훨씬 자연스럽게 되었다. 그러나 형의 영광의 이면에는 늘 아버지의 무관심과 분리불안이라는 짙은 그늘이 따라다녔다. 아버지에게는 살아남는 것이 가장 큰 문제였다. 자녀 교육과 같은 것은 순번에서 한참 뒤로 밀리는 문제였다. 어린 우리 형제에게는 그것이 큰 상처로 남지 않을 수 없었다.

형의 입대 영장을 들고 용산역에 내렸을 때는 이제 막 해가 지려고 하는 찰나였다. 서서히 땅거미가 몰려오고 있었다. 초저녁 무렵이었다. 역 구내에서 철길을 따라 한참을 걸어 내려가자 국방색 군용 천막을 친 막사가 두 채 나타났다. 한쪽은 침소(寢所)였고 다른 한쪽은 식당이었다. 식당 옆에는 큰 가마솥이 두 개 걸려 있었다. 식당 아주머니가 친절하게 맞아주었다.

"밥부터 먹지, 잘생긴 총각—"

형은 일터로 나가고 없었다. 식당 아주머니가 형에게 미리 언질을 받았는지 알아서 밥과 국을 내왔다. 밥은 흰쌀밥에 완두콩을 드문드문 얹었고 국은 시뻘건, 그러나 짜거나 맵지 않은 서울식 육개장이었다. 푸짐하고 맛있었다. 몸살기가 돌아쉬고 있다는 아저씨가 나를 형의 자리(군대식 내무반 형태였다)로 안내했다. 군용 담요가 단정하게 개어져 있는 침상이었다. 앉아서 형이 오기를 기다렸다.

"곧 형이 들어올 거여. 동생이 형하고 많이 닮았네?"

나이가 서른 정도나 됐을까? 시커멓게 그을린 얼굴에 여기저기 주름살이 깊이 파여 있었다. 얼굴에서부터 산전수전 다 겪은 표시가 났다. 그러나 사람은 서글서글했다.

"재미난 이야기 하나 해주까?"

대답하기가 겸연쩍어서 그냥 가만히 있었다.

"내 신세가 요리 된 게 딱 그쪽 나이 땐디……"

내 모습이 딱 그때의 자기 같다고 몇 번이나 강조한 뒤 썰을 풀었다. 째지게 가난한 시절이었다고 했다. 집에 먹을 것이 떨어져 누나가 양식을 구하러 나간 뒤 돌아오지 않았다. 몇 달째 소식이 없어서 물어물어 대처로 찾아갔더니 자기를 한 허름한 자취방으로 데려가더라는 것이다. 거기서 공장에 다니며 친구와 둘이서 자취를 하고 있었다고 했다. 주로 야간에 나가고 낮에는 잠을 잤는데 그렇게 해야 더 많은 잔업수당을 받을 수 있다고 했다. 하루는 배부르게 먹고 한잠 푹 자는 중이었는데 기분이 하도 묘해서 눈을 떴더니 같이 공장에 간 줄 알았던 누나 친구가 떡하니 자기 배 위에 올라가서는 그 짓을 하고 있더라는 것이다. 알고 보니 두 사람이 하는 일이 공장에 나가는 것이 아니고 그렇고 그런 곳에 소속이 된 직업

여성이었더라는 것이다. 그때부터 팔자에 없는 기둥서방 노릇을 하게 되었는데 그 시절 이후로 팔자가 꼬여서 이곳 궤도 반까지 흘러들어오게 됐다는 이야기였다.

'그렇게 좋은 걸 왜 그만뒀어요?'

그런 말이 목구멍에서 맴돌았다. 듣다 보니 음담패설이었다. 할 말이 없어서 어린 학생에게(하기야 자기는 그 나이 때 기둥서방을 했다고 했으니 할 말은 없었다) 그런 음담패설을 늘어놓나 싶었다. 썩을 놈이었다. 이런 자들과 한데 어울려 지낼 형을 생각하니 마음이 짠했다. 사는 게 모두 어차피 누추하고 비루하다는 것은 온 가족이 마산으로 내려갈 때부터 익히 터득한 터였다. 살기 어렵다고 징징대는 건 인생에 대한 최소한의 예의가 아니었다. 원래 게으른 것들이 남 탓을 한다. 탓할 게 없어서 가족을 탓하고 가난을 탓하다니, 그중에서도 여자 탓을 하는 놈이 가장 못나고 못된 놈이란 걸 아직 모르는 모양이었다. 내가 마산에 처음 정착한 곳이 지금은 없어진(아파트 밀집촌으로 변했다) (신)마산역 주변이었다. 이른바 '특정 지역'이었다. 밤마다 홍등이 화려하게 켜지고 신데렐라처럼 아름다운 누나들이 허연 허벅지살을 마음껏 드러내며 껌을 딱딱 씹고 앉아 있는 골목 끝자락에서 살았다. 밤이면 역사(驛舍)로 나가 뜨내기 나그네나 휴가 나온 장병들을 모셔 왔다. 재수 좋으면 다음 날 일용할 용돈이 두둑하게 생겼다. 삐끼질은 그 동네 모든 아이들의 신성한 부업이었다.

누구도 그 일을 부끄러워하지 않았다. 그 짓을 한다고 나무라는 부모도 없었다. 그리고 우리가 가장 경멸했던 자들이 바로 기둥서방들이었다. 천하에 못돼먹고 못난 놈들, 어린 나이에도 그 정도는 알고 있었다. 그 짓이 무슨 자랑거리라고, 그걸로 구라를 치다니 정말 못난 새끼였다.

물론 그런 구라쟁이만 궤도반에 있는 건 아니었다. 다른 막노동보다는 비교적 간조(품삯)가 좋은 편이라 부자(父子)가 함께 열심히 일해서 목돈을 모으는 경우도 있었다. 나중에 형에게 들었는데, 궤도반에서는 원래 과거 이력을 묻는 것이 금기시되어 있다고 했다. 수배 중인 사람도 꽤 있었다고 했다. 간혹 형사들이 수배자를 찾아오는 경우도 있고 헌병들이 기피자를 찾아오는 경우도 있는데 성공해서 사람을 데리고 가는 건 한 번도 본 적이 없다고 했다. 가족들이 찾으러 오는 경우도 종종 있는데 그 경우에도 "모릅니다"가 정해진 답이었다. 그렇게 하지 않으면 사람을 구할 수가 없어서 어쩔 도리가 없다고 했다. 그러나 궤도반 일은 너무 위험한 일이었다. 통신시설이 잘 갖추어진 요즘도 사고가 한번씩 나는데 그때는 정말 사고가 많았다. 귀신이 곡할 노릇인 게, 시간에 쫓기며 일을 하다 보면 기차가 바로 등 뒤까지 와도 까맣게 모른다는 것이다. 반드시 한 사람은 망을 보고 있어야 하는데 잠깐 한눈을 팔거나 부족한 일손을 거들다가는 팀 전체가 한꺼번에 저승길로 가기 십상인 게 궤도반 일이었다. 아마 그때 그 놈팡이 아저씨에게는 내가 꽤나 순진하게 보였던 모양이었다. 그런 이야기를 하면 내가 우러러볼 줄 알았던 모양인데 속으로는 참 가소로운 인물이라고 생각하는 중이었다. 그때 형이 들어왔다. 대뜸 그 인사의 구라를 알아채고는 한마디 던졌다.

"104호부터 좀 무사히 보냅시다—"

그러더니 나를 밖으로 불러냈다. 작업복 차림의 형은 누가 봐도 궤도반이었다. 얼굴도 시커멓게 타 있었고 몸집도 제법 불어 있었다. 입대 영장을 받아서 윗주머니에 넣더니 지폐 몇 장을 손에 쥐여주었다. 그리고는 시계를 보더니 천천히 걸어서 용산역으로 가자고 했다. 열차 번호 104호 남행열차를 타고 대구로 내려가라는 거였다.

"여기서 바로 입대할 거다. 아버지한테 그렇게 말씀드려라."

형은 공부 열심히 해라, 학교생활 잘해라와 같은 이야기는 일절 하지 않았다. 한번씩 뜬금없이 던지던 "남 앞에 서봐야 한다. 기회가 되면 학생회장 같은 것에도 한번 도전해보고"라는 말도 하지 않았다. 다 알아서 잘하겠지라는 표정이었다고나 할까. 형은 부담스러울 정도로 나를 믿었다. 열차에 올라 어둑어둑한 저녁 차창을 통해서 위에서 보는 형의 프로필이 영락없이 아버지의 그것이었다. 아, 형은 정말 아버지를 많이 닮았구나, 그렇게 생각하며 말없이 손을 흔들며 이별을 고했다.

"조근놈은 외탁이야—"

그 장면에서 갑자기 어머니가 한 말이 또 생각이 났다. 고등학교 진학 무렵 비장하게 아버지 곁을 떠나던 그날 새벽도 생각이 났다. 다시는 아버지 곁으로 돌아오지 않을 거야, 나는 그렇게 속으로 다짐했다. 이제 친탁인 형도 그렇게 아버지 곁을 떠나는구나 싶었다.

아버지는 이북에 두고 온 큰형을 호적에서 지우지 않았다. 큰형이 군대 갈 나이가 되자 예상치 못했던 문제가 터졌다. 계속 헌병들이 집에 찾아왔다. 큰형은 서류상에만 있는 유령인데 기피자가 되어 있었다. 그때 형은 자기가 아버지에게 어떤 존재인지를 더욱 분명하게 알게 되었다. 아버지가 큰형을 호적에서 지우지 않은 대가를 형이 톡톡히 치러야 했다.

형은 큰형 대신 헌병대에 끌려가서 군홧발로 정강이를 사정없이 까였다. 동생이라고 항변할 때마다 뺨도 한 대씩 얻어맞았다. 여기가 어디라고 기피자 주제에 거짓말이냐는 거였다. 이북에 두고 온 큰형 앞으로 입대 영장이 나온 것인데 헌병들은 불문곡직하고 집으로 쳐들어와서 형을 데리고 갔다. 마침 여름방학이라 형이 마산 아버지 집에 내려와 있을 때였다. 그 이전에도 벌써 몇 차례 다녀간 뒤였다. 동생이고 아직 고등학생이라고 말해도 소용이 없었다. 동생을 가장하고 머리를 깎고 있으면 누가 모를 줄 아느냐고 헌병들은 막무가내로 형을 끌고 갔다. 아버지가 가서 백배사죄를 하고, 목사님이 보증을 서고, 가까스로 큰형의 실종 신고를 마친 다음에야 형은 기피자 신세를 면할 수 있었다.

아버지는 이북에 두고 온 큰형을 그제서야 호적에서 지웠다. 그러면서도 형에게는 결코 미안한 표정을 짓지 않았다. 며칠간 모진 옥살이를 하고 온 자식에게 그 어떤 위로의 언사도 던지지 않았다.

그래서 그런지 진짜 자기 것이 나왔을 때의 형의 표정을 나는 잊지 못한다. 내가 전달한 입대 영장을 형은 보는 둥 마는 둥 저고리 주머니에 구겨 넣었다. 그러나 그것을 처음 받아들 때의 형의 눈가엔 알 듯 모를 듯한 경련이 일었다. 만감이 교차하는 표정이었다. 형에게는 그것이 그냥 사건 그 자체가 될 수 없었던 것이다.

생각해보면, 아버지는 늘 그런 식으로 형을 냉대했다. 형이 받아오는 상장이나 트로피는 아예 안중에 없었다. 그냥 한번 쳐다보면 그뿐이었다. 어머니가 형을 살갑게 챙기지 않았다면 형은 어쩌면 훨씬 이전부터 공부에 취미를 잃었을지도 몰랐다. 하나 예외는 있었다. 형이 스케이트를 타고 싶다고 했을 때 아버지는 크게 반색했다. 얼음도 제대로 얼지 않는 따뜻한 남쪽 나라에서 무슨 스케이트 탈 일이 있겠느냐는 어머니의 반대에도 불구하고 아버지는 고가의 최고급 스케이트를 사서 형에게 안겼다. 처음에는 토성 안 연못이 얼기를 기다려 스케이트를 가르쳤다. 아버지의 기대를 만족시키며 형의 스케이팅 실력이 일취월장하자 아버지는 멀리 가서 제대로 된 스케이트장에서 타보라고 권했다. 형과 나는 번쩍거리는 스케이트를 칼집과 가방에 잘 갈무리해서 집에서 멀리 떨어진 동화천(팔공산 동화사 쪽에서 흘러 내려오는 하천) 스케이트장까지 두 시간 반씩 버스를 타고 가서 스케이트를 탔다. 형을 따라다닌 나는 형의 그 날랜 모습을 보며 경탄을 금치 못했다. 그 덕에 빌린 스케이트였지만 나도 몇 번 스케이트장 위에서 엉덩방아를 찧을 수 있었다.

요즘 들어 한번씩 어릴 때 본 「목련구모(目蓮救母)」(양철부, 1968)라는 영화가 생각난다. 형과 함께 토성 앞 시민극장에서 본 영화다. 「의리의 사나이 외팔이」(장철, 1967)와 함께 한 세트로 내 기억에 남아 있다. 다른 영화들도 몇 편 본 것 같은데 왜 이 두 영화만 기억에 또렷하게 남아 있는지, 왜 그렇게 늘 함께 붙어 다니는지 그 까닭을 알 수가 없다. 짐작건대 내 유년의 한 자락이 그것들에게 단단히 붙들려 있을지도 모른다는 생각은 든다.

또 하나, 로렌 아이슬리의 『그 모든 낯선 시간들』 2장 '생명기계'의 첫 장면이 또 한번씩 떠오른다. 그의 자서전은 읽기 참 불편하다. 어머니와 아버지에 대해서 말할 때 특히 그렇다. 그의 아버지는 임종을 지키는 둘째 아들 곁에서는 한사코 의식이 돌아오지 않았다. 그러다가 첫째 아들이 돌아왔다는 간병인의 말을 듣고 홀연 눈을 뜬다. 말 없는 부자상봉이었지만 작가는 그 장면을 "아버지는 그 만남을 위해 아주 무한 거리를 되돌아온 것이었다"라고 적고 있다.* 이 장면이 왜 그렇게 특별한 느낌이어야 했는지 이성적으로는 잘 설명이 안 된다. 내 안의 어떤 망상과 이 대목이 은밀하게 내통을 하고 있는 거라면, 만약 그게 사실이라면, 참 슬프고 미안한 일이다.

* "마지막 날이었다. 나는 방구석에 서서 그가 죽는 것을 지켜보았다. 네 시간 동안 의식의 징후가 보이지 않았다. 간병인이 나섰다. 그녀가 그의 귀에 대고 소리쳤다. '당신 아들 레오가 여기 있어요. 레오가 왔어요. 레오가 여기 있다고요.' 레오는 내 배다른 형제, 나보다 열네 살 많은, 전 결혼에서 낳은 자식이다. 레오 어머니는 돌아가셨다. 나는 두번째 결혼을 하고 나서 한참 후에 태어났다. 느리게, 정말 한정 없이 나를 놀라게 하며, 죽어가는 사람의 두 눈이, 여러 시간 동안 내게는 무심하던 그 두 눈이, 열렸다. 둘 사이 서로 알아본 순간이 있었고, 나는 배제되었다. 아버지는 그 만남을 위해 아주 무한 거리를 되돌아온 것이었다. 말 없는 만남이었다. 나는 기척을 내지 않고 복도로 걸어 나왔다. 그게 맞다고, 나는 악감정 없이 스치듯 생각했다. 레오는 내 아버지 청춘의, 봄날 스러져간, 아버지가 평생 동안 끝내 차마 입에 올리지 못했던 첫사랑의 소산이었다. 나는 아버지 마흔 살 때 태어났고, 결코 행복하지 않았던 결혼의 소산이었다." (27~28쪽)

적산가옥들

우리 세대에게 적산가옥(敵産家屋)은 일종의 원체험으로 남아 있다. 어릴 적 체험담을 나눌 때 그 이야기가 화제에 오르는 경우가 종종 있다. 그것들은 전쟁으로 폐허가 된 도시에서 용케 살아남아(주택가에 자리 잡고 있어서 폭격을 면했던 것 같다) 마치 고성(古城)처럼 자태를 뽐내고 있었다. 더러는 기관장들의 관사로, 더러는 동네 유지급 부유층 인사들의 저택으로 제 임무를 다하고 있었다. 사는 곳에 민감했던 어린 나에겐 그것들이야말로 살아 있는, 뜯어보고 만져보고 냄새 맡을 수 있는, 구체적인 왕조의 유물들이었다. 나중에 복원된 망한 나라 조선의 왕궁들은 그것들에 비하면 정말이지 허접하기 짝이 없는 것들이었다. 그럴듯한 집 한 채를 가지지 못하고 평생을 단칸방 셋방살이로 떠돈 피난민을 부모로 둔 나에겐 그들 적산가옥들이야말로 내가 바랄 수 있는 최고의 주거지였고 완전한 구조물이었고 영원히 침범 받지 않을 안락하고 견고한 성채였다. 높은 곳에서, 위풍도 당당하게 일사불란한 자태로 사람을 내려다보는 일본식 기와집의 압도적인 외양, 정사각형으로 반듯반듯한 방들과 그것들을 이어주는, 그 위를 걸을 때마다 미미하게 삐꺽거리는 소리를 내는, 좁고 긴 마루 복도, 그 복도와 일체감을 느끼게 하는 진고동색 목재 부재들과 밝은 미색 대형 장지문들의 앙상블, 그 완벽한 색감과 조형미, 해방 이후 온돌로 개조가 많이 되긴 했지만 어딘가 한두 곳에는 꼭 남아 있던 다다미방(이층은 거의 다다미방 그대로였다)의 이국향(異國香), 그 이상야릇한 풀냄새, 그리고 남쪽을 향해 열려 있는, 정원석으로 주변이 장식된 연못을 품고 있는, 밝고 따뜻한 일본풍 정원들, 그 모든 것들이 만들어내는 적산가옥의 종합적인 아름다움은 그 어떤 장소와도 비교가 되지 않을 만큼 내겐 절대적인 차원에 속하는 것이었다. 심지어 마루로 된 실내 화장실마저도 고상했다. 그야말로 최초의 미감이 되기에 부족함이 없는 것들이었다. 지금 와서든 생각이지만, 그것만큼 완전하고 견고하고 사치스러운 아름다움을 평생 본 적이 없었다. 우리가 어렸을 때 맛본 어머니의 음식 솜씨를 평생 잊지 못하는 것처럼 이 적산가옥의 체험은 내겐 거의 어머니의 품과도 같은 것이었다. 그래서 지금도 한번씩 봄날의 아지랑이와 같이, 출처 모를 그리움의 대상이 되기도 한다. 그러나 이제는 그때의 그 감흥을 다시 찾아보기는 어려운 일이 되었다. 일본 여행을 가봐도 사정은 마찬가지다. 과거의 그 멋스러운 적산가옥들은 찾아보기 힘들다. 요즘 유튜브를 통해서 볼 수 있는 '100년 된 일본 고민가(古民家)에 사는 한국인', '약 120년 된 일본 폐가 혼자서 재생해서 사는 한국인 이야기' 같은 데서는 그 옛날의 멋진 적산가옥 대저택들을 만날 수가 없다. 식민지 지배자들이 본토에서도 누리지 못할 호사를 맘껏 누려보자고 욕심껏 지은 집들이 그 대저택 적산가옥들이었다. 특히 기관장 관사로 사용되던 적산가옥들 중에 그런 집들이 많았다. 내가 본 것 중에 가장 규모가 크고 당당했던 적산가옥은 대학원 박사과정 시절에 몇 번 드나들었던, 학과 은사님이 머물던, 국립대학교 총장 관사였다. 큰 차고와 용인(傭人) 사택까지 겸비하고 있던, 시내 한가운데 있던 대규모의 저택이었다. 나중에 그 집을 헐어서 고층의 학생 기숙사를 지을 정도였으니 그 규모를 가히 짐작할 수 있다. 그것 이외에도 내겐 여러 채의 기억에 남는 적산가옥이 있다. 그것들마다 각각의 인물, 사건, 배경이 스며들어 있다. 살아온 순서대로 한번 짚어보면 다음과 같다.

첫째는 초등학교 시절을 보낸 토성 앞 왜옥이다. 안에 큰 본채가 있고 길가로 길게 놓인 행랑채가 있는 구조였는데 그 행랑채에 대여섯 집이 세를 들어 가게를 열고 있었다. 대문 옆이 연씨 아저씨의 점가게였고, 그 옆이 뱀탕집, 그 옆이 중국집, 그 옆이 우리 집, 그 옆이 한식당(분식집 규모)이었다. 그 옆에도 한 집 더 있었던 것 같은데 기억이 흐릿하다. 가게 하나에 방 두 칸짜리 상가주택 대여섯 채가 나란히 자리 잡고 있었다. 삼십 명 남짓한 인구가 화장실 하나를 같이 써야 하는 초밀집형 다가구주택이었다. 나중에 들은 이야기로는 그 집이 원래는 일본 사찰이었는데 해방 후에 주택으로 개조가 되었다는 거였다. '근대골목거리 탐방'이라는 아이템을 처음으로 제안한 그쪽 민간 전문가의 이야기가 그렇다. 토성 앞에서는 그 절이 가장 큰 건물이었다는 것이다. 그러고 보니 본채에 들어갔을 때의 기억이 그런 것 같았다. 일반적인 왜옥들과는 구조가 좀 달랐다. 모든 것이 가운데 큰방을 중심으로 사방으로 놓여 있었다. 본채 안에 부엌이나 현관 옆 손님방 같은 것도 없었다. 부엌이 우리 집 부엌과 맞닿아 있었으니 나중에 따로 앉힌 것이 분명했다. 보통은 큰방이 동남쪽으로 앉아 있고 손님방이 서북쪽으로 앉아 있는데 그 집은 그렇지 않았다. 대문은 북향이었으나 들어오면 바로 본채 마루로 올라오게 되어 있었다. 본채가 부처님을 모신 본당이 아니었나 싶다. 마당도 넓은 편이어서(보통 가옥의 두 배 정도 되었다) 그쪽으로 행랑채에다 세를 줄 방들을 새로 들일 수가 있었다.

둘째는 마산의 법원(지원장) 관사로 쓰던 언덕 위(산 중턱) 왜옥이다. 어머니의 작은할아버지가 두어 해 머물렀던 곳이다. 어머니의 증조부가 후취를 들여 낳은 이 할아버지 연세는 어머니와 그리 큰 차이가 나지 않았다. 남들이 보기에는 삼촌과 질녀 사이 정도였다. 이 할아버지를 우리 외할아버지가 수원고농(서울대 농업생명과학대 전신)을 다니면서 공부를 시켜 보성전문(고려대 전신)에 입학을 시켰다. 장조카가 나이 어린 삼촌을 데리고 다니며 공부를 시킨 것이다. 해방이 되자 법원 서기로 근무하던 판사 할아버지는 현지 임관으로 법관이 되었다. 마산에서 인천으로 전근 가서 거기서 퇴임하고 변호사 활동을 했다. 인터넷 검색을 해보니 백 세까지 사신 것으로 나온다. 어머니는 이 할아버지에게 늘 당당하게 대했다. 마치 오래된 빚문서라도 한 장 들고 있다는 투였다. 이 집에는 두어 번 어머니를 따라서 간 적이 있었다. 조숙했던 나는 일단은 주눅이 든 상태였기 때문에(경제적 지원을 호소하러 갔던 입장이었기 때문이다) 자세한 집 구조를 살필 겨를이 없었다. 다만 하룻밤을 자고 아침에 일어나서 내려다보는 해 뜨는 합포만의 풍광이 너무 아름다웠다는 것만이 기억에 남아 있다. 정원이 참 단정하게 가꾸어져 있던 집이었다. 할아버지가 퇴근할 무렵이면 갖가지 선물이 현관에 가득했는데 할아버지는 구두를 신은 채로 그것들을 좌우로 나누었다. 받을 것과 되돌려줄 것을 그렇게 구분했다. 한번은 시장에서 민원인의 호소를 듣고(그때는 아버지가 시장에서 과일과 채소를 팔 때였다) 어머니가 할아버지에게 그 사실을 전하는 것도 들었다. 잠수부(머구리)인 아들을 선장의 과실로 억울하게 잃은 어머니의 하소연이었다. 산소를 공급하는 줄이 꼬여서 사달이 났는데 그 누구도 책임을 지지 않는다는 거였다. 보상액도 터무니없이 적게 나왔다는 것이어서 어떻게 알고 어머니를 찾아와 눈물로 호소를 하는 거였다. 탄원의 결과는 좋았던 것으로 기억한다. 어머니는 그때는 "조근놈은 꼭 판사 되거라"라는 말을 하지 않았다. 내심 그런 어머니의 태도가 내겐 좀 섭섭한 일이었다. 그 직전에 시장통의 큰 유치원 원장에게 양자로(말이 좋아 양자지 사실은 하우스보이였다) 나를 보내자고 한 어머니여서 더 그랬던 것 같다. 아버지는 일언지하에 막내아들을 양자로 달라는 유치원 원장의 요청을 거부했다.

셋째는 중학교 3학년 때 두어 달 머물렀던 한 반 친구의 집이다. 역시 마산의 언덕 위 적산가옥이다. 법원 관사만큼은 화려하지 않았지만 규모는 비슷했던 큰 집이었다. 그때는 공부 잘하는 친구를 불러서 같이 합숙하며 공부하는 게 일종의 유행이었다. 중3 때 두어 군데 불려 다닌 경험이 있다. 이 친구 집에는 친구 어머니, 친구, 친구 동생, 늘 나만 보면 짖어대는 큰 개, 그렇게 네 식구가 살고 있었다. 집이 항상 고요했다. 친구는 나를 불러놓고는 처음 며칠을 제외하고는 전혀 공부를 하지 않았다. 나도 괘념치 않고 내 공부에만 몰두했다. 아침에 식구들이 모여서 따끈한 국과 밥을 함께 먹는 시간이 좋았다. 마산에 내려가서는 거의 그런 시간을 가지지 못했다. 초등학생이던 친구 동생은 발레를 배우고 있었는데 아침마다 내 앞에서 다리를 올려서 귀에 갖다 붙이곤 했다. 그때마다 친구는 버럭버럭 소리를 질렀다. 남자 앞에서 그게 무슨 짓거리냐는 거였다. 두어 달 그렇게 보내고 집으로 돌아갔다. 친구 성적이 제자리를 맴돌았기에 더 있을 명분이 없었다.

"어머니, 이제 집에 가야겠어요."

학교에서 돌아와서 친구 어머니에게 그렇게 말했다. 그러자 친구 어머니의 안색이 흙빛으로 변했다.

"오늘이 무슨 날이고. 둘이나 집을 나가네."

그렇게 말하는 거였다. 무슨 말씀인고 하니 그날 나만 보면 짖어대던 사나운 개가 갑자기 죽었다는 것이다. 내 생각에만 사로잡혀(집으로 돌아가겠다는 말을 꺼내는 게 좀 부담이 되었다) 집 안으로 들어서면서도 그 개가 없어졌다는 것을 전혀 눈치채지 못했다. 알았다면 그날 그렇게 '헤어질 결심'을 꺼내진 않았을 것이다. 나만 보면 으르렁대던 그 사나운 개는 별다른 이유 없이 그날 세상을 하직했다. 오전까지 멀쩡하다가 오후 들어 갑자기 저세상으로 갔다.

넷째는 고등학교와 대학교에 걸쳐서 일 년 반 정도 기거했던 하숙집이다. 본채가 한일자로 단정하게 앉아 있던 이층짜리 적산가옥이었다. 일반적으로 적산가옥들은 대문이 북향으로 나 있고 남쪽으로 정원이 설치되어 있다. 작은 연못도 필수사항이다. 대문으로 들어서면 작은 문간방이 나오고 이어서 남쪽 정원을 면하는 큰방이 나온다. 방 앞으로 유리문이 달린 대청마루가 있는 경우도 많다. 그리고 그 주위를(주로 서쪽과 북쪽으로) 작은방들이 에워싸고 있다. 좁고 기다란 복도가 그 작은방들과 동북쪽의 부엌, 화장실을 연결한다. 내가 쓰던 서쪽의 이층 방은(대학생이 되자 그 방이 내 차지가 되었다) 다다미방이 원형 그대로 보존되어 있었다. 몇 군데 담뱃불로 지져먹은 기억이 난다. 그 방은 따로 난방이 되지 않아서 겨울철에는 전기난로를 항시 켜두어야 했다. 한번은 밤새 켜둔 전기난로를 발로 차서 그 위에 습도 조절용으로 얹어두었던 물 주전자가 내 종아리 전체를 덮친 적이 있었다. 지금도 그때 입은 화상 자국이 남아 있다. 보름 동안 걷지도 못하고 자리보전을 하고 누워 있었다. 대학 입학을 목전에 둔 시점이었는데 여러 가지 일정들이 그 일로 차질을 빚게 되었다. 그중에서도 미팅 약속을 지키지 못했던 게 가장 기억에 남는다. 아마 다섯 명씩 나가기로 했던 것 같은데 나 때문에 한 명이 울고 갔다는 후문이었다. 그 여학생과는 그 인연으로 대학 시절 서로 살갑게 인사를 나누는 사이가 되었다. 대학을 졸업하고 초임 교사 시절에는 또 이상하게 만나서 서로에게 끌리는 듯한 느낌을 주고받았는데(이를테면 결혼하기 전 최후의 연애 상대였던 셈이다) 더 이상의 인연은 만들어가지 못했다.

내 마지막 적산가옥(학창 시절의 하숙집)은 현재의 내 거소에서 지척의 거리에 있다. 한번씩 산책을 나갈 때 그 언저리까지 걷다가 오곤 한다. 한때는 형편만 되면 그 집을 구입해 깨끗하게 손질을 해서 입주하고 싶다는 생각을 하곤 했다. 그러나 그런 소망은 실현될 수 없었다. 십여 년 전에 누가 그 집을 사들여서(나중에 듣기로는 고등학교 때 은사님이라고 했다) 이층 양옥으로 신축을 했다. 다행히 집 구조는 그대로 둔 것 같았다. 이 글을 쓰면서 산책길에 두어 번 꼼꼼하게 살펴보았는데 지금은 사람이 살지 않는 것 같았다. 집주인 연세를 생각하면 돌아가셨을 수도 있겠다는 생각이 든다. 땅이 넓으니 또 사층짜리 다가구주택이나 상가주택이 들어설 수도 있겠다 싶었다. 그 옆집도 최근에 일이층은 상가(사무실)로 삼사층은 투룸으로 신축되어 임대인을 모집하고 있었다. 이제는 모두 '다시는 돌아갈 수 없는 시간과 장소'가 되고 말았다.

토성 사람들

토성(土城) 앞거리는 요즘 새벽시장으로 도시의 새 명소가 되고 있다. 새벽 다섯시부터 오전 여덟시까지 토성 정문에서 인동촌(토성 서북쪽의 마을 이름)으로 내려가는 복개천 일대가 수많은 인파로 북적인다. 번개시장이 열리는 그 밑 언저리가 이동하의 『장난감 도시』(1979)의 배경이다. 국밥가게는 그 새벽녘 잠깐 동안에 엄청난 판매량을 기록한다. 가격도 만만치 않다. 간단한 농산물 중심으로 이루어지던 시장은 이제 온갖 박물(博物)로 넘쳐난다.

처음 이곳을 소설 속으로 끌고 들어오려고 했을 때의 내 마음을 담은 글은 다음과 같았다.

……이곳의 살림살이는 오직 생존 그 자체였다. 생존을 위

한 각축장 그 이상도 이하도 아니었다. 체면, 여유, 양보, 도의(道義) 같은 것은 눈을 씻고 찾아보려고 해도 없었다. 대로변과 골목 곳곳에 포진하고 있는 선녀집, 보살집, 동자집, 장군집 등 형형색색의 점집들과 역한 냄새를 풍기는 건강원(뱀탕집)들, 그 사이를 아슬아슬하게 비집고 들어서 있는 선술집과 서민식당, 마치 개척 시대 포장마차인 양 보무도 당당하게 늘어서 있는 복개도로 위의 고래고깃집들, 그리고 이재민 수용소로 사용되곤 하던 공원 담 아래의 넓은 빈터, 밤마다 불량소년들의 아지트로 이용되던 대나무 야적장. 환경을 무시하는 것은 인간에 대한 예의가 아니다. 웬만한 술주정꾼의 주사, 담 너머 흘러나오는 아낙들의 악다구니 같은 것들은 차라리 교향악 같은 것이었다. 누구도 부끄러워하지 않았다. 그렇게 비참하게 황홀한 풍경 아래서 우리 어린 짐승들은 공부도 하고, 싸움도 하고, 도둑질도 하고, 구슬 따먹기도 하고, 연애도 하며 무럭무럭 자랐다. 이동하 소설 『장난감 도시』가 일찍이 이곳을 배경으로 도시빈민으로 편입되는 농경민의 비극적인 가족 해체를 실감 나게 그려낸 것도 우연이 아니었다. 우리는 어쩔 수 없이 유해 물질투성이의 '장난감 도시'를 인생의 출발점으로 삼아야 했다. 재수 없으면 복개천 아래로 대책 없이 굴러떨어져야 했고(그 후유증으로 아직도 내 쇄골은 짝짝이다), 복면을 하고 친구들과 함께 형 집을 털다 잡힌 고등학생이 오랏줄에 묶인 채 현장검증을 하는 것도 봐야 했고,

힘 떨어진 양아치(넝마주이라고 부르던) 대장이 자기가 주워다 키운 넘버투에게 비참하게 얻어터지는 광경도 봐야 했고, 병약한 남편의 장례를 치른 뒤 그다음 날로 뜨내기 남정네와 살림을 차리는 독한 과부도 봐야 했고, 옛날 차부(서부주차장)가 있던 네거리 앞을 짐자전거로 무단횡단하다가 달려오는 버스 아래로 깔려 들어갈 뻔도 했고, 늦은 저녁 선술집에서(우리 집이 동네 선술집이었다) "그걸 알면 내가 여기 있지를 않지!"라고 떠들며 허탈한 웃음을 짓던 동네 점술가 아저씨들의 허전하고 노곤한 '오늘의 운세' 타령이 귀에 익은 자장가가 되기도 했다……

결과적으로 위의 내용은 일부 살아남기도 하고 일부 떨어져 나가기도 했다. 장편 연작소설의 일부로 편입되면서 전체 맥락의 요구를 받아들인 결과였다. '훈훈한 미소 속의 회상'에 역행하는 것들은 다음 기회를 기다리는 수밖에 없었다.

우리가 토성 앞에 살 때는 지금 번개시장이 열리는 쪽으로는 하천 복개가 되어 있지 않았다. 마치 고성(古城) 주변의 해자(垓字)처럼 하수도를 겸한 얕은 개천이 토성 주위를 흐르고 있었는데 토성 정문을 경계로 상류는 복개가 되고 하류는 복개가 되지 않고 있었다. 평소에는 하수도에 불과한 개천이었지만 제법 깊이가 있어 태풍이 불고 홍수가 날 때는 엄청난 물이 흐르기도 했다. 토성 앞으로 이사 오기 전에는 가게

만 토성 앞에 있고 살림은 그 아래 마을 인동촌에서 살았다. 개천을 따라 학교를 오갔는데 초등학교 1학년 때 그 개천 아래로 떨어져 크게 놀라고 심하게 고생한 적이 있었다. 개천가를 걷다가 발을 헛디뎌 그대로 거꾸로 떨어졌는데 충격이 꽤 컸다. 한의원인지 접골원인지에 가서 팔을 돌려 뼈도 맞추고 했다. 제대로 치료를 받지 못해서 지금도 오른쪽 쇄골은 툭 튀어나와 있다. 구정물도 많이 마셨던 것 같다. 상류 쪽 복개가 된 곳에는 임시 가옥들이 십여 채 들어서 있었는데 그 집들 화장실 배출물이 바로 개천으로 흘러내렸다. 다행히 길을 가던 청년 두 사람이 나를 구출해서 집까지 데려다주었다. 다른 기억은 남아 있지 않고 물에 빠지면서 란도셀 가방 뚜껑이 열려서 그 안에 든 책들이 다 삐져나와 물에 둥둥 떠내려가는 것을 안타깝게 바라다본 기억만 남아 있다.

아버지가 위풍도 당당한 적산가옥 행랑채의 정중앙에 가게를 얻어 식구들을 한곳으로 모이게 하고 안정된 영업을 하게 된 것은 오로지 고모할아버지(어머니의 고모부)의 도움과 토성의 보살핌 덕분이었다. 그 당시만 해도 토성은 대구의 몇 되지 않는 유원지여서 오고 가는 인파가 꽤 많았다. 시내에서 '향촌상회'라는 번듯한 주류도매상을 하던 그 고모할아버지는 단신 월남해서 새장가를 든 사람이었다(그 당시는 가게가 있던 향촌동이 대구의 중심 거리였다). 어머니의 친고모는 이북에 남아 있고 고모부 혼자 이남에 내려와서 새장가를 들었으니 사실은 어머니와의 인척 관계가 해소된 상황이라고 할수도 있었다. 그런 탓인지 어머니와 그 새고모할머니는 노골적으로 앙앙불락, 대놓고 서로를 못마땅해했다. 내 기억에 어머니가 그 할머니와 똑바로 마주 보고 대화를 나누는 것을 한 번도 본 적이 없다. 어머니는 거의 아랫사람 대하듯이 새고모할머니를 비스듬히 보고 말했다. 그런 상황에서는 늘 그랬지만(마산의 판사 할아버지에게도 그랬고, 마지막 나와 함께한 인천 여행에서 만난 친지들을 대할 때도 그랬다) 어머니는 마치 오래된 빚문서라도 손에 든 것처럼 당당하게 고모부에게 분점을 하나 내어줄 것을 요구했다. 마음씨 좋은 고모할아버지는 그 요청을 순순히 받아들였다. 서너 달 그 집에서 리어카를 끌며 일을 배운 아버지는 드디어 소원대로 '공원상회'라는 간판을 내걸고 번듯한 자기 가게를 하나 가질 수 있게 되었다. 이남에서 가져본 가게 중에서는 가장 영업 이익이 많이 나왔던 가게였다. 소주방까지 겸해 소매 장사를 할 때에는 욱일승천의 기세로 가게를 확장했다. 주체하기 어려울 정도로 돈이 모였다. 일 원짜리, 십 원짜리 지폐로 아버지의 책상 서랍(금고 대용)이 꽉 차서 힘주어 조심조심 서랍을 당겨줘야 하는 날도 허다했다. 형과 나는 토성 안의 이상화 시비 아래 마련된 가게 출장소에 가고부대(들병이) 아줌마들에게 공급하는 소주와 사이다, 콜라를 잔뜩 쌓아놓고 아줌마들의 부름에 신속하게 대응했다. 지금 생각해도 모든 게 다 잘 풀려나가던 시절이었다. 어머니가 모모한 산부인과 원장 부인과 함께 무슨 사업을 벌이다 기막힌 사기를 당하는 일만 없었어도 우리 집은 토성의 보살핌으로 끝없이 앞으로 쭉쭉 뻗어나갈 수 있었던 시절이었다. 그러나 여자로 흥한 자는 여자로 망한다고, 결국 어머니는 아버지에게 다시는 회복할 수 없는 결정타를 안기고 먼저 세상을 뜨고 말았다. 어머니가 돌아가실 무렵 아버지가 내게 한 말 중 가장 기억에 남는 말은 "니네 오마니가 죽으면 우리는 다 굶어 죽는다"였다.

이 연작 소설의 서두 '취하는 것' 편에서 양아치 대장 변상태와 전직 무도 교사 유씨, 백인종 덕구에 대해서 이야기를 했지만 사실 그들은 정규 토성 사람들이라고는 할 수 없는 존재들이었다. 뜨내기 양아치 부대나 우리 집 단골손님 중에서 그저 어린 내 눈에 신기하게 비쳤던 사람들이었다. 지금도 기억에 선명한 토성 사람으로는 연씨 아저씨와 선녀보살 아줌마가 있다. 두 분 다 역술인이었고, 두 분 다 친구(나이는 한두 살씩 어린 친구들이었다)의 부모님이었다. 연씨 아저씨는 아버지의 소주방 단골손님 중에서 유일한 이웃이자 번듯한 직업을 가진 사람이었다. 그래서 아버지의 가게에 들르는 시간도 다른 이들과는 달리 늘 늦은 저녁 시간이었다. 연씨 아저씨는 얼굴이 관옥처럼 붉고 이목구비가 선명하여 영화배우 뺨치는 인물을 보유하고 있었다. 언행도 과묵하고 태도도 신중하여 주변 사람들에게 신뢰감을 많이 주고 있는 편이었다.

다만 한쪽 다리가 없어서 목발을 짚고 움직일 때마다 그쪽 바짓가랑이가 힘없이 펄럭이는 것이 흠이라면 흠이었다. 어린 마음에 늘 그 비어 있는 쪽이 안쓰러웠다. 그의 모든 인간적인 장점들이 그것으로 인해 저평가될 수밖에 없는 현실이 안타까웠다. 연씨 아저씨의 한쪽 다리에 관해서는 징용설, 참전설, 탄광설 등이 있었으나 본인이 말을 아껴 분명하게 확인된 건 없었다. 내가 지금까지 기억하는 연씨 아저씨의 육성은 단 두 마디다. "내가 남의 일을 어떻게 알겠수?"와 "한 일 년 열심히 배우면 웬만큼은 할 수 있지!"가 그것이다. 앞의 것은 아버지가 말도 안 되는 물음을 던진 것에 대한 냉소적인 대답이었다. 아버지는 "그래, 오늘은 좀 많이 알아맞혔어요?"라고 술잔을 채우면서 농을 던졌다. 그런 질문은 아무리 농이라고 하더라도 역술인들에게는 절대 던져서는 안 되는 말이었다. 그날따라 술도 안 마시는 아버지가 왜 그런 술 취한 질문을 던졌는지 지금 생각해봐도 이해할 수가 없다. 그러자 연씨 아저씨가 픽 웃으며 그렇게 대답한 것이다. 사실 '아느냐 모르느냐'는 것은 이쪽 업계에서는 이미 죽은 질문이었다. '고객에게 시의적절한 해법과 위안을 제공했는가?'만 문제가 될 뿐이었다.* 그리고 연씨 아저씨는 역술 공부를 해서 점가게

---

* 일례로 점집에서 자주 듣는 "팔자(사주)에 남자(여자)가 없다"라는 말이 그런 '시의적절한 해법과 위안'에 속하는 것이다. 노처녀와 노총각은 그 말을 들으

를 연 사람이었다. 선녀보살 아줌마처럼 신이 내려서 신당을 짓고 점집을 차린 사람이 아니었다. 얼굴만 딱 보고 신통하게 그 사람의 과거나 맞추는 사람이 본래 아니었다. 연씨 아저씨는 한번씩 제자가 되려고 찾아온 사람들과도 함께 아버지의 가게에 들르곤 했다. 그때 연씨 아저씨가 주로 하는 말이 바로 "한 일 년 열심히 배우면……"이었다. 재능이 있는 사람이라면 좋은 스승을 만나 일 년 정도만 배워도 바로 점집을 열 수 있다는 말이었다.

선녀보살 아줌마는 아편쟁이로 소문이 나 있었다. 늘 먼 곳에서 찾아오는 손님들로 집 안이 시끌벅적했다. 제법 규모가 있고 반듯한 기와집에 점집을 차렸는데(그런 부분에서도 다른 점가게들과 확연하게 구분되었다) "선녀 나갔다!"라고 아줌마가 뒤로 나자빠지면 그날은 그것으로 끝이었다. 말 만들기 좋아하는 사람들은 그게 약 기운이 다 떨어졌다는 신호라고 수군거렸다. 나보다 한 살 적은 그 집 친구는 유난히 먼 곳에 있는 구슬을 잘 맞추는 재주를 가지고 있었는데 우리와 골

면 일단 자책에서 벗어난다. "눈이 너무 높다", "여성적(남성적)이지 못하다", "사교성이 부족하다"와 같은 비난성 평가로부터 자유로울 수 있기 때문이다. 원래 '없는 것'인데 차분하게 때(귀인)를 기다리거나 가르쳐주는 묘방(부적)을 잘 실행하면 짝을 얻을 수 있다는 희망을 주어서 사람을 밝게 만드는 것이다. 그 말을 듣고 간 사람들 중에(간절함을 가진 사람들 중에) 끝까지 독신으로 살다 간 사람은 거의 없을 것이라는 게 내 생각이다.

목길에서 구슬치기를 하던 중에 지나가는 사람들이 그런 이야기를 나누는 것을 무표정하게 듣곤 했다. 워낙 엄한 아버지 밑에서 자라기도 한 탓인지(그 집 아저씨는 왕년의 주먹대장이었다. 토성과 서문시장 인근의 유일한 문화시설인 시민극장에서 기도를 봤다는 말도 있었지만 어린 우리로서는 확인할 수 없는 일이었다. 실제로 그 아저씨가 얼굴을 붉히거나 주먹을 휘두르는 것을 본 사람은 아무도 없었다. 얼굴만으로도 충분히 사람들을 압도했다) 그 친구는 우리와 놀 때 이외에는 바깥출입을 잘 하지 않는 편이어서 특별히 기억에 남는 일화가 없다. 나는 내 몸무게를 훨씬 상회하는(느낌이 그랬다) 가게 짐자전차를 타고 토성 일대를 정신없이 쏘다니기도 하고(버스와 부딪쳐서 죽을 뻔한 일도 있었다) 토성 안에서 벌어지는 노인회 주최 소년장사씨름대회에도 곧잘 출전해서 우승 상금을 획득하기도 하고 토성 안에 마련된 아버지 가게 출장소에 나가서 배달일을 하며 집안을 돕는 일에도 성실하게 임하면서 바쁘게 그 시절을 보냈다. 다행히 학교 성적은 나쁜 편이 아니었다. 그러나 단 한 번도 학교 숙제를 해 간 일이 없었다. 집에 와서는 공부 책을 펴는 일이 전혀 몸에 붙지 않았다. 그 일로 특별 가정방문을 온 담임선생님에게 어머니가 한 말이 가관이었다.

"워낙 가게 일이 바쁜 탓입니다, 선생님."

그리고는 약소하나마 촌지를 챙겨드렸다. 그 담임선생님은 숙제를 해 가지 않으면 꼭 손바닥을 따끔하게 한 대씩 때리곤 했는데 그 뒤로도 꾸준하게 내 손바닥을 때리셨다. 촌지를 받았다고 살살 때리는 일은 결코 없었다. 물론 나도 전혀 원망하는 기색 없이 순순히 손바닥 매를 감수했다.

어려서 점집 골목에서 자란 것이 향후의 내 인생에 어떤 영향을 미쳤을까를 한번 생각해본 적이 있다. 이른바 신비주의적 세계관에 관한 문제였다. 결론은 아무런 영향을 받지 않았다였다. 그런 환경적인 요소와는 전혀 관계없이 삶의 신비는 스스로 한번씩 제 모습을 드러낼 때가 있다. 그것이 긍정적으로 자기 삶에 작용하도록 몸과 마음을 잘 다스리는 일이 중요할 뿐이다. 그런 마음가짐만 가지고 있으면 누구나 일 년 정도 열심히 공부하면 점가게를 낼 수가 있다.

보충할 게 있다. 토성 앞에서 살던 사람들의 출신 성분이다. 연씨 아저씨는 충북 영동 사람이고 뒷집 얼음 공장 사장 설씨 아저씨는 전라도 광주 사람이다. 선녀보살집 사람들은 경남 합천 쪽에서 온 사람들이고 우리는 황해도 봉산이 고향이다. 그렇다고 외지 사람들만 토성 앞에 모여 살았던 것은 아니다. 대구 토박이도 물론 있었다. 당시로는 굴지의 공업사를 가지고 있던 홍씨 아저씨는 오래전부터 그 자리에서 일본 사람 밑에서 공업사 일을 해왔다. 해방 이후에 공업사와 그 주변 땅을 그대로 일본인 주인에게 물려받아서 일약 거부가 되었다. 모두가 주인을 잘 만난 덕분이라고 동네 사람들은 입을 모았다. 홍씨 아저씨는 말을 탈 때 신는 목이 긴 구두 장화를 신고 다니기도 했다. 첩실도 있어서 나와 나이가 비슷한 남녀 이복형제(자매)들이 두어 명 있었던 것으로 기억한다. 얼마 전에 토성 앞을 한번 다녀온 적이 있었는데 그 홍씨 집 큰아들이 오래된 구멍가게급 슈퍼를 지키고 있는 모습을 보았다. 그 좋았던 풍채는 다 어디로 가고 작게 쪼그라든 모습이었다. 그 동네를 아직도 지키고 있다는 게 신기했다. 그 양반은 물론 나를 알아보지 못했다. 곧 여든이 될 나이인데도 젊을 때의 모습이 얼굴에 여전히 남아 있었다.

그때는 고향이 어디라고 해서 배척을 당하고 괄시를 받는 일이 전혀 없었다. 한 학년 아래였던, 얼음 공장 설씨 집 아들이 나한테 딱지를 다 잃자 갑자기 이성을 잃고 "에이, 이북놈!"이라고 했다가 완력이 좀 있었던 나에게 호되게 응징을 받은 일이 한 번 있기는 했다. 속으로는 어떤 생각을 가지고 있든 간에 토성 앞에서는 모두 화목하게 살려고 노력했다. 국회의원도 한번은 전라도 사람을 뽑았다.

참, 국회의원 이야기가 나와서 한 분 더 소개를 해야겠다. 동네 반장을 맡고 있던 김씨 아저씨 이야기다. 신작로에 면한 자그마한 이층 적산가옥에 살고 있던 김씨 아저씨는 평안도 사람이다. 제법 큰 부잣집 도련님이었다고 했다. 와세다(早稲田大学)인지 게이오(慶應義塾大学)인지 일본에서 대학을 다녔다는 소문이 있었는데 긴가민가하다가 나중에 학창 시절 사진을 보고 일본 유학생이었던 것을 사실로 확인할 수 있었다. 박정희가 군사쿠데타에 성공하고 공화당이 지역감정을 일으켜 장기집권의 길로 막 들어섰을 때 김씨 아저씨는 지역 공화당의 잔심부름을 도맡아 했다. 기자 출신이었던 젊은 공화당 후보가 복개천 위에서 유세를 할 때에는 집에서 연단으로 물 주전자를 들고 바쁘게 오가곤 했다.

"일본 유학깨나 다녀왔다는 양반이 물 주전자 심부름이나 하고 앉았었고, 쯧쯧…… 한심하기는……"

언젠가 아내와 무슨 말싸움 끝에 그렇게 야지를 놓다가 호되게 면박을 당한 적이 있었다.

"그래도 자식들 굶기지는 않았거든? 지 꼴을 알고 덤벼도 덤벼야지."

김씨 아저씨, 장인어른은 토성 앞 동네에서 가장 훤칠하고 인텔리적 용모를 갖춘 분이었다. 아버지도 그 양반, 그 양반 하면서 존중하는 태도를 감추지 않았다(아버지는 연씨 아저씨와 장인어른를 제외한 토성 남정네들을 모두 '그치'라고 호칭했다. 거부인 홍씨 아저씨도 예외는 아니었다). 대화 중에도 크게 소리 내서 이야기하는 것을 본 적이 없다. 어린 마음에 동네 사람들 모두가 말없이 그를 추앙하는 것처럼 느껴졌다. 언젠가 옛 생각이 나서 그런 이야기를 꺼냈다가 또 한 번 면박을 당했다.

"추앙 같은 소리 하고 자빠졌네. 돈가스 시켜서(그때는 아이들이 냄비를 가지고 가서 음식을 담아 왔다) 혼자 먹고, 꿀에다 인삼 쟁여서 다락에 두고 혼자 먹는 인간인데 추앙은 쥐뿔……"

덧붙인 아내의 말이 더 가관이었다. 식탐이 좀 있었던 아내는 장인어른이 돈가스를 다 드실 때까지 그 앞에서 뚫어지게 쳐다보고 있었다는 거다. 그럼에도 불구하고 장인어른은 단 한 조각도 주지 않았다는 거고. 참 대단한 부녀다.

"옛날 어른들은 다 그랬어. 특히 부잣집 도련님 출신들은 다 그래."

약간의 동병상련도 있고 해서 그렇게 말해주었다. 물론 아내가 그런 위로에 진무될 리가 없었다. 아내에게는 자신이 아버지에게 그렇게 하찮은 존재였다는 게 너무 억울하고 화나는 일이었다. 사정은 우리 집도 비슷했다. 아버지는 어린 자식들에게 "일하지 않는 자는 먹지도 말라"라는 조선노동당 선전 구호를 밤낮없이 주입했다. 참 기가 막힌 일이었다. 자기 집안을 몰락시키고 자기 자식들에게 말할 수 없는 가난의 고초를 안긴 철천지원수들의 구호를 이용해서 무언가(부모의 자녀 부양 의무 같은 것) 면책을 구해보겠다는 그 심보가 참 괘씸했다. 물론 그때는 몰랐다. 지금 생각하니 그렇다는 이야기다.

장인어른과 관련된 일화로는 한 가지만 더 추가한다. 김씨는 크게 보면 신라(경주) 김씨와 가야(김해) 김씨로 나누어진다. 그 아래로 여러 개의 분파가 있다. 장인은 원래 문화(전주) 김씨다. 그런데 이남에 와서 호적을 정리할 때 본관을 경주로 바꾸었다. 그래서 아내는 호적상 경주 김씨다. 내막은 이렇다. 이북의 김일성이 문화 김씨다. 얼마 전에 전주 모악산에 있는 김일성가의 시조 묘에 대한 이야기를 누가 하는 것을 신문에서 봤다. 장인은 고향도 평안도다. 그러니까 부정할 수 없는 그쪽 문화 김씨 출신이다. 난세에 혹시나 김일성과 관련해서 불이익이 있을까 봐 본관을 바꾼 것이다. 그리고 그 사실을 자식들에게 일러주고 세상을 떠나셨다. 마지막으로 한 사람 더 소개한다. 본채 주인집 며느리 이야기다. 우리가 적산가옥의 일원이 되고 나서 곧 주인이 바뀌었다. 전 주인에 대해서는 아는 바가 없다. 새 주인은 서문시장 인근에서 큰 지물포를 경영하던 사람이었다. 그 당시 그쪽 상권은 지물포와 포목점이 장악하고 있었다. 주인집 며느리는 이십대 중반의 복스럽고 시원스런 용모를 지닌 멋쟁이 새댁이었다. 지역의 명문 여고를 나온 일등 며느릿감이었다. 부잣집에 시집와서 떡두꺼비 같은 아들을 순산해 온 집안의 총애를 한 몸에 받고 있었다. 그런데 하루는 형이 나에게 귓속말로 속삭였다.

"주인집 아기 이름이 뭔지 아니? 진학이야, 진학이."

어린 내가 들어도 좀 이상한 이름이었다. 당시 나는 누가 가르쳐주지도 않았는데도 신문을 보고 한자를 몇 글자 터득한 상태였다.

"학년 올라간다는 진학(進學)이?"

그렇게 되묻자 형이 고개를 끄덕였다. 명문 중학교 학생답게 형은 거기다 나름의 주석을 달았다.

"돈은 있을 만큼 있고, 이제 필요한 건 공부뿐이잖니? 공부 열심히 해서 훌륭한 사람 되라는 거지."

형의 설명을 들으니 이해가 되었다. 그렇게 우리의 입방아에 오르내리던 진학이는 얼마 있지 않아서 우리 집 단골손님이 되었다. 잠시 외출할 일이 있을 때는 우량아 진학이를 업고 다니기가 힘들었던지 진학이 어머니는 꼭 우리 집에 진학이를 맡기고 볼일을 보고 왔다. 진학이 어머니는 특히 공부 잘하는 형을 귀여워했다. 당시 형이 다니던 중학교에 입학한 학생은 인근 일 킬로미터 반경 안에서 형 한 사람뿐이었다. 일 년 뒤 연씨 아저씨의 막냇동생이 그 학교에 들어가서 큰형님 댁에 와 학교를 다니게 되면서 두 명이 되었다. 연씨 아저씨는 새로 교복을 맞춰 입은 아들 같은 총명한 막냇동생을 데리고 와서 아버지에게 인사를 시켰다. 두 돌이 채 안 된 나이였던 진학이도 무척 총명한 아이였다. 나와도 의사소통이 아주 잘되었던 기억이 난다. 진학이도 지금은 오십대 중후반의 나이가 되었을 텐데 집안 어른들의 소망대로 공부 열심히 해서 훌륭한 사람이 되었는지 궁금하다.

레드빈 케이크

1

레드빈 케이크(Red-bean Cake), 적두병은 내 최후의 결론이다. 칼 구스타프 융 식으로 말한다면 내게 적두병은 모든 '죽음의 유혹'에 대한 반항이며 '제 한 몸으로 감싸는 상징'이다. 내 안의 모든 갈라진 것들은 그것 안에서 융합한다.

"살아 있는 상징은 핵심적인 어떤 무의식적 요소를 형태화하는 것이다"라고 융은 말했다. 그런 의미에서 적두병은 완벽하고 완전한 내 개인적 상징이다. 상징은 상징이므로 모호한 암시와 풍성한 관념들을 서로 연결해준다. 그렇게 해서 지상의 모든 고립을 하나씩 깨부순다. 상징은 궁리 끝에 만들어지는 것이 아니다. 무의식이 나도 모르게 쏘아 올린 작은 공이다. 그것은 '자발적 산물'이므로 항상 '폭로자적인 성격'을 지닌다.

성인이 되기 전, 내게 완전한 기억으로 남아 있는 과거는 오로지 토성(공원) 앞에서 보낸 기간뿐이다. 나머지 기간은 억압되거나 파편화되어서 제대로 일관된 기억을 구성하지 못한다. 그런 내가 토성 앞에서 적두병(赤豆餠)이라는 간판을 처음 만났을 때 마치 사막에서 우주선을 만난 것처럼 황당하고 황망했다. 그 간판을 보는 순간 내 무의식이 마구 요동친다는 것을 느꼈다. 그것이 팥떡을 가리키는 말이라는 것을 사전을 찾아 재확인하면서도 한동안 어리벙벙했다. 그리고 기껏 한다는 일이 적두병 서사의 구축이었다. 소설 비슷한 글을 적기 시작했다. 일단 적두병 가게의 주인이 화상(의 후예)일 것이라고 유추했다. 그가 그 자리에서 적두병 가게를 연 이유를 핏줄의 연(緣)에서 찾겠다는 거였다. 그런 유추의 시발점은 어릴 때 토성 앞에 있었던 중국집 가게였다. 그때 이미 할아버지 할머니였던 그 가게 주인은 낡은 진열창 안에 꼭 만두한 접시와 공갈빵 두어 개를 전시해놓곤 했다. 한 번도 들어가보지 못했던 그 중국음식점이 멀리서 날아오는 불꽃 화살처럼 내 뇌리를 스치고 지나갔다. 그 이야기를 아내에게 꺼냈더니 아내는 절대 그렇지 않을 거라고 말했다. 세상은 그렇게 복잡하게 얽혀 있지 않다는 게 아내의 말이었다. 그런 게 아내의 세계관이었다. 세상을 엮는 가장 명확하고 질긴 끈은 돈

(물질적 욕심)이라는 게 아내의 신념이다. 나머지는 다 거기서 거기까지라는 거다. 언제든지 훅 불면 날아가는 것들이라는 게 아내의 믿음이다. 그런 아내에게 나는 항상 넘치는 인생이었다.

보통은 내가 물러선다. 그러나 이번에는 좀 달랐다. 무의식의 요동이 확인되었던 일이다. 쉽게 뒷걸음쳐지지가 않았다. 상식적으로 볼 때, 시류에 맞지 않게(나도 이 소설의 제목을 레드빈 케이크라는 영어식 이름으로 쓰고 있다) 굳이 적두병이라는 한자 상호를 쓰는 까닭은 다음 둘 중의 하나였다. 이를테면 아주 영민한 상업적 발상이거나 아니면 아주 단순한 개인적 연유에서였다. 영민하다면 이 남루한 토성공원 앞의 풍경들에 스며들기 위한, 그리고 그런 역삼투적 발상으로 젊은이들의 레트로 취향을 자극하기 위한 고도의 영업 전략일 것이고 단순하다면 내가 생각하는 혈연의 작동이었을 것이다. 나는 후자를 택했다. 가게 주인이 중국인일 것이라는 내 추리가 충분히 보편적이고 상식적이라고 생각했다. 요즘 같은 세태에 누가 그런 고색창연한 간판을 내걸겠는가. 진짜 중국인이 아니고서야 그런 반동을 저지를 리가 없는 것이다. 영민한 고도의 영업 전략이라고 보기에는 허술한 점이 너무 많았다. 그러기에는 가게 주인의 모습이 너무 전형적인 산둥 지방 출신의 화교였고 가게 또한 너무 초라했다.

그가 중국인의 후예임이 분명한 또 한 가지 이유가 있었다.

젊은 주인의 적두병 제조 기술이 범상치가 않았다. 나는 그의 적두병을 처음 맛보는 순간 직감적으로 그의 기술이 내림 기술임을 알아차렸다. 당대에 보고 배운 기술과 대를 이어 내려 온 기술은 무엇이 달라도 다른 법이다. 그가 만든 적두병은 무언가 오랜 장인의 숙성된 기술이 배어 있었다. 경주의 황남 빵에 비견될 만한, 가히 이상적이라 할 만큼 팥소와 껍질이 절묘한 조화를 이루고 있었다. 특히 팥소에 견과류를 첨가해 팥의 지나치게 강렬한 특유의 자극적인 향미를 견제하면서 씹을수록 은근하고 깊은 식감을 내도록 배려하고 있는 점이 좋았다. 모르는 이들은 팥소의 단맛에서 적두병의 맛이 좌우 되는 줄 알지만, 사실은 단맛만으로는 식감을 풍성하게 할 수 없다. 팥의 물성이 차기 때문에 그것과 어울리는 따뜻한 물성 을 배합하는 일도 꽤 중요한 과정이다. 껍질을 파삭하게 구워 서 먼저 따뜻하게 고소한 맛을 내고 이어서 시원한 단맛이 뒤 따라오는 순차적인 식감의 조화를 제대로 만들어낼 수 있어 야 한다. 이때 '따뜻하고 시원한 맛'이라는 게 실제 온도와는 별개의 식감이라는 것은 모두 다 알 것이다. 거기다가 적두병 은 견과류를 첨가해서 팥소가 혼자 놀지 않고 은근하게 고소 한 뒷맛과 함께하도록 배려하고 있었다. 팥의 시원하고 달콤 한 향미를 음미하면서 물리지 않고 그 맛을 오래 즐길 수 있 도록 하는 것이 팥소를 쓰는 고급 전병류가 지켜야 할 금과옥 조였다. 팥소의 습기가 오래 유지되는 것도 매우 중요한 문제인데 아마 계란과 우유를 활용해서 최대한 팥소가 마르는 시간을 연장하고 있는 듯했다. 그것도 쉬운 것이 아닌데 적두병은 잘해내고 있었다. 겉을 싸는 식재의 풍미도 결코 일류 제과점의 그것에 밀리지 않았다. 가성비로 볼 때는 다른 업소들과는 비교가 되지 않을 정도로 훌륭한 제품이었다. 사소한 요령에서부터 명장(名匠)의 확고한 신념에 이르기까지 어느 것 하나 흠잡을 수 없는 적두병이었다. 이 난국에서도 몇 년째 가격을 올리지 않는 불패의 상도(商道)까지 고려한다면 적두병은 틀림없이 선대로부터 이어받은, 그것도 이역만리 타국에서 어렵게 자수성가한 부친이나 조부의 삶을 기념하고 추수하려는 중국인 2세(3세)의 작품일 수밖에 없었던 것이다.

그러나 아내의 생각은 달랐다. 그런 말도 되지 않는 망상은 매사에 호들갑을 떠는 당신 같은 '팥쥐'들의 생각일 뿐(팥쥐는 항상 생각이 많다는 게 아내의 주장이다) 현실은 절대 그렇지 않다는 것이다. 우선 적두병에 대한 나의 품평 태도부터 평가절하했다. 입맛은 간사해서 때와 장소에 따라 다르고, 내 몸의 상태나 기분에 따라 다른 것이기 때문에 몇 번의 입질로 섣불리 그 맛을 단정해서는 안 된다는 거였다. 한 상 차림도 아니고 고작 한입 먹거리의 호사에 그렇게 호들갑을 떨어서야 어떻게 제대로 된 작가 노릇을 할 수 있겠느냐는 눈치까지 주고 있었다. 그리고, 우리 땅에서의 화교들 문제를 이야기할 때는 좀 더 정치하게 정치경제학 쪽으로 이해를 넓힌 다음에 입질을 해도 하라고 나무랐다(그런 지적에 내가 토를 달 입장이 아니었다. 아내의 형부, 손윗동서가 화교였기에 더 그랬다. 동서는 젊어서 한국을 떠난 뒤 일본, 아르헨티나를 거쳐 지금은 미국에 정착해 있다). 이 땅의 화교들이 제3공화국 시절의 차별 대우를 견디지 못하고 울며 겨자 먹기로 이곳저곳으로 이산(離散)한 것을 모르느냐는 거였다. 그렇게 떠난 지가 언젠데, 무엇이 자기를 부른다고 그 비루하고 강퍅한 토성공원 앞에 자식(손자)까지 나서서 다시 전을 펴겠느냐는 설명이었다. 재산 취득과 관련된 법령이 개정되어 외국인도 내국인과 별반 다름없이 경제활동을 할 수 있는 것으로 안다고, 짧은 상식을 동원해 반박도 해보았지만, 아내는 요지부동이었다. 아내의 적두병에 대한 평가가 전적으로 그런 사회역사적 맥락만을 고려해서인 것은 아니었다. 일단 내가 아는 체를 하니까 본능적으로(?) 그렇게 면박을 준 것이었지만, 사실은 아내의 적두병 품평은 주로 작품 내적인 객관적인 데이터에 기반한 것이었다. 이를테면 주요 재료인 팥이나 견과류가 그 가격으로 볼 때 국산이 아닌 것이 분명하고 맛에 있어서도 유명 제과점 특히 일본 여행에서 맛본 나마카시(和菓子)들과는 아직 차이가 많이 난다는 거였다. 그리고 영업 환경에 대해서도 아주 비판적이었다. 토성 앞의 가게들은 대체로 위생 상태가 불량하다는 거였다. 아내는 생각보다 심각하게 토성 콤플렉스에 시달리고 있었다. 아내는 아직까지도 복개천 위에서 밤새 카바이트 불을 밝히며 불야성을 이루었던 포장마차들이 독한 냄새를 풍기며 고래고기와 소주를 팔던 그 시절을 잊지 못하고 있었다. 심리적으로는 여전히 그때 그 장소 앞에서 살고 있는 것이다. 고래고기 포장마차들은 이홉들이 작은 낱 병으로 소주를 팔지 않고 큰 정종 병으로 공급 받아서 정종 잔으로 한 잔씩 팔곤 했는데(거의 대부분 우리 가게에서 아버지가 주조한 사제 소주를 갖다 팔았다) 잘못 그 정종 병을 만지면 그 기름 냄새가 며칠 씩 가시지 않아 애를 먹었던 기억이 있다. 그만큼 그 냄새가 독했다. 고래고기에서는 말로 표현하기 힘든 바다 비린내(그동안 고래가 먹고 산 두족이나 갑각류들의 부패한 냄새)와 고래가 죽으면서 몸속에 남긴 피 냄새가 났다. 비위가 약한 사람들은 그 근처에도 가기 싫을 정도로 포장마차들이 줄지어 서 있는 곳에서는 고약한 냄새가 났다. 냉장 냉동 시설이 미비했던 그 시절이라 더했던 것 같다. 사실 그때는 낮에는 건강원들에서 끓여대는 역한 뱀탕 냄새로 속이 이글거렸고 밤에는 고래고기 포장마차에서 나는 고리고리하게 비린 냄새들 때문에 방문을 제대로 열어 두지 못할 지경이었다. 그러나 지금은 그 시절이 아닌 것이다. 고작해야 한쪽 구석에 건강원 한 집이 있을 뿐이었다. 지금은 점집들과 함께 각종 생활용품들을 파는 이동식 만물가게들이 토성 앞 거리를 장악하고 있었다. 토성 앞 영업 상황이 그렇게 바뀐 지가 언젠데 그때 그 시절의 '위생 상태'를 멀쩡한 적두병 가게에다 덮어씌우는 아내가 일견 딱해 보일 지경이었다. 아내에게는 토성이 거대한 불신의 장벽이었다. 어쨌든, 팩트 저격이든 피해망상이든, 아내의 데이터에 의거해 적두병을 분석해보면 결론은 하나였다. '그저 토성공원 앞에서나 맛있게 먹을 정도의 작은 팥빵'이었다.

그게 콩쥐다운 생각인 것은 분명했다. 그러나 콩쥐들은 세상을 즐길 줄 모른다. 좋아하는 팥소가 가득 든 적두병을 보고 호들갑을 떨지도 못한다면, 그렇게라도 마음대로 환상 속에 들어가 마음껏 공상도 즐기지 못한다면, 도대체 이 세상이 무슨 재미란 말인가? 이 지루한 인생을 어떻게 견디란 말인가? 어떻게 사람이 콩쥐처럼 일만 하고 산단 말인가? 콩쥐에게도 밤 생활은 필요했다. 가족 부양 같은 주어진 임무에만 목을 매고 사는 건 결국 소나 말, 개나 당나귀의 삶이 아닌가? 비록 자정까지만 딱 유효한 것이긴 하지만, 사람에게는 쥐가 끄는 호박마차 한 대쯤은 있어야 하는 게 아닌가.

2

적두병 망상은 그리 오래가지 않았다. 시쳇말로 '현타'라고나 할까? 네이버에 '적두병'을 쳐 넣는 순간 그동안의 모든 망상들이 일거에 소탕되고 말았다. 『장난감 도시』의 명소, 대구의 맛집 토성공원 적두병, 빵쟁이 형님 이 아무개, 빵보다 커피 맛이 더 일품인 적두병 가게, 토성공원까지 가서 적두병 맛을 못 보면 삼 년 재수 없다…… 그리고 전통 혼례로 올린 최근의 가게 주인 결혼식 장면까지, '적두병'이라는 단어와 관련된 거의 모든 것이 총망라되어 있었다.

가게 주인이 미혼이었을 것이라는 나의 추측도 보기 좋게 빗나갔다. 우연히 엿들은, 살갑게 주고받는 연인과의 통화를 두고 그렇게 추리한 것인데 미처 그것이 신혼의 달콤함이라는 것에는 생각이 미치지 못했다. 그리고 정기적으로 출사(出寫)를 나가는, 제대로 실력을 갖춘 사진 작가라는 사실도 새롭게 알게 되었다. 그제서야 가게 곳곳에 걸려 있던 멋있는 사진들이 주인장의 작품들이라는 것을 알게 되었다.

막연했던 실패의 예감이 현실로 막상 그 얼굴을 드러내자 내 안에서 '이상한 가역반응'이 일어났다. 오히려 더 홀가분해지는 느낌이었다. 적두병을 가지고, 더 구체적으로 말하면 적두병을 이용해, 모종의 서사적 정체성 복원을 도모해보겠다는 섣부른 의식, 무의식적 망동들이 사라지고 난 뒤의 평안인 듯했다. 흑심을 접으니 돌연 정신이 맑아지는 느낌이었다. 교묘한 트릭도 복잡한 플롯도 억지 합리화도 더 이상 필요치 않았다. 귀찮은 것을 싫어하는 내 성격에는 오히려 큰 원조자가 되었다.

자라오면서 좋든 싫든 나에게 고통을 준 모든 불쾌했던 경험들을 탈색시키는 자기방어적 습관이 내겐 있다. 불쾌한 모든 것들을 '사건 그 자체'로 여겨버리는 것이다.* 기억 속에서 그것들을 대할 때는 그 원인과 결과를 일절 생각하지 않는다. 후회도 복수도 실망도 원망도 자리 잡지 못하게 안간힘을 쓴다. 아마 어릴 때 토성을 떠나 본격적으로 '세계 이주'를 경험하면서, 그 냉혹하고 무정했던 세월을 견뎌야 했던 내 어린 자아의 자기 보호책이었지 싶다. 어린 나이에 견디기 힘든 세계와의 불협화음을 그렇게 해서라도 무마해보려고 했다. 나름대로 터득한 불가피한 생존전략이었다. 상처가 더 이상 번지게 하지 않으려는 꼬리 자르기 전술이었다. '사건 그 자체'는, 앞뒤를 제거하고 보면, 늘 받아들일 수 있는 그 무엇이 된다. 사건은 어디서고 일어난다. '있을 수 없는 일'은 없다.

이번에 만난 적두병 역시 이제부터 '사건 그 자체'였다. 더 이상 적두병에 매달리지 말고 이리저리 유유자적하게 내 마음을 방목시킬 필요가 있었다. 일단 바다부터 생각한다. 바다 곁에 가면 마음이 편하다. 제주도 태생이기 때문이라고 생각한다. 마당 앞까지 바닷물이 철썩거리는 아주 궁벽한 어촌에서 나는 태어났다. 인천에서 미군이 제공한 LST를 타고 제주도

---

* 최근에 『창문을 넘어 도망친 100세 노인』(요나스 요나손, 임호경 옮김, 열린책들, 2013)에 여기서 말하는 '사건 그 자체'와 비슷한 언급이 있다는 이야기를 듣게 되었다. 아직 그 책을 읽어보지 못했지만 재미있게 생각한다. 공교롭지만 서로 영향 관계가 없었음을 밝힌다.

까지 내려간 아버지와 어머니는 거기서 나를 낳았다. 그것은 일단 내가 기억하지 못하는 원체험이다. 그래서 그 자체로 무의식이다. 바다 다음이 적두병인데 적두병은 의식이다. 기억의 잔해가 뚜렷하다. 어쨌든 그 둘은 내게 원초적 장면이다.

인터넷 검색 이후로 최근 몇 년간 '빵쟁이 형님'의 활약상을 알게 된 지금, 적두병에서 근사한 '원초적 장면'을 재현해 보겠다는 나의 최초의 의도는 이제 좌초할 운명에 처하고 말았다. 적두병 가게의 주인에게도 적두병에 얽힌 어떤 원초적 장면이 있었고, 그것이 내 원초적 장면과 절묘하게 동심원을 이루고 있다고 쓰기에는 이제 글러버렸다. 소설 쓰기가 그렇게 호락호락한 것이 아니라는 것을 뻔히 알고 있으면서 왜 그런 발상을 했는지 그것도 참 불가사의한 일이었다.

내게 적두병이 원초적 장면으로 기능하는 것이 맞는 것인지도 사실 분명치가 않았다. 팥을 좋아하는 것은 그저 '사건 그 자체'일 수도 있는 것이었다. 경험, 상처, 핏줄, 역사 같은 단어들과 어울리지 않는 단독 사건 그 자체일 수도 있는 것이다. 그저 우연의 소치일 수도 있는 문제라는 것이다. 생각해 보면 적두병에 대한 내 최초의 경험은 일종의 '격리 체험'과 함께 내 기억의 저장고에 안치되어 있다. 그 기억의 저장고 안으로 먼저 들어가 보는 수밖에 없다.

소설가 이동하가 '장난감 도시'라고 불렸던 대구 변두리에 처음 내려왔을 때 우리 가족이 머물렀던 곳은 듬성듬성 초가와 판잣집이 산재해 있던 도시 서북쪽 야산의 한 기슭이었다. 아마 대구라는 '장난감 도시'에서도 가장 월세가 싼 곳이었지 싶다. 『장난감 도시』의 주인공들이 살았던 판잣집 동네는 그곳에 비하면 훨씬 윗길의 주거 환경을 갖춘 곳이었다. 우리 가족은 일 년쯤 뒤에야 그 근처로 이사를 갈 수가 있었다. 그곳을 거쳐 토성 앞에서 제대로 된 가게를 열고 정주할 수 있었던 것은 그 이후로 또 이삼 년이 지난 뒤의 일이었다. 초가 한 칸을 빌려서 네 식구가 둥지를 틀었다. 옆방에는 직장을 구하고 있던 청년이 혼자 살고 있었다. 좀 떨어진 반대쪽 언덕에는 애락원이라는 음성나환자 수용시설이 있었는데 동네 사람들은 그쪽으로는 잘 다니지 않았다. 물론 그 당시의 나는 그런 사정을 속속들이 알 수 없었다. 다만 그쪽을 두고 수군거리는 어른들의 대화가 그리 밝은 내용이 아니었다는 것이 기억에 남아 있다. 아버지와 어머니는 잠시 학교를 쉬고 있는 형과 아직 취학 연령이 되지 않았던 나를 집에 두고 장사를 나갔다. 리어카에 풀빵(정확히는 오방떡) 틀을 싣고 다녔는데 아침 일찍 나서서 시간 반 정도 걸어가야 하는 꽤 먼 길이었다. 장사 터는 토성공원 앞이었다. 그 당시 나는 부모님들의 대화를 거의 다 이해하는 편이었지만 그곳이 어딘지는 정확히 몰랐다. 그때까지는 한 번도 따라가본 적이 없었기 때문이다. 아버지와 어머니는 밤새 다음 날 장사를 위한 준비에 몰두했다. 팥을 삶아 팥소를 내고 적당한 점도의 밀가루

반죽(풀 반죽)을 하는 일이 매일 반복되었다. 그 일이 간단치가 않았는지 이런저런 의논이 많았다. 집에 돌아와서 잠자리에 들기 전까지 쉴 틈 없이 분주하게 일했다. 팥소 재료 준비는 주로 어머니의 몫이었다. 찔 것은 찌고 묵힐 것은 묵히느라 방 안은 온통 재료를 담은 대야와 알싸한 냄새로 넘쳐났다. 행여나 그것들에 가까이 가기라도 하면 불호령이 떨어졌다. 밤새 부산을 떨어 재료가 준비되면 이른 아침 리어카에다 그것들을 싣고 아버지와 어머니는 총총걸음으로 집을 나섰다. 그럭저럭 시간이 흐르고 학교에 다니던 형이 학교에 가고 가면 나 혼자 집에 있는 일이 많아졌다. 옆방의 아저씨가 한 번씩 말동무가 되어주곤 했지만 그 아저씨도 곧 일자리를 찾아서 집을 비우게 되었다. 인근의 빵 공장에 취직이 되었다. 그런 날이 계속되던 어느 날 무슨 마음에서인지 나는 무작정 집을 뛰쳐나왔다. 토성공원을 찾아가겠다고 마음먹고 그냥 집을 나온 것이다. 그때 무슨 생각에서 그런 일을 저질렀는지 지금 자세한 기억이 남아 있지 않다. 다만, 어린 영혼이었지만, 세상과 격리된 것이 야기하는 어떤 숨 막히는 공포가 있었던 것이 아니었을까 하는 추측만 해볼 뿐이다. 내가 집 밖으로 혼자서 나오는 일은 그리 낯선 것이 아니었다. 대구에 오기 전 대전에서 살 때도 혼자서 바깥출입을 자주 했다. 고모 집이 바로 근처에 있었다. 고모는 아버지의 막냇동생이었다. 집에 혼자 있기라도 하면 고모 집에 놀러 가서 시간을 보내곤 했다. 그런데 대전에서 대구로 내려와서는 엄마가 없을 때 달려가곤 했던 이웃의 고모가 없었다. "조근놈 오니, 배고파서 왔어?" 하며 끌어안아주던 고모 생각이 많이 났던 것 같다. 고모 집은 우리가 대구에 내려올 때 부산으로 내려갔다.

집 밖으로 나온 뒤의 기억들은 파편적으로 남아 있다. 집 앞 골목길을 나오면 야산이 있고 그 야산에 허물어진 무덤 몇 기가 있었다는 것, 그리고 한참을 걸어 신작로까지 나왔을 때 밭 울타리에 울창한 탱자나무들이 있었다는 게 기억난다. 신작로를 따라 먼지에 뒤덮인 탱자나무 울타리가 길게 늘어서 있는 풍경이 어린 마음에도 참 을씨년스러웠다. 간혹 합승버스가 지나가며 일으키는 흙먼지가 온몸을 뒤덮었고 날은 몹시 더웠다. 그것이 전부다. 어떻게, 어떤 경로로 걸어갔는지는 전혀 기억에 없다. 큰고갯길이니 큰장 네거리니 하는, 지금은 10차선으로 넓혀진 대로들이지만, 당시로는 차 한두 대 겨우 지나갈 좁은 신작로였다. 두어 시간은 족히 걸렸을 것이다. 이리저리 갈라지던 그 많은 꼬부랑길들을 어떻게 헤치고 나갔는지 지금 생각해도 신통할 뿐이다. 오르고 내리는 고개로 점철된 난코스를 아장걸음으로 어떻게 무사히 답파할 수 있었는지 아무리 재구성해보려 해도 요령부득, 그 전모를 다 기억해낼 수 없다. 비라도 오면 온통 흙탕물로 신작로가 범벅이 되던 시절이었는데 그 흙먼지를 몽땅 뒤집어쓴 채 어린아이가 혼자서, 길도 모르면서, 스스로 행선지를 정해 찾아갈 수 있었다는 것이 당사자인 내가 생각해도 불가사의한 일이다.

마치 꼬마 유령처럼 하얗게 흙먼지를 뒤집어쓰고 나타난 막내아들을 보고 어머니는 먼저 내 주위를 살폈다. 누가 데려왔나 싶었던 것이다. 주변에 아무도 없는 것을 확인하고 어머니는 놀란 표정으로 어린 아들을 끌어안은 채 눈물을 글썽였다. 아버지는 하늘만 쳐다보며 종내 아무 말도 하지 않았다. 어머니가 그때 무슨 말을 했는지는 전혀 기억에 없다. 다만, 적두병의 팥소, 그 황홀한 맛만 기억날 뿐이다. 어머니는 크게 한 숟가락 적두병 안에 들어갈 팥소를 떠서 내 입에 넣어줬다. 평소에는 아예 근처에도 못 가게 하던 바로 그 금단의 열매였다. 세상의 모든 열락이 내 입안으로 한가득 들어왔다. 천국의 맛이었다. 입안 가득히 향기로운 팥소의 향미가 흘러넘쳤다. "먹어라, 아가야……" 아마 어머니는 그렇게 말했을 것이다. "아가야, 먹어라. 이건 엄마의 몸이다. 내가 너를 사랑하지 않거나 사랑한 적이 없다고 생각하지 말아라. 아가야. 세상에 자식을 사랑하지 않는 엄마는 없단다. 어떤 엄마도 자식을 버리지는 않는단다……"* 그렇게 말했을 것이다. 그런 어머니에

---

* 이 부분은 다음의 소설 대목을 원용한 것이다. "다음 날, 그녀는 공동묘지로 가서 (적어도 한 달에 한 번씩 그러했듯) 아들의 무덤 앞에 섰다. 그녀는 거기에 가면 항상 그에게 말을 했고 그날도 자신을 해명하고 정당화할 필요성을 느낀 듯 아들에게 얘기했다. 아가야, 내 사랑하는 아가야. 내가 너를 사랑하지 않는다거나 사랑한 적이 없다고 생각하지 마라. 네가 살아 있었더라면 지금의 나처럼 될 수 없었을 거야. 그것 하나만 봐도 알 수 있잖니. 아기를 갖고 동시에 이

게 나는 이제, 로렌 아이슬리가 어머니의 묘비를 어루만지며 했던 것처럼, 이렇게 말해주고 싶다. "그래요, 엄마, 아무것도 아니에요. 아무것도 아니죠. 그냥 쉬세요, 엄마……"

이제 적두병 환상에 대해서는 그만 쓸 때가 온 것 같다. 적두병(赤豆餠)이 적두병(赤豆病, 팥에 얽힌 병), 혹은 적두병(赤頭病, 어릴 때 생긴 병)이었다는 것이 속속들이 남김없이 다 드러난 이상 적두병을 핑계로 중언부언, 징징거리는 투정들을 더 이어갈 일이 어디 있겠는가. 다만, 아쉬운 것 한 가지는 여전히 남아 있다. 아버지의 적두병을 내가 잇지 못했다는 게 그거다. 아버지가 노상(路上)의 적두병 장사로 돈을 모아 공원상회라는 버젓한 간판을 내걸고 주류도매상으로 창업을 할 수 있었던 것은 명백한 성공이었다. 물론 전적으로 적두병 덕분이라고 할 수는 없는 일이었지만 어쨌거나 어머니가 밤새 준비한 팥소로 만들어지는 아버지의 적두병은 공원 앞에서는 호가 난 명품 간식거리였다. 가격도 주변의 다른 국화빵들과는 비할 수 없이 고가였다. 지금 생각해보니 오방야키(大判焼き)*라고 하는 일본식 팥앙금빵이었다. 그 앞에서 돌아

세계를 경멸한다는 것은 불가능하단다. 왜냐하면, 우리가 너를 내보낸 곳이 바로 이 세계이기 때문이란다……" 밀란 쿤데라, 『정체성』, 이재룡 옮김, 민음사, 2012, 64쪽.

* 오방(大判)은 에도시대의 화폐인 금화의 한 종류다. 코방(小判)은 작은 금화이다. 타원형의 큰 금화를 닮았다고 해서 오방야키라고 부른다. 오방떡의 원류다.

서는 가난한 엄마들도 많았고 그런 엄마 앞에서 떼를 쓰며 울던 내 또래의 아이들도 많이 보았다. 가출 사건 이후로 나는 리어카에 실려 동반 출퇴근할 수 있었다. 그리고 그제서야 나는 겉과 속이 완벽하게 조화를 이룬, 거의 환상적인, 꿈에도 잊지 못할, 아버지의 적두병을 비로소 맛볼 수 있었다. 아버지의 빵을 성인이 된 뒤에도 한번 먹어볼 수 있었으면 좋았을 것이라는 생각이 들 때가 많다.

아버지가 주류도매업으로 업종을 바꾸지 않고, 지금의 토성공원 앞 '빵쟁이님'처럼 버젓이 적두병이라는 간판을 달고 토성공원 앞의 명소로 가게를 키웠으면 얼마나 좋았을까. 그러면 아마 그 업을 물려받은 나는 지금 그 가게 안에서 느긋한 표정으로 "굽는 데 십 분, 식히는 데 일 분"이라며 줄 서서 보채는 손님들을 달래고 있을지도 모르는데.

3

미시마 유키오의 『금각사(金閣寺)』가 어떤 경로로, 어떤 연유로, 내게로 온 것인지는 확실하지 않다. 그 근방의 기억이 대부분 뭉텅 사라졌기 때문이다. 그것이 일종의 섬망(譫妄, 기억의 상실이나 왜곡을 동반하는 불안증)이라는 것을 나중에야 알았다. 내게는 그렇게 통째로 지워진 기억이 몇 개 있다. 꼭 필요할 때는(지금이 그렇다) 어쩔 수 없이 앞뒤의 이런저런 조각들을 잘 맞추어서 기억을 복원해야 한다. 소설 『금각사』는 무슨 까닭에서인지 평생 내 집착의 대상이 되어왔다. 그리고 내가 어중이 유미주의자로 평생을 살아오는 데 결정적인 계기가 되었다. 유미주의 소설 『금각사』를 만나기 일 년 전. 온갖 세계의 비참 속에서도 난생처음 보는 황홀한 미감(美感)을 나는 만날 수가 있었다. 그러니까 그 사건과 모종의 지워진 사건, 그리고 소설 『금각사』가 합세해서 나를 유미주의자로 몰아간 것이다. 지금 정리해보니 그렇다. 그런 정리 대상 중의 하나가 마이츠루(舞鶴)의 우이코(有爲子)에 대한 기억이다.

우이코는 『금각사』의 앞부분에 등장한다.

숙부님 댁에서 두 채 거른 집에 예쁜 아가씨가 있었다. 우이코(有爲子)라는 이름이었다. 눈이 커다랗고 맑았다. 집이 부자인 탓도 있겠지만, 도도하기 그지없는 태도를 취한다. 누구나 귀엽게 대해주는데도 늘 혼자 있었고, 또한 뭣을 생각하고 있는지 알 수 없었다.*

* 미시마 유키오(三島由紀夫), 『금각사』, 박명원 옮김, 삼중당문고(197), 1975, 14~15쪽.

우이코는 『금각사』의 주인공이 어렸을 때 짝사랑한 여자다. 말더듬이 주인공은 새벽녘 우이코의 출근길에 사랑을 고백하려고 했지만 성사되지 않는다. 그녀는 말도 못하고 그녀를 멀뚱하게 바라보기만 하는 주인공에게 경멸의 말과 시선을 던지고 자전거를 타고 어둠 속으로 사라진다. 그녀는 자신이 근무하던 전쟁통의 병영 안에서 사랑을 하고 있었다. 사회 부적응자였던 남자가 탈영을 하자 우이코는 그에게 도피처를 제공한다. 은거처가 발각이 되고 추격자들이 지켜보는 가운데 우이코는 자신이 사랑하는 탈영병과 함께 죽음을 택한다. 그녀가 도도하게 죽음을 향해 걸어가는 장면 묘사가 천하일품이다. 유미주의의 한 대표적인 묘사로 유명한 장면이다.

우이코가 혼자서 석회석 백다섯 계단의 돌층계를 올라갔다. 미친 사람처럼 자랑스럽게. (……) 검은 양복과 검은 머리칼 사이로 아름다운 옆얼굴만이 희게 드러나 보인다. 달과 별, 밤하늘의 구름, 창(鉾) 같은 삼나무의 능선에 의해 하늘과 맞닿은 산. 달빛에 얼룩진 그림자, 희미하게 드러나는 건축물, 이런 배경 속에서 우이코의 배신에 의한 해맑은 아름다움은 나를 사로잡았다. 그 여자는 혼자서 의젓이 이 흰 돌층계를 올라가기에 충분했다. 그 배신은 별이나 달이나 창 같은 삼나무와 흡사한 것이었다. 이를테면, 우리들 증인과 함께 이 세계에 살면서 이 자연을 받아들이는 것이었다. 그 여자는 우리들의 대표자로서 돌층계를 올라갔던 것이다.*

마이츠루 해군병원에 근무하던 그녀는 진중(陣中)의 한 병사와 뜨거운 사랑을 나누고, 탈영한 그 병사와 함께 장렬하게 같이 죽는다. 그녀는 소설 속에서 '위대한 자연의 일부'로 묘사된다. 마지막 문장, "그 여자는 우리들의 대표자로서 돌층계를 올라갔던 것이다"라는 말은 그녀가 보여준 사랑의 동반자살이 인간이 낼 수 있는 아름다움의 최대치 음역(音域)이라는 뜻이었다. 그러나 그때는 그런 유미주의 찬가가 귀에 잘 들어오질 않았다. 처음 『금각사』를 읽었을 때는 오직한 사람, 우이코만 내 안으로 들어왔다. 그 이외의 것들은 모두 우수마발이었다. 주인공마저 희미한 존재였다. 왜 그랬는지 그때는 몰랐고 알고 싶지도 않았다. 까마득한 세월이 흐르고, 나도 우이코도 중년의 나이를 넘기고 난 어느 때, 불현듯그 모든 것들이 환해졌다. 가족 나들이로 교토 여행을 다녀오던 중이었다. 내 시야에 얼핏 한글로 '마이츠루 해안'이라는 글이 적혀 있는 안내판이 들어왔다. 교토의 동북에 면한 작은 해안가 마을, 첫사랑 우이코가 동반자살을 한 바로 그 마을이었다. 그때 비로소 마이츠루가 무학(舞鶴)의 일본식 발음이라는 것을 알았다. 그제서야 우이코가 그렇게 내 기억 밖

* 위의 책, 20~21쪽.

으로 나가기를 거부한 까닭을 알 수 있을 것 같았다. 내 의식은 그냥 지나쳤지만 내 무의식은 괄호 속의 마이츠루(舞鶴)를 놓칠 수가 없었던 것. 나를 언제나 벙어리(말더듬이)로 만들곤 하던 철부지 시절의 합포만과 무학산을 그렇게 떠나보낼 수가 없었던 것이다. 꿈도 없던 하얀 밤마다, 희디흰 한 소녀의 무릎 언저리(하계수양회 때 내가 밀짚모자로 덮어준)가 서러운 내 마음을 마구 어지르던 그 시절을 잊을 수가 없었던 것이다. 그 모든 것들이 마이츠루와 함께 다시 나를 찾아왔던 것이다.

또 하나, 『금각사』를 만나기 한 해 전에 내가 본 것은 정말 대단한 것이었다. 찾아오는 방식 또한 대담했다. 그렇게 느닷없이, 도적처럼 예고 없이 찾아오는 황홀경은 그 이후로 다시 없었다. 가히 몽정(夢精)에 비견할 만했다. 그만큼 큰 사건이었다. 사십대에 막 접어들 무렵, 영화 「동방불패」의 한 장면이 그 아류적 느낌으로 잠시 나를 흔든 적이 한 번 있기는 했지만 전혀 비교 거리가 되지 못했다. 「동방불패」 역시 내 안의 아니마, 유미주의 취향과 연관된 것이었다. 그러나 그 둘 사이에는 정도(degree)의 차이가 아니라 종류(kind)의 차이가 존재했다. 소년기 때 겪은 그 황홀경은 예술적 영감과의 첫 만남이라고 해도 좋을 만한 것이었다. 그러니까 굳이 이름을 붙이자면 '세계와의 첫사랑'이었다. 흔히 하는 말로 하나의 계기적 사건이었다.* 그 세계와의 첫사랑이 실물 첫사랑과도 비슷한 시기에 나를 찾아왔고, 소설 『금각사』가 그 둘의 접점을 내게 보여주지 않았나 하는 게 현재 내 추측이다.

미시마 유키오는 하나의 극단(極端), 하나의 종결, 하나의 섬광(閃光)을 소설로 표현한다. 소설의 흡인력 때문인지는 모르겠으나 그의 삶 역시 '환상' 그 자체를 보여준다. 그를 처음 만난 것은 고등학교 1학년 때였다. 앞에서도 말했지만 그의 소설이 왜, 어떻게, 내게 오게 되었는지는 전혀 기억에 없다. 고등학교 입학 무렵부터 여름방학 사이가 원형탈모증처럼 군데군데 비어 있다. 어쨌든 그 무렵 그가 내게 온 것은 확실하다.

내가 읽은 『금각사』는 삼중당 문고판이다. 지금도 내 서가 한구석에 얌전히 얹혀 있다. 아마 여름방학 때쯤 읽었던 것 같은데 당시 독서 기억은 줄거리를 포함해서 무엇 하나 뚜렷하게 남은 게 없다. 아마 시작 부분, 주인공의 고향에서 일어난 두어 가지 사건이 나를 오래 붙들고 있었지 싶다. 뒷부분은 소문처럼 대단한 것은 아니라는 느낌이었다. 사건도 지루했고 문장도 그때는 별로였다. 그때는 내가 일본 소설의 아기자기함과 유미주의 속성을 전혀 모르고 있었던 때였다. 세계와의 첫사랑이 내 안에서 영글어 소설 『금각사』가 하나의 문학적 황홀로 추체험되는 것은 그로부터 이십 년 뒤였다. 당연히 미시마의 죽음도 전혀 이해가 되지 않았다. 그가 택한 죽

---

* 그 자세한 내용은 미시마 유키오에 대한 설명에 뒤이어 등장한다.

음의 방식이 할복(割腹)이라는 항의의 내포를 지닌 사무라이 식 자살이라는 것이 더 그를 멀게 느껴지게 하였다. 타고난 재능도 남다른 그가 굳이 그런 시대착오적인 방식으로 자신의 삶을 종결지었다는 게 안타까웠다. 인생은 어차피 허무의 바다다. 그 안에서 아등바등 발버둥 쳐야 하는 게 인간의 운명일진대 꼭 그렇게 생을 마감해야 할 까닭이 있었는지 의문이었다.

그의 "나중에 문득 든 생각이지만, 전쟁은 에로틱한 시대였다. 지금 항간에 범람하는 지저분한 에로티시즘의 단편들이 하나의 커다란 에로스로 모아져, 정화되던 시대가 좋았다. (……) 전후(戰後)는 나에게 삼등석에서 보는 연극 같은 것이었다. 모든 것에 진실이 없고, 겉모습뿐이며, 공감할 만한 희망도 절망도 없었다"*라는 말이 조금 이해되기 시작한 것은 한참 뒤의 일이었다. 그를 '미친 자'로 치부할 수도 있다. 신이 그에게 쥐여준 하나의 작은 인형(人形)을 가슴에 안고 제 삶의 무게를 감당하지 못한 채 스스로 대오에서 낙오한 자라고 폄하할 수도 있다. 그러나 그에게 그 죽음의 인형을 안겨준 자가 신이었다면 자살은 그의 죄가 아니다. 숙명 중의 하나다. 끝까지 가서 비루하게 생을 마감하는 것이나 중도에서 파열음을 내며 파국을 자초하는 것이나 모두 인간의 숙명

* 김항, 「천황과 폐허 : 상승과 하강의 벡터」, 『문학동네』, 2004년 봄호.

일 뿐이다. 걷는 길의 차이일 뿐이다. 종착지는 다 같다. 어느 길로 걷느냐를 두고 저주하고 욕하고 비웃는 것은 아무런 의미가 없다. 우리가 아는 것은 단 하나, 그런 인형 하나 없이 사는 인생이야말로 '알몸으로 구걸하는' 인생이라는 것, 그리고 너무 오래 구걸하다 보면 자기가 거지라는 것을 아예 까먹을 수도 있다는 것, 그것뿐이다. 작가는 구걸해서는 안 된다. 언제나 비루한 것 앞에서는 "나는 작가다. 거지 같다"* 라고 당당하게 말할 수 있어야 한다.

내가 최초로 '거지 같은' 유미주의적 경험, 그 최초의 예술적 황홀경, '세계와의 첫사랑'을 경험하게 된 것은 중학교 3학년 때였다. 중학교 2학년에 올라가던 3월에 어머니를 여의고 안정된 거처를 얻어 두문불출, 공부에만 열중한 덕분에 학업에 어느 정도 성취가 있게 되었다. 교장선생님의 특별한 교육관에 따라서(교장선생님은 중학교 때 진짜 친구를 사귀어야 한다고 강조하셨다) 우리는 삼 년 내내 같은 반 급우들과 헤어지지 않고 공부를 할 수 있었다. 그 덕분에 지금도 그때 친구들과의 일이 기억에 많이 남아 있다. 3학년에 올라가자마자 같은 반 친구 한 명이 혼자서 공부하는 게 너무 심심하니 자기 집에서 숙식을 같이하며 두문불출 열심히 공부해보는 게 어떻겠냐고 제의했다. 나도 많이 외로웠던 터라 선뜻

* 김이듬 시인의 말이다.

그 제안에 응했다. 친구 집은 마산시의 전경이 잘 내려다보이는 언덕에 몇 채 남아 있던 꽤 큰 적산가옥 중의 하나였다. 북쪽으로 대문이 있고 남향으로 안채가 앉아 있는 전형적인 왜옥인데 마당에 큰 연못까지 있는 제법 규모가 있는 집이었다. 집은 큰데(온돌로 개조한 안방과 다다미방이 서너 개 있었고, 화장실도 따로 썼다) 식구는 어머니, 가정부, 친구, 여동생, 그리고 큰 개 한 마리가 전부였다. 아버지는 배를 타시는지 그 집에 있는 동안 한 번도 본 적이 없었다.

어머니는 근엄하고 표정 변화가 거의 없는 분이었다. 친구는 어머니를 많이 닮아서(외모와 성격이 그랬다) 진중하고 말이 별로 없었다. 다만 나를 혼자 두고 밖으로 자주 놀러 나가는 통에 내 입장이 좀 어색해지는 때가 종종 있었다. 초등학생이던 여동생은 아주 귀엽게 생긴 아이였는데 생활공간이 분리되어 있어서 아침저녁으로 밥을 같이 먹을 때만 볼 수 있었다. 한번씩 무용 실력을 뽐내고 싶었는지 나 보란 듯 한쪽 다리를 들어서 귀에 척하고 갖다 붙이곤 했는데 그때마다 친구가 동생을 나무랐다. 대문 안쪽 가까이에 묶어두는 큰 개는 성질이 꽤나 사나웠다. 나만 보면 사정없이 짖곤 했다. 헤어지는 날까지 끝까지 나를 식구로 인정하지 않았다. 그 집에 있는 두어 달 동안 나와는 한 번도 눈을 맞추지 않았다. 하루는 이제 그만 집으로 돌아가야겠다는 생각이 들었다. 친구가 도통 성적이 오를 기미가 없었던 것이다. 그리고 모르긴 하지만 혼자 오던 귀갓길에서 '세계와의 첫사랑'을 처음 경험한 것도 적지 않은 영향을 미쳤을 것으로 생각된다(그 내용은 뒤에 소개된다). 보통은 친구와 함께 오고 갔는데 그날은 혼자였다. 학교에서 돌아오자마자 친구 어머니에게 "이제 집에 가야겠어요, 어머니"라고 말씀을 드렸다. 친구 어머니의 표정이 크게 어두워지면서 눈빛마저 흔들렸다. 평소에는 표정 변화가 거의 없으시던 분이 그렇게 심란해하는 건 좀 의외였다. 내 얼굴을 찬찬히 뜯어보시면서 한숨까지 내쉬는 거였다.

"어휴— 오늘은 날이 참 이상하네. 둘이 함께 나가네."

그렇게 말했다. 사정을 알고 보니 내 마음도 좀 이상해졌다. 그날 우리가 등교를 하고 난 뒤 그 사나운 개가 갑자기 죽었다는 것이다. 그러고 보니 개가 안 보였다. 개 짖는 소리도 안 들렸는데 마음이 급해서 개집이 비어 있는 것을 살펴볼 여유가 없었다. 무엇을 잘못 먹은 것도 아니고 사고를 당한 것도 아니어서 더더욱 어머니는 크게 상심하는 듯했다. 개가 죽은 것과 내가 집으로 돌아가는 것을 한데 묶어서 어떤 나쁜 징조로 생각하는 것 같아서 기분이 묘했다.

그날 있었던 '세계와의 첫사랑'은 다음과 같다. 그날 하굣길에서였다. 그 친구 집으로 가려면 고등학교 앞으로 난 좁은 축대길을 지나야 했다. 이제하 소설 「태평양」에 그 학교 정경이 인상적으로 묘사되어 있다. 작가가 그 학교 출신이다.

……학교는 시(市)의 서북쪽에 있는 학산(鶴山) 비탈 숲 밑 양지쪽에 자리 잡고, 거의 전 시가지와 부두와 예배당 뾰족탑과 바다를 내려다보고 앉아 있었다. DDT 무더기가 본관과 별관 건물 모퉁이 이곳저곳에서 햇볕에 허옇게 타고 있었고, 그 귓속을 후비는 듯한 소독 냄새와 함께 채 깨지지 않은 유리창들이 대공(大空)을 향하여 눈이 시도록 번쩍거리고 있었다.*

6·25동란이 끝나고 야전병원으로 사용되던 학교를 돌려받은 직후의 모습이다. 학교로 다시 돌아가서 수업을 받을 수 있었던 설레는 마음이 마치 하얀 'DDT'(소독제) 분말처럼 묘사문 여기저기 뿌려져 있는 글이다. 그러나 내게는 이 풍경 묘사가 무언가 좀 아쉬운 느낌을 준다. 여기서는 소개되지 않고 있지만 산 중턱 전망 좋은 자리에 위엄 있게 터를 잡은 이 학교에는 정작 명물이 따로 있다. 축대 위 운동장 담을 따라서 열 그루 정도, 장엄히 서 있는 씨알 굵은 벚꽃나무가 그것이다. 아마 이 학교의 역사와 거의 같은 나이를 지닌 고목들이지 싶은데 이 벚꽃나무들이 활짝 꽃을 피웠다가 3월 말에서 4월 초 무렵 일제히 자신의 여린 살점들을 바다를 향해 날려 보내는 장관(壯觀)을 연출한다. 정말이지 문자 그대로 장관이다. 그러나 누구나 수시로 볼 수 있는 광경은 아니다. 때

* 이제하, 「태평양」, 『초식』, 민음사, 1973, 36쪽.

맞추어 산에서 바다로 바람이 세게 불어야 하고, 그때까지 꽃망울들이 제대로 붙어 있어야 하고, 무엇보다도 그 순간에 사람이 그 아래를 걷고 있어야 한다. 그 조건을 다 갖추기가 어렵다. 나도 평생 딱 한 번 보았다. 인근에 살아도 몇 년에 한 번 볼 수 있을까 말까 한 귀한 광경이 아닐 수 없다. 꽃 필 때 봄비가 자주 내리는 것도 큰 악조건이다. 봄비에 꽃잎을 미리 떨구어서는 제대로 된 물량 공세가 이루어지지 않는다. 그 모든 것을 다 갖추고 있다가 사람이 그 밑을 걷기를 기다려 산 위에서 힘찬 바람이 불어줘야 한다. 또 있다. 꽃잎들의 화려한 집단 비행이 가능하다고 다 된 것은 아니다. 푸르고 맑은 하늘을 작품 배경으로 마음껏 쓸 수 있어야 한다. 흐리거나 구름이 하늘을 가리면 안 된다. 푸르고 맑은 하늘이 배경이 될 때만 최고의 미장센이 가능하다. 직업적인 용무로 카메라를 고정시켜놓고 몇 날 며칠을 기다린다고 해도 제대로 된 장관을 마주하려면 가히 천재일우의 기회를 얻어야 하는 것이다. 반드시 하늘이 허락하는 바가 있어야 한다.

그날도 친구 집을 향해서 터벅터벅 걸어가던 중이었다. 친구 집은 고등학교의 운동장이 끝나는 부분에 자리 잡고 있었다. 운동장의 높은 축대와 길 하나를 사이에 두고 있었다. 그 길을 걷노라면 급한 오르막길을 통과해야 했으므로 어쩔 수 없이 하늘을 쳐다보며 걸을 수밖에 없었다. 그런데 갑자기 눈앞에서 처음 보는 일대 장관이 펼쳐졌다. 처음에는 새 떼인가 싶었다. 무엇인가 살아 있는 것들이, 반짝거리는 수많은 작은 날개들이, 일제히 한 방향으로 회전하며 쏟아지고 있었다. 벚꽃 낙화가 바다를 향해 떼 지어 날고 있었던 것이다. 푸른 하늘을 선명한 배색으로 삼으면서 연분홍 여린 벚꽃들이 새까맣게 앞뒤로 몰려다니며 화려한 군무(群舞)를 펼치고 있었다. 바람의 회전을 따라서 일제히 돌고 도는 화려한 원무를 그려내는 것이 신기하고 황홀했다. 일사불란하게, 여리고 수줍은 것들이 떼 지어 공중을 유린하고 있었다. 저런 것들도 다 있구나, 저렇게 일거에 제 몸을 던지는 것들도 있구나, 처음에는 그런 생각밖에 없었다. 오래된 벚꽃나무의 그 시커먼 몸통에서 어쩌면 저런 여린 것들이 돋아날 수 있었을까 하는 생각이 그 뒤에 들어왔다. 저 시커먼 몸통에서, 어울리지 않게 화려하게 피어 있던 저 여린 연분홍 살점들이 저렇듯 사정없이 세상을 아름답게 하는구나. 그런 생각 속에서 한참 동안 멍한 심정으로 서 있었다. 그것들이 한바탕의 소란을 뒤로하고 시야에서 사라질 무렵, 아 이렇게 세상이 아름답구나 하는 생각이 불현듯 들었다. 하늘은 눈이 시도록 맑았고 내 눈에서는 예고도 없이 눈물이 펑펑 쏟아졌다.

4

내가 죽음을 본 것은 열네 살의 봄이었다. 어머니는 모든 육체를 반납하고 작고 가벼운 영혼으로 마치 증발되는 것처럼 이 세상을 떠났다. 아버지와 나는 어머니의 시신을 수습해 영구차가 기다리는 골목 밖으로 운구했다. "왜 이리 가볍지?" 사람 좋아 보이는 운구차 기사 아저씨는 마치 아버지와 나를 위로라도 하듯이 그렇게 말했다. 죽음도 그렇게 가볍게 말해질 수 있다는 것이 신기했다. 어머니가 우리 곁을 떠난 3월은 아주 추웠다. 따뜻한 남쪽 나라의 봄이라고는 도저히 믿기 어려웠다. 지금까지 내 인생에서 그렇게 추웠던 시간은 없었다. 지금은 산복도로로 바뀐, 학봉 중턱의 화장장 마당에서 그 모진 추위 속에서 벌벌 떨었다. "추우니 들어오라우!" 아버지는 그렇게 말했지만 나는 어머니의 육신이 한 줌 재로 변하는 곳보다는 추운 바깥이 나았다. 어머니의 육신이 완전히 연소되기를 기다리던 두어 시간 동안은 기억 속의 한 섬으로 남아 있다. 그 앞뒤로 어떤 기억도 선으로 연결되어 있지 않다. 간혹 고색창연했던 화장장의 풍경이 생각날 때도 있다. 그러나 그 세부는 전혀 그려낼 수 없다. 그림 하나 없이 비어 있는 그 시절의 빈 화폭이 우울할 때도 있지만 애써 기억을 불러오지는 않는다.

어머니는 이승에서의 몇 달을 막내아들과의 접촉을 마다했다. 어머니가 누워 있는 방에는 오직 아버지만 드나들 수 있었다. 어머니는 자신의 몰락을 나에게 보여주려 하지 않았다. 지금 남아 있는 어머니에 대한 기억 중에 제일 또렷한 것은 '장난감 도시'에서 방바닥에 도화지를 놓고 밑그림 하나 없이 풍경화며 인물화를 쓱쓱 그려나가던 어머니의 모습이다. 그런 어머니의 그림 솜씨를 자주 빌린 사람은 형의 담임선생님들이었다. 학기 초 환경 미화 작업을 어머니가 많이 도왔다. 어머니는 영화나 극장 쇼 보기를 즐겼다. 인근 극장에 쇼가 들어오면 꼭 아버지와 함께 구경을 갔다. 그리고 또 하나, 어머니의 맛있는 팥밥도 잊히지 않는다. 그것이 하나의 재능이라는 것을 나는 결혼하고 나서야 알았다. 아내는 내게 단 한 번도 팥밥을 해준 적이 없다.

팥밥 잘 짓고 팥밥 좋아하는 것을 두고 내 마음대로 견강부회하면 어머니와 나는 팥쥐다. 어머니는 한 마리 아름답고 숙성한 어미 팥쥐, 나는 그녀의 작고 어린 새끼 팥쥐다. 그런 심리적인 유대는 사실 오래전부터 있어온 것이다. 막내인 나는 아버지보다 어머니를 많이 닮았고 형과의 나이 차이도 많아서 경쟁자 없이 어머니를 독점할 수 있었다.

"조근놈은 외탁이야, 형하고는 달라―"

어머니는 늘 그렇게 말했다. 주로 나를 품 안에 안고 있을 때였다. '형들'이라고 하지 않고 꼭 '형'이라고 했다. 그게 어머니의 상처라는 것을 형도 알고 나도 알고 있었다. 그 어린 나이에도 우리는 어머니의 비극적 운명에 대해서 충분히 알고 있었다. 어머니는 첫아들을 이북에 두고 내려왔다. 누가 말했던가, 비극은 모두 사소한 실수에서 비롯된다고. 어머니의 실수는 평생 아버지와 자신의 가슴에 못을 박았다. 비약이 될지도 모르겠지만 그러니까 내 마더 콤플렉스, 모성 복합은 어머니에게서 물려받았을 공산이 크다. 큰형에 대한 죄의식, 형에 대한 미안함, 어머니의 가련한 신세에 대한 동정심, 아마 그런 것들이 어머니의 사랑을 독점적으로 소유하고 있는 (그때는 그렇게만 여겼다) 어린 팥쥐의 여린 무의식을 유린했을 공산이 크다. 그런 게 팥쥐의 이중성이다. 겉으로는 밝고 가볍지만 안으로는 어둡고 무겁다. 또 그것이 달콤한 유혹으로, 때로는 타나토스로 찾아오기도 한다는 것을 콤플렉스 없는 콩쥐들은 알 수가 없을 것이다.

지금도 강력한 유혹으로 작용하는 적두병의 달콤한 팥소는 결국 어머니의 몸이었다. 내 모든 신경증의 근원에는 어머니가 있었다. 신경증 하나만 두고 보자면 내가 팥을 끔찍하게 사랑하는 연유는 간단했다. 핏줄도 경험도 체질도 문화도 아니다. 그냥 어머니다. 팥은 어머니에 대한 내 집착 그 자체다. 그 사실이 새로울 것도 두려울 것도 슬플 것도 없다. 그것도 '사건 그 자체'이기 때문이다.

소환되지 않는 기억들, 내 안의 저 깊은 감옥 안에 미결수로 남아 있는 것들, 가끔씩 그것들이 내 안에서 웅웅거리는 소리를 듣는다. 까닭 없이 서글픈 감정, 사지를 녹이는 듯한 무력감, 출처를 알 수 없는 증오심, 대상을 찾지 못한 채 방황하는 분노…… 그들은 그런 감정의 상태로 내게 나타난다. 그저 웅웅거릴 뿐, 정작 자신의 실체를 뚜렷하게, 인과성과 전체성으로, 완결된 그림의 모습으로는 자신을 드러내지 않는다.

그런 면에서 적두병은 하나의 예외였다. 내게 몸을 나누어 준 어머니의 존재가 그렇게 뚜렷하게 형상적으로 나타나는 것은 거의 기적이다. 그렇다고 그것을 신성현시(神聖顯示)나 되는 것으로 추켜세울 생각은 전혀 없다. 그것 역시 사건 그 자체다. 다만 그것을 둘러싸고 웅웅거리는 것의 전모를 조각 그림으로 조금씩 맞추어나갈 때 허전함이 많이 줄어든다. 아직 캔버스는 많이 비어 있다. 화폭에 담을 만한 조각 그림들이 턱없이 부족한 것도 걱정이다. 좀 더 많은, 선명한 에스키스(esquisse, 초벌그림)들을 찾아내야 한다. 내가 가진 기억들은 공백이 많고 이미 낡고 색이 바래서 그 진위 여부가 불투명한 것도 많다. 그것들을 기초로 어떤 큰 그림을 그린다는 게 애당초 무리일지도 모른다. 그러나 색이 뚜렷하고 형체가 완전한 것들이 오히려 가짜거나 과장되거나 왜곡된 것일 확률 역시 높다. 그런 것들은 카타콤의 이콘(icon)들처럼 의식의 침입으로 재구성된 것들일 공산이 크다. 이미 내 집착이 부여한 가짜 의미들이 반영된 이미지들인 것이다. 그것들은 진짜 내 기억이 아니다. 가짜들로부터 진짜를 가려낸다는 게 어디까지 가능한지는 현재로서는 알 수 없는 일이다. 그냥 써 볼 뿐이다.

5

어머니에게는 세 명의 아들이 있었다. 첫째 아들은 이북에 두고 내려왔다. 내가 형이라고 할 때 그것은 어머니의 둘째 아들, 작은형을 두고 하는 말이다. 형들은 모두 이북 출생이다. 어머니는 작은형을 낳고 얼마 안 있어 피난길에 올랐다. 1·4후퇴 때다. 해주의 약속 장소에서 아버지를 만났을 때 얼핏 어머니는 무언가 잘못되고 있다는 불길한 예감을 느꼈다. 해주에서 인천행 배를 타면서는 아주 느낌이 좋지 않았다. 혹시 크게 잘못되는 건 아닐까 하는 생각이 들기 시작했다. 인천에서 미군이 제공한 LST에 오르는데 미군 병사가 옷가지 보따리를 뺏더니 바다로 던져버렸다. 사람 한 명 더 타는 일이 급하다는 거였다. 그때까지도 그곳이 한 많은 피난살이의 출발점이라는 것을 스물다섯의 어머니는 까맣게 몰랐다. 비극의 운명이 찾아왔다는 것을 몰랐다. 배는 부산으로, 거제도로, 이리저리 떠돌다가 마지막 종착지로 제주도를 택했다. 부모 자식과의 생이별을 시작으로, 그 파란만장한 인생선(人生

線)이 자신의 눈앞에 놓이게 될 줄을 그때까지도 어머니는 몰랐다. 제주도에서 나를 낳을 때까지도, 해를 넘기며 아버지가 뭍을 떠돌아다니며 정착지를 찾아 헤맬 때에도, 어머니는 자신의 인생이 조기에 그렇게 허망하게 끝날 것이라고는 꿈에도 생각지 못했다.

형에게는 제주도 시절의 그림들이 많이 남아 있다. 그러나 나는 전혀 없다. 어머니에게 들었던 단편적인 이야기들이 내 기억을 재구성한다. 기억력이라면 단연 형이 압권이다. 형은 총명하게도 목포에서 서울로 올라오던 기차 안에서 아버지가 했던 말까지 다 기억하고 있다.

"야, 한강이다— 저것 보라우, 저게 한강이야."

아버지는 기차가 한강을 건널 때 그렇게 환호성을 질렀다. 그게 그렇게 신나는 일일까? 형은 아버지의 그런 모습이 참 낯설었다고 했다. 요즘 드는 생각이지만 형에게는 평생 아버지가 낯선 존재였을지도 모르는 일이었다. 모르긴 해도 큰형 문제가 형과 아버지 사이에서 늘 모종의 콤플렉스 상황을 만들어내었을지도 몰랐다. 아버지는 어머니가 한번씩 큰형 이야기를 하는 것을 애써 외면하곤 했다.

그 와중에 기억에 갑작스런 혼선이 왔다. 대전에서 살 때의 고모와 관련된 그림이다. 갑자기 고모의 '붕대 감은 흰 손'이 떠올랐다. 그리고 콩쥐 고모의 붕대 감은 흰 손이 팥쥐 어머니의 심술 탓이었을 것이라는 밑도 끝도 없는 의구심이 들기 시작한다. 어머니는 한 끼 양식을 빌리러 온 동갑의 시누이에게 팥도 아니고 멥쌀도 아니고 보리쌀 한 됫박을 내주었다. 콩쥐는 그것을 치대고 치대어서 하얀 쌀밥으로 만들었다. 그러느라 손바닥이 헤져 병원까지 갔어야 했다. 콩쥐는 자신의 손을 버려서 식구들의 따스하고 부드러운 한 끼 밥상을 얻은 것이다.

고모 집에는 자주 놀러 갔다. 혼자서도 다닐 수 있었으니 가까운 곳이었던 모양이다. 하루는 고모가 나에게 쓸데없는 역정을 냈다. 조막만 한 발바닥에 무슨 묻을 것이 있다고, 아장거리며 고모 집을 찾은 어린 친정 조카의 발바닥을 세숫대야 안에서 아프게 문질러댔다. 그래도 나는 울지 않았다. 울면 콩쥐 고모가 더 무섭게 할 거니까.

연전에 마침 대전에 볼일이 생겨 일이 끝난 뒤 옛 기억을 더듬어 옛날 집터를 찾아가보았다. 성당이 있고, 수녀원이 있고, 고등학교가 있고 좀 떨어져서 개천이 있었다. 고모부가 그 고등학교에서 교편을 잡았다. 택시를 타고 목동성당으로 가자고 했더니 출발하자마자 금방 내려줬다. 지금은 시내 한복판이었다. 걸어도 십여 분 안에는 닿을 곳이었다. 어릴 때는 한적한 시골 느낌이었다. 그때는 집 뒤가 야산이었고 그 기슭에 성당이 있었다. 형과 함께 힘들게 걸어 올라갔던 기억이 있다.

"사람 뼈가 있어야—"

그때 학교를 다니던 몇 살 위 동네 형들에게서 그런 말을 들었던 게 생각났다. 귀신이 나올지도 모르니 근처에는 얼씬도 하지 말라는 협박 아닌 협박이었다. 이번에 가보니 성당 앞에(옛날 정문 옆에) 그 자세한 사연을 적은 입간판이 서 있었다. 6·25 때 많은 사람이 그 자리에서 학살되었다고 적혀 있었다. 그러니 우리가 살던 그 당시에는 불과 십 년도 채 안 된 과거지사였다. 모두 쉬쉬하며 입단속을 할 때였다. 살육의 현장, 그 언저리에 집터를 정한 것 자체가 우리가 이방인이었다는 것을 증거하는 것 같다. 풍경은 이미 많이 바뀌어 있었지만 골목길은 여전했다. 성당 아래로 신작로로 통하는 작은 골목길이 그대로 있었고 좌우로 여남은 채의 단층집들이 있었다. 저 집들 중의 하나가 우리 집이었을 것이고 그 옆이 또 고모 집이었을 것이다. 내 나이가 다섯 살이 되기 전의 일이다. 팥쥐 어머니, 콩쥐 고모. 한 분은 일찍 가셨고 한 분도 얼마 전에 떠나셨다. 어머니는 희미하고 고모는 선명하다. 그게 슬프다. 내겐 외가 쪽 피가 이제 다 말라버린 것 같다.

옛날이야기는 언제나 살아 있는 자들의 몫이다. 죽은 자들에게는 아무것도 없다. 눈도 없고 귀도 없다. 그런 생각이 드니 갑자기 심청가에 나오는 한 구절이 떠오른다. 황후가 된 딸 앞에서 심 봉사가 하는 넋두리다. "나는 아들도 없고, 딸도 없소─"라는 심 봉사의 하소연이 가슴을 후벼 팠던 기억이 난다. 팥쥐 아들은 그게 슬프다. 어머니와의 추억은 토성 앞에서의 몇 년간이 거의 전부다. 그 앞뒤의 시간들은 희미하고 불친절하다. 어머니와 내가 함께했던 세상은 아무리 길어도 십 년이 안 된다. 그나마 여기저기 토막 난 채로 따로따로 버려져 있는 쓸쓸하고 서러운 것들로만 채워져 있다.

어머니는 그렇게 일찍 내 곁을 떠났지만 여전히 나는 어머니를 쉬이 떠나지 못한다. 어머니가 내게 남긴 모든 것이 신경증이 되어 시간을 거스른다. 어머니가 내게 남긴 스크래치(scratch) 중의 하나가 냄새 과민증이다. 냄새가 신경을 건드리는 일이 잦다. 가장 싫은 게 향수다. 어쩌다 그것이 후각을 파고들면 기분상의 문제로 그치지 않는다. 거의 전이 수준의 발작으로 발전한다. 한번씩 잘못 걸리는 날에는(겨드랑이에서 냄새가 나는 이일 때가 많다) 그 향기 입자가 내 코에서 완전히 소거될 때까지 중단 없이 재채기가 나온다. 주변 사람들의 기분이 나빠지는 건 두말할 것도 없다. 엘리베이터 안에서 그런 일을 당하면 얼른 중간에서 내려버린다.

어머니가 세상을 버리기 대여섯 달 전쯤부터 당신이 칩거한, 두 사람 눕기도 비좁은 골방 안으로 단 한 번도 나를 들이지 않았다. 당신 곁에 남아 있는 '하나 남은 아들'을 그렇게 어머니는 박대했다. 첫아들 손을 눈보라 속에서 놓아버렸던 것처럼 그렇게 속계에서의 마지막 핏줄과의 손도 놓아버렸다. 이유는 간단했다. 당신 방 안의 냄새, 당신의 체취가 너무 역겹다는 거였다. 그때 어머니가 내게 마지막으로 남긴 말이 도저히 잊히지 않는다.

"몰골도 몰골이지만 냄새가 너무 안 좋으니끼니 들어오지 말라우."

고개를 돌린 채 내게 그렇게 말했다. 일체의 바깥출입 없이 방 안에서 대소변을 받아내던 때였으니 골방 안의 냄새가 향기로울 수는 없었다. 그러나 이미 나는 그 냄새에 익숙해져 있었다. 그 모든 것을 떠나서, 그냥 어머니 곁에 있고 싶었다. 어머니 곁에서 친구 집에서 빌려 온 무협지도 읽고 어머니의 잔심부름도 도맡아 하고 싶었다. 설마 하면서도, 어머니와의 이별을 그렇게 치러내고 싶었다. 나는 왜 냄새가 어머니와 나 사이를 가로막아야 하는지를 이해할 수 없었다. 그러나 어머니는 막무가내였다.

"들어오지 말래두!"

얼씬거리기만 해도 어머니는 단호하게 내쳤고 나는 그런 어머니를 거역하지 못했다. 그때 내가 무슨 생각을 했는지가 통 기억에 없다. 나중에 알고 보니 섬망(譫妄)이라는 망각증이었다. 자아가 감당하기 어려운 강한 자극을 받고 혼란에 떨어지거나 약물(알코올)중독이 심할 때 발생하는 정신질환이다. 슬펐다. 그런 병이 생긴 것이 슬픈 게 아니라 그것 때문에 어머니와의 기억을 잃는다는 게 슬펐다.

6

　하나뿐인 혈육이지만 나는 형을 잘 모른다. 형과 내가 공유한 시간은 일생의 십분의 일도 채 안 된다. 서로를 인생의 중요한 짝으로 여기고 살을 맞대고 함께 산 시간은 고작 일 년이었다. 형과는 가까이 지내며 살갑게 지낸 적이 없었다. 늘 방을 따로 썼고 나이 차가 있어서 대화가 없었다. 집에서나 학교에서나 형은 소문으로 듣는 형이었다. 당연히 나를 부르는 호칭도 내 이름 대신 '누구의 동생'이었다. 고등학교 들어가서 형과 함께 자취생활을 일 년 하면서 형을 좀 알게 되었다. 그 이전과 이후는 거의 남과 다름없이 지냈다고 봐야 한다. 사실 그 일 년 동안도 형은 내게 큰 관심사가 아니었다. 아마 형도 '사건 그 자체'였을 공산이 컸다. 형이 내 인생에 어떤 영향을 미쳤는지, 형이 나를 어떻게 생각하는지, 아버지와 어머니에게 형과 나는 어떤 존재였는지 전혀 관심이 없었다. 어쩌면 그만큼 내 삶이 팍팍했다는 것인지도 몰랐다. 내겐 오직 나의 하루하루만이 화두였다. 아버지는 우리가 하루하루를 연명할 수 있을 만큼의 지원만 했다. 그것도 한번씩 오작동해서 한두 끼 굶는 것은 다반사였다. 나의 미래는 불투명했고 희망보다는 절망이 수시로 내 앞을 가로막았다. 이제와 드는 생각이지만 형은 이북에 두고 온 큰형 때문에 힘든 성장기를 보냈던 것 같다. 형은 어머니와 아버지의 상처를 위무할 의무가 있었다. 아버지는 모든 면에서 두각을 나타내는 형에게서 많은 위로를 받았다. 겉으로는 내색을 하지 않았지만 형도 자신의 역할에 대해서 큰 자긍심과 함께 일종의 의무감 같은 것도 가졌던 것 같다. 어린 마음에도 우리 가족을 자기가 대표해야 한다는 의식이 컸던 것 같다. 특히 어머니와의 관계가 남달랐던 것 같다. 이것도 나중에 안 사실이지만 형은 어머니의 아들 연인(son lover)으로 자랐다.*

아들 연인으로 자란 이들은 평생을 어머니의 품 안에서 산다. 그와 함께하는 다른 여성들은 늘 고통을 겪는다. 내가 그렇게 형을 판단하는 것은 두 가지 이유에서다. 하나는 어머니가 세상을 버리고부터 형의 몰락이 가속화되었다. 내가 이해할 수 없을 정도로 형은 형편없이 무너져버렸다. 다른 하나는 형의 연애다. 형이 군대에 간 후 내게 맡긴 짐 속에서 우연히 형의 일기장을 볼 수 있었는데 거기에는 참담한 연애 기록이 담겨 있었다. 아들 연인의 가장 분명한 징표가 어디서고 실패하는 연애다. 그에게는 세상의 그 어떤 여인도 어머니를 대신

---

* 아들 연인(son lover) : 모든 양극적 자질이 아직 분리되기 이전의 상태인 우로보로스(uroboros)를 인간적 형상으로 계승한 그레이트 마더(great mother, 위대한 어머니)는 신화적으로는 양성구유의 속성을 지니는 것으로 묘사된다. 수염이 난 여신, 남근을 가진 여신인 그레이트 마더는 최초의 인간으로 최초의 남성을 '낳아서' 자기 짝으로 삼는다. 이때 '낳아진 최초의 남성'이 바로 아들 연인이다.

할 수 없다. 사실 어려서는 내가 어머니의 아들 연인인 줄 알고 자랐다. 내 몸 구석구석에 남아 있는 어머니의 손길, 그리고 틈만 나면 내 입술 위에 겹치던 어머니의 입술을 잊을 수가 없었던 것이다. 어린 시절, 어머니와 내가 함께 누리던 그 일체감을 나는 아직도 생생하게 기억한다. 그러나 나는 가짜 아들 연인이었다. 나는 주인공이 등장하기 전 잠깐 동안 관객의 지루함을 달래주기 위해서 등장하는 막간의 어릿광대였다. 아니면 어쩌다 생긴 과잉, 육손이 같은 존재였거나. 큰형을 외가에 두고 내려온 후부터 어머니의 '하나 남은' 아들은 처음부터 형이었다.

'애국가 지휘 사건'도 그런 판단을 뒷받침한다. 내가 초등학교 2학년, 형이 4학년 때의 일이다(형은 자기 나이보다 삼사 년 늦게 학교를 다녔다). 하루는 선생님이 나를 불러 애국가 지휘를 하라고 말씀하셨다. 불행히도 그때는 내가 애국가가 4분의 4박자라는 것을 모르고 있던 때였다. 엉거주춤하고 있는데, 선생님의 불호령이 떨어졌다. 반장이 그것도 못하느냐는 거였다. 거기까지는 그래도 괜찮았다.

"어떻게 자기 형 반도 못 따라가냐?"

갑자기 아이들 앞에서 형과 내가 비교되는 이상한 상황이 전개되었다. '형이 왜 거기서 나와?' 요즘 같으면 당장 그런 생각이 들었을 것이다. 그러나 그때는 그런 생각보다는 '나는 왜 이리 못났지?'라는 생각이 먼저 들었다. 그다지 큰 모욕감도 들지 않았다. 형이 칭찬받는 한에서는 나는 다 괜찮았다. 공연히 선생님이 역정을 낸다는 생각뿐이었다. 집에 와서 어머니에게 그 말을 전했더니 어머니도 별 내색을 하지 않았다. 그냥 '사건 그 자체'로 받아들이는 표정이었다. 그 사건 이후로 나는 반장에서 부반장으로 강등되었고 교실 안에서 내내 기가 죽어지내야 했다. 그렇지만 내겐 별일이 아니었다. 어머니가 별일로 여기지 않았으므로.

역시 같은 해 일어났던 일인데 교내 백일장에서 '필통'이라는 작품으로 가작 입선한 일이 있었다. 오늘 교내 백일장이 열리니 모두 한 편씩 써내라고 해서 의무감으로 그냥 한 편 써낸 것이 나의 최초 '입봉작'이 되었다. 내 작품이 학교 교지에도 실리고 그 덕분에 글짓기부에 뽑혀서 방과 후에 한 시간씩 글짓기 연습을 하고 집에 가야 했다. 글짓기부 지도교사가 담임선생님이었는데 이번에는 형과 비교하지 않고 칭찬 비슷한 말도 한번씩 해주곤 했다.

"어떻게 이런 단어를 쓰지? 국민학교 2학년이?"

한번은 "학교가 파하고 집으로 갈 때의 일이었다"라는 문장을 썼는데 그것을 본 선생님이 그렇게 말했다. 어린 마음에도 기분이 좋았다. 그러나 서너 달 이어진 방과 후 글짓기부 활동은 내겐 지옥과 다름없었다. 무엇이든 써서 내라는데 미칠 지경이었다. 열 살도 안 된 아이에게 매일같이 한 편의 글을 지어내라는 것이 가당키나 한 일인가? 과연 어떻게 써서

냈는지 그때 쓴 것들을 다시 한번 보고 싶다. 어쨌든 지옥 같은 시간들을 보낸 후 관내 초등학교 대항 백일장 대회에 출전하게 되었다. 시내의 한 대학이었다. 형은 글짓기부도 아니면서 학교 대표로 같이 출전했다. 출전 전날 마지막 연습 시간에 선생님이 나를 불러서 말했다.

"넌 자꾸 글이 짧아지니 운문부로 출전해라."

본디 산문부였는데 출전 당일 운문부로 가라는 거였다. 글이 짧아진 것은 매일같이 없는 이야기를 지어내다 보니 소재 부족으로 그렇게 된 것이었다. 그동안 운문은 한 번도 써본 적이 없었다. 이건 아니다 싶었지만 달리 항의할 마음도 수단도 내겐 없었다. 그냥 이 지루한 시간만 좀 넘기자는 생각뿐이었다. 대회장에 가서 운문부 교실로 들어간 나는 칠판에 적어놓은 시제들을 보고 실망을 금할 수가 없었다. 고구마, 달밤, 전깃줄. 그런 제목들을 칠판에 적어놓고는 그중 하나를 선택해서 시를 지으라고 했다. 우선 그렇게 제목을 정해주는 것이 영 마음에 들지 않았다. 더군다나 그것들은 이를테면 서정적인 단어들도 아니었다. '뭐지?', 아마 그런 느낌이었을 것이다. 장난기가 발동했다. 그것들을 다 집어넣어서(달밤에 전깃줄 아래를 걸으며 고구마를 먹었다는 식으로) 시 한 편을 얼른 적어내고는 나와버렸다. 오 분도 채 걸리지 않았다.

어머니는 교실 앞마당의 모과나무 아래에서 두 아들이 나오기를 기다리고 있었다. 멋쩍게 웃으며 나오는 나를 보고 어머니가 놀란 표정으로 물었다.

"조근놈, 아직 교실 못 찾았니?"

아니라고, 다 쓰고 나왔다고 대답하자 어머니가 쓴웃음을 지었다.

"그렇게 빨리 쓰면 입상 못한다. 상 받으려면 한 시간 다 쓰고 나와야 한다."

아마 그렇게 어머니가 말했던 것 같다. 그러나 어머니의 표정은 그리 어둡지는 않았다. 형이 있었기 때문이었다. 과연 시간을 다 채우고 나온 형은 나중에 동메달과 함께 큼직한 부상을 전체 조회 시간에 교장선생님으로부터 전달받았다. 4학년이 다른 학교 6학년들을 다 제치고 동메달을 받았다고 크게 칭찬을 받았다. 그 메달은 형과 내가 고등학교 때 같이 자취를 할 때도 형의 중요한 소지품으로 남아 있었다.

"조근놈, 아직 교실 못 찾았니?"라는 어머니의 목소리는 요즘도 한번씩 듣는다. 그때의 글짓기 대회 장소가 지금의 내 직장이기 때문이다. 그 모과나무도 여전하다. 언젠가 그 모과나무 아래를 서성이는 나를 보고 관리주임 아저씨가 큼직한 놈으로 모과 열매를 몇 개 따서 연구실로 보낸 일도 있었다.

그 뒤로도 내가 어머니의 아들 연인이 아니었다는 것은 여러 방면에서 확인되는 사실이었다. 나에 대한 어머니의 사랑은 그저 육친의 그것이었을 뿐이었다. 어머니의 삶에 하나의 의미가 되는 그 어떤 의지적, 심리적 관계는 오직 형과의 사이에서만 존재했다. 만약 그런 증거도 없이 막연히 내가 어머니로부터 버림받은 자식이었다는 의구심을 지니고 있었다면, 당시든 훗날이든, 신경증 유전자를 지닌 한 나약한 영혼의 지나친 자학이라고 볼 수밖에 없을 것이다. 일일이 열거하기도 부담스러울 정도로 수많은 증거가 넘쳤다. 중학교와 고등학교에 들어갈 무렵 등록금이 없어서 입학을 포기하고 있다가 천재일우의 연을 얻어서 간신히 학교에 들어갈 수 있었던 일(그때 이야기는 다음 편 '삼랑진 가는 길'에서 다루어진다)도 사실은 형의 등록금을 마련하다 보니 내 몫이 없어진 결과였다. 아버지와 어머니는 내 앞에서는 형 등록금 이야기를 일절 하지 않았다. 참 어이없는 일이기도 했지만 얼마 전까지도 나는 그런 사실적 관계를 발견해내지 못하고 있었다. 어린 마음에 내 등록금이 없으니 형의 등록금 사정도 마찬가지일 거라고만 생각했던 것이다. 내가 버리는 패라는 것을 전혀 알지 못했다.

그러나 결과를 놓고 보자면 나는 버려질 운명은 아니었다. 대구에서 마산으로 우리 가족이 내려간 그해 여름이었다. 형은 대구에 남아서 학업을 계속했고 나는 부모를 따라서 마산으로 내려와서 아버지를 도와 시장에서 과일 노점을 지키고 있었다. 아버지가 노점을 연 위치는 대자유치원이라는 절에서 운영하는 유치원 담장 아래였다. 대자사(大慈寺)를 소유하고 있는 돈 많은 할아버지가 원장이었는데 하얀 모시 저고리를 입고 나와서 한번씩 주변을 둘러보곤 했다. 모두 그 할아버지에게는 고개를 숙였다. 그때부터 자리보전을 하고 누워 있던 어머니도 한번씩은 노점으로 바람을 쐬러 나왔다. 그런 어머니에게 하루는 그 원장 할아버지가 청을 넣었다. 나를 그 유치원의 하우스보이로 달라는 것이었다. 잔심부름이나 하면서 절이나 유치원에서 하는 일을 거들면 숙식은 물론 야간중학교도 보내주겠다는 제안이었다. 그렇게 들어온 여자아이 중의 한 명이 지금은 어엿한 선생님이 되어 있다고 좋은 선례도 들어 꼬드겼다. 하루하루 연명하는 일도 버거운데 입 하나 덜 수도 있고 더군다나 학교까지 보내준다고 하니, 어머니는 그쪽으로 마음이 기울었던 모양이었다. 그런데 예상 밖으로 아버지가 버럭 소리를 질렀다. 오랜만에 들어보는 아버지의 화난 목소리였다.

"굶어 뒈져도 남의 집 종살이로는 보낼 수 없는 일 아니갔어?"

아버지는 그렇게 역정을 냈다. 사실상 그날 내 조근놈 시절이 끝났다고 할 수 있었다. 아마, 그 사건 이후로 나도 언젠가는 큰형처럼 반드시 어머니로부터 버림받는 날이 올 것이라는 강박이 내 안에 자리 잡았는지도 몰랐다. 내가 어머니의 죽음 앞에서도 형처럼 좌절하지 않고 혼자서 꿋꿋이 버틸 수 있었던 것도 그런 버려질 것에 대한 마음의 준비를 꾸준히 하고 있었던 때문이 아니었던가 싶다. 안타깝게도 형에게는 그런 '헤어질 결심'이 없었다. 형은 자신도 언젠가 버려질 운명이라는 생각이 전혀 없었던 것 같다. 모든 자식은 부모로부터 언젠가 버림받는다는 생각을 진작 했어야 했는데 형은 그러지 못했다. 인간은 누구나 버림받는다는 것을 좀 더 일찍 배웠어야 했다. 그러나 형은 끝내 어머니를 버리지 못했다. 세상 끝 날까지 어머니의 아들 연인으로 남고자 했다. 어머니가 죽고 세계가 무너지자 그는 어떤 삶의 준거도 가지지 못한채 나락으로 떨어지고 말았다. 만약 그런 '운명의 플롯'이 가능하다면 형은 운명의 희생자일 뿐 다른 아무것도 아니다. 어머니나 아버지, 그리고 큰형이 그랬듯이 형 역시 전쟁이 만든희생양이었다. 그 플롯 안에서는 개인의 무능이나 나태, 실수나 부주의 같은 것은 아예 설 자리가 없다. 운명 앞에서 우리가 할 수 있는 일은 아무것도 없다.

삼랑진 가는 길

우리가 자작(自作) 경험하는 최초의 인간관계가 첫사랑이다. 인체가 보여주는 최초의 화학반응 역시 첫사랑이다. 부모 형제의 영향에서 벗어나 스스로 의미 있는 인간관계를 최초로 맺는 것도 첫사랑이다. 결국 첫사랑은 제2의 탄생 경험이다. 모든 탄생 경험이 그렇듯이 첫사랑 이전과 이후는 아주 다른 인생이다. 그런 우주적 사건이 내게도 있었다. 첫사랑에 대해서 본격적으로 말하기 전에 소설 이야기를 먼저 좀 해야겠다. 「통도사(通度寺) 가는 길」(조성기)이라는 소설이다. 어차피 첫사랑은 관념이고 신화다. 문학적인 톤으로, 문학과 함께 이야기하는 게 오히려 나을지도 모른다.

내 첫사랑이 「통도사 가는 길」이라는 소설과 인연이 닿을 것이라고는 전혀 생각지도 못한 일이다. 이 소설을 두어 번

읽으면서 소설의 주제와 표현에 깊이 감명을 받았고 나도 모르는 사이에 내 첫사랑의 체험들이 어떤 보편적인 정서의 품 안으로 수렴되는 것을 느꼈다. 나로서는 소중하고 고마운 경험이 아닐 수 없다.

거듭 말하지만, 첫사랑의 추억이 내 '움직이는 정신의 항구'에 처음 정박한 것은 「통도사 가는 길」이라는 한 탁월한 영혼의 성장 기록을 읽는 과정에서였다. 정확히 이야기해서, 「통도사 가는 길」이라는 소설을 읽다가(초독이 아니라 재독이었다) 첫사랑 그녀를 다시 만났다. 만난 장소는 절이 아니라 역이었다. 통도사가 아니라 삼랑진역이었다. 삼랑진역은 소설 속의 화자이자 주인공이 내면의 어떤 요구에 의해(무의식의 요구라고 소설은 말한다) 통도사를 찾아 나서기 전에 그 예비적 행사로 치르는 어머니와의 작별이 이루어지는 곳이다. 주인공은 자신에게 절망을 선사하는 세속적 사랑과 결연하게 '헤어질 결심'을 해야만 하는 절실한 상황에서 통도사를 찾는다. 삶의 쇄신을 위한 자기 해체도 결행해야 하고 그것을 도와줄 (소외와 불화를 종식시켜줄) '제 한 몸으로 감싸는 상징'도 찾아야 했다. 그 목적지가 통도사이고 중간 기착지가 삼랑진역이었다. 결과적으로 삼랑진역에서 본격화한 자기 쇄신의 여정은 통도사에서 완결된다. 그래서 소설의 제목이 '통도사 가는 길'이다. '가는 길'은 그 과정도 중요하다는 뜻을 담고 있다. 통도사는 "작은 것을 버리고 큰 것에 들어서 중생을 극락으로 이끈다"라는 대승불교의 정수(精髓)를 대변하는 절이다. 부처님 진신사리(眞身舍利)를 모시는 절이고(佛法僧 중의 佛의 사찰이다), 동쪽으로 앉아 있는(보통은 남쪽이다) 대웅전에 불상이 없고, 방향에 따라 동쪽에는 대웅전(大雄殿), 서쪽에는 대방광전(大方廣殿), 남쪽에는 금강계단(金剛戒壇), 북쪽에는 적멸보궁(寂滅寶宮)이라는 각기 다른 현판이 걸려 있는 절이다. 눈앞의 한 길만 보지 말고 삶의 전체를 바라보라는 불법의 가르침이 선명하게 제시되고 있는 곳이다. 결국 소설 「통도사 가는 길」은 작은 사랑(주인공에게 절망을 안기는 세속적 에로티즘)이 큰 사랑(모성애로 대표되는 보편적인 에로티즘) 속으로 삼투되어 마침내 해체되는 과정을 세밀하게 그리고 있는 소설이라고 볼 수 있다. 소설 속에서 그런 해체의 본격적인 여정이 시작되는 곳이 바로 삼랑진역이다.

「통도사 가는 길」을 처음 읽은 것은 삼십대 초반 무렵이었다. 서울서 일을 보러 내려온 사관학교 교관 시절의 동기가 이 소설에 대해서 호평을 했다. 시 비평을 전공했지만 소설에 대한 식견도 훌륭한 친구였다.

"「통도사 가는 길」 좋지 않든?"

그때는 내가 아직 에로티즘의 신화적, 심리적 의미와 가치를 잘 모를 때였다. 생명만이 지극한 것이라는 것도 진심으로는 아직 몰랐다. 「통도사 가는 길」 속의 에로티즘 장면들이 그저 생경하게만 느껴졌다. 그 장면이 에로티즘을 희화화해서 무엇을 부수적으로 챙기려고 하는지는 아예 생각지도 못했다. 무식하게 순진했다고나 할까, 마치 성(聖)과 속(俗)이 원칙 없이 제멋대로 섞여 있는 듯한 느낌만 받았다. 독자들의 저급한 취향에 부화뇌동한 것은 아닌지 살짝 의심도 했다.[*] 교관 시절 그 친구와 일종의 읽기 경연을 했던 일이 떠올랐다. 『오늘의 시』, 『오늘의 소설』이라는 책을 보고 읽은 작품마다 서로 점수를 매겨서(별표 개수로 서로 비교했다) 감식안의 고저(高低) 차이를 견주곤 했었다. 대부분 비슷했지만 서로 다른 것도 없지는 않았다.

"뭐, 그저 그렇지 않나?"

---

[*] 다음과 같은 부분이다. "그렇게 여관방에서 혼자 누워 있는 즐거움을 만끽하고 있는데 이게 어떻게 된 일입니까. '아흐 아흐 아아 아아.' 윗방에서인지 옆방에서인지 아랫방에서인지 도저히 가늠할 수 없는 방향에서 여자의 신음 소리가 계속 들려왔습니다. 그 소리는 무슨 가락처럼 낮게 잦아졌다가 높아지고 높아졌다가 잦아지고 하다가, 드디어는 째지는 단말마와 같은 부르짖음으로 급상승하였습니다. 그 여자는 오르가슴에 오르는 행운을 오늘 밤 쟁취하였음이 틀림없습니다. 왜 여자들은 오르가슴에 오를 때 소리를 내질러야 하는 걸까요. 「양철북」 영화에 보면 여자가 너무도 세게 소리를 지르는 바람에 여관방 창문이 박살나는 희한한 장면이 나오지요. 마땅히 '참을 수 없는 존재의 가벼움'이라고 제목을 붙였어야 할 「프라하의 봄」 영화에서도 얼마나 여주인공이 소리를 지르는지. 현대에 남아있는 몇 가지 안 되는 원시의 소리들 중 하나가 바로 저 오르가슴을 선포하는 여자의 소리이지요. 진정 꾸밈없는 싱싱한 생명의 소리. 그리고 죽음의 소리. 나는 극에 달한 여자의 그 교성 속에서 생명과 죽음이 맹렬히 만나는 것을 체험하곤 하지요. 하지만 일생 동안 그런 소리 한 번 힘차게 내지르지 못하고 늙어가는 여자들도 있긴 있지요." 조성기, 「통도사 가는 길」, 『한국소설문학대계 80』, 동아출판사, 1995, 141~142쪽.

그렇게 어깃장을 놓았다. 사실 나는 그 친구의 소설 감식안에 평소부터 좀 불편한 느낌을 가지고 있었다. 소설은 시와는 달라서 내부 인테리어보다는 골조를 먼저 봐야 한다고 생각했다. 그 생각은 그때나 지금이나 변화가 없다. 다만 그때가 좀 더 강했던 건 사실이다. 내부 인테리어에 관심을 많이 가진다는 건(표현이나 자유모티프로 사용된 소재에 높은 점수를 주는 것은) 소설가를 턱없이 과소평가하는 것이라고 생각했다. 그런 편견이 「통도사 가는 길」의 친절하고 자세한 여러 설명과 장면들을 밉게 보도록 했던 모양이다. 사람이 길을 찾는 방법은 여러 가지이고 그 하나하나가 모두 정당하다는 걸 인정했어야 하는데, 더군다나 소설 역시 묘사의 예술임을 인정했어야 하는데 그때는 그러질 못했다. 부끄럽게도 그때는 아직 나의 내면에 '통도'도 없고 '움직이는 정신의 항구'도 없었던 것이다. 이십 년쯤 지난 후 다시 「통도사 가는 길」을 읽을 기회가 있었다. 비로소 배 하나가 항구로 들어왔다. 정신이 번쩍 들었다. 찾아온 손님이 범상치 않았다. 첫사랑이었다. 그녀는 아주 먼 길을 돌아서 오는 듯 창백한 표정으로 피곤해 보였다. 그러나 여전히 아름답고 당당했다. 내 움직이는 정신의 항구에 들어오는 배처럼, 하얗게 물길을 내며 들어오는 그녀를 보는 순간 그 옛날처럼 가슴이 울렁거리고 얼굴에 홍조가 올라왔다.

재독(再讀)에서 무엇인가가 등장하면 그건 무의식의 기획이고 장난이다. 재독은 보통 '특별한 내면의 요구'에 부응할 때가 많다. 의식은 포착하지 못하지만, 무의식이 무엇인가를 조회할 필요가 있을 때 재독을 통해서 그 욕망을 해결한다. 자기가 원하면 뜬금없이 여행이나 독서나 가무의 충동을 일으킨다. 교양 욕구나 심신의 재충전 같은 '무목적의 목적'을 내세워 자신의 '삶'을 슬그머니 의식계에 투입한다. 당연하게도, 느닷없는 재독은 언제나 무의식으로의 여행이다. 이 부분은 설명이 좀 필요하다.

책의 진정한 가치가 재독에서 발견되는 것은 사람 만나는 이치와 같다. 초대면만으로는 사람을 제대로 알 수 없다. 초독은 그저 상대의 얼굴만 알아보는 정도다. 첫인상이 좋다고 꼭 좋은 반려자가 되라는 법은 없다. 살아봐야 좋고 나쁘고를 알 수 있다. 책 읽기도 마찬가지다. 내용을 겪어봐야 제대로 책을 알 수 있다. 내 콘텍스트, 내 삶의 맥락 안에 텍스트가 들어와야 비로소 저자와의 대화가 성사된다.

보통 재독은 겉보기에 우연한 기회에 이루어진다. 그러나 재독이란, 성공적인 연애의 모든 재회들이 다 그러하듯, 우연의 탈을 쓰고 나타날 뿐, 결코 우연이 아니다. 이미 초독 때 향후 계획이, 그 미래의 일정이, 잡혀 있는 일이다. 물론 그런 계획 잡기는 무의식의 관할이다. 그 미션은 의식과 무의식의 경계를 넘나들며, 참을성 있게, 움직이는 정신의 항구가 열리는 때를 기다린다. 때를 얻어, 항로가 열리고 배가 돌아올 때는 보통 밤이다. 주위는 캄캄하고 오직 항구만 빛날 뿐이다. 불 밝힌 부두의 화려찬란이 꽤 볼 만하다. 그래서 다시 만난 옛 애인(첫사랑)이 더 볼 만하다. 거듭 말하지만 이 세상에 우연한 재독이라는 것은 없다. 재독에서 우연은 항상 모순어법이다.

우연을 가장하고, 내 정신의 항구에 다시 돌아온 「통도사 가는 길」은 큰 배는 아니었다. 거친 파도와 싸우며 많이 지친 모습이었지만 조촐하고 단아했다. 통도사에 어울리는 배였다.

그것은 허공이었습니다. 허공으로 인한 충격이 나를 내려앉게 만들었습니다. 나는 전혀 예상치도 못했던 광경에 넋을 잃어버렸습니다.

불단은 텅 비어 있었습니다. 붉고 푸른 연화문으로 정교하게 장식된 3층 불단은 그 너머 허공으로 통해 있었습니다. 그 허공은 막연한 형태로가 아니라 가로 누운 긴 직사각형으로 반듯한 형태를 취하고 있었습니다. 어떻게 보면 단아한 허공이었습니다.

(……)

한순간, 5층 석탑의 무게로 나를 내리누르고 있던 그녀의 존재가 시선이 머물고 있는 허공 속으로 빨려 들어가는 것을 느꼈습니다. 그러자 나마저도 허공 속으로 빨려 들어갔습니다. 그녀도 없고 나도 없었습니다. 다만 텅 빈 삼랑진역 플랫폼에 어머니만 홀로 서 있었습니다. 허공 속에서도 법당 뒤편 금강계단의 석종부도 꼭대기가 마치 선덕여왕의 한쪽 유방처럼 봉긋이 떠 있었습니다. 그 유방의 젖을 먹고 자라는 듯 금강계단 너머로는 신선한 녹색의 숲이 우거져 있었습니다. 나는 그 석종부도 속에 모셔져 있다는 싯달타의 사리마저 허공으로 사라져버렸기를 바랐습니다.*

통도사 대웅전 불단에는 부처가 없다. 그 뒤 금강계단 석종부도에 불골(佛骨)과 불가사(佛袈裟)가 모셔져 있어 따로 부처의 상을 두지 않는다는 취지다. 버리는 것, 사라지는 것, 견디는 것, 그리고 그 모든 것 위에 있는 생명, 소설에서는 그런 것들을 말하고 있었다.

「통도사 가는 길」을 다시 읽고 내가 서둘러 한 일은, 엉뚱하게도 통도사가 아니라 삼랑진역을 다시 찾는 노고였다. 내게 삼랑진역은 몇 개의 각각 분리된 이미지들이 모순적으로 공존하는 역설적, 복합적인 공간이다. 그 공간을 생각하는 것만으로도 나는 묘한 양가적 감정에 사로잡힌다. 공연히 기분이 들뜨기도 하고 차분히 가라앉기도 한다.

아버지는 토성에서의 권토중래를 끝내 포기하고 또다시 야반도주, 남행길에 올랐다. 식구들은 오후 늦게 뿔뿔이 흩어져 집을 나와 대구역에서 만나 남행열차를 탔다. 열차를 타고 가

---

* 「통도사 가는 길」, 156~157쪽.

다 삼랑진에서 내렸다. 역사(驛舍) 앞의 중국음식집에서 늦은 저녁을 먹었다. 두 갈래 길이 있었다. 한쪽은 경부선으로 종착지는 부산, 다른 한쪽은 마산으로 향하는 경전선이었다. 거기서 아버지와 어머니가 행선지를 의논했다. 오래 걸리지 않아 마산으로 결정되었다. 그곳에는 어머니의 작은할아버지, 우리가 판사 할아버지라고 불렀던 분이 지원장으로 근무 중이었다. 다른 한쪽 부산에는 아버지의 하나뿐인 여동생이 살고 있었다. 대전에서 교편을 잡고 있던 고모부는 아버지와 갑장이었다. 서로 친구처럼 지냈다. 대전에서 잠시 같이 살다가 고모네는 부산으로, 우리는 대구로 각각 이주했다. 함께 지내다가 그렇게 헤어져 살게 된 연유는 잘 모른다. 다만 어린 내가 혼자서 고모 집을 자주 왕래했던 것만 기억난다. 고모가 나를 꽤나 귀여워했던 것은 사실인 것 같다. 커서도 나는 부산 고모 집을 자주 들락거렸다.

어린 마음에도 그렇게 즉흥적으로 행선지가 결정되는 것이 많이 낯설었다. 피난지 제주도에서 바다를 건너 목포에서 서울행 기차를 탔을 때도 그랬을까? 형이 언젠가 말했다. 기차가 하루 꼬박 달려 막 한강철교를 지날 때였다. 오랜 기차 여행으로 모두 지친 표정으로 맥을 놓고 앉아 있는데 아버지가 "와, 한강이다!"라고 갑자기 소리를 지르더라는 거였다. 형은 그때 아버지의 얼굴이 참 낯설었다고 했다. 형은 그 이야기를 전하면서도 왜 아버지가 그때 그런 흥분을 가족들에게 내보였는지 알 수 없다는 표정을 지었다. 아마 내가 삼랑진역 앞에서 느꼈던 생경스런 감정도 그와 비슷했을 것이다. 어쨌든 삼랑진역은 그런 식으로, 억울하게도, 내게는 최초의 디아스포라를 경험하는 장소로 각인되었다. 그리고 몇 년 뒤, 삼랑진역은 내가 낯설고 두려운 이 세상에서 일종의 타임 슬립(time slip)을 경험하는, 나만이 겪는 다중현실의 출입구가 되었다. 그곳을 경계로 내게는 늘 서로 다른 두 세상이 존재했다. 고등학교 시절, 경전선을 벗어나 경부선으로 진입할 때마다 나는 해방 또는 망각의 쾌를 느꼈다. 고등학교를 졸업하고 대학을 다닐 때에는 또 정반대 현상이 일어난다. 대구에서의 삶이 팍팍할 때는 마산으로 내려가곤 했다. 삼랑진역은 제자리를 지키고 있을 뿐인데 경전선과 경부선은 자기들 마음대로 삼랑진역의 역할을 바꿔치기해버렸다. 망각과 해방의 출구에서 추억과 연민의 출구로 바꾸어버렸다. 어쨌거나 그 오랜 세월이 흘렀어도 삼랑진역이 이쪽에서든 저쪽에서든 출구가 되고 있는 것은 변함이 없었다.

다시 찾은 삼랑진역에는 아무것도 없었다. 역사 앞의 중국집도, 덜컹거리는 두 칸짜리 전동차 안에서 마지막으로 헤어진 첫사랑도, 경전선과 경부선을 오고 가던 내 비굴과 남루도, 아무것도 남아 있지 않았다. 그저 지루하고 시시한 시골 풍경과 영문 모르고 따라온 아내만 있을 뿐이었다. 어찌할 바를 모르고 망연히 섰다가 역 앞 철물점에서 고무호스를 삼 미터 샀다. 요즘 들어 창가로 떼 지어 몰려드는 비둘기들이 골치였다. 누가 아파트 마당에서 모이를 주는 모양이었다. 오전 내내 우리 집 창틀에 앉아서 구구거리며 양광(陽光)을 즐겼다. 아파트 우리 층 외벽에는 오십 센티미터 정도의 돌출된 대리석 창틀이 설치되어 있어서 비둘기들이 앉아 쉬기는 안성맞춤이었다. 허옇게 덕지덕지 눌러붙은 비둘기 똥을 물로 씻어내려면 그 정도의 길이는 필요했다. 하필이면 삼랑진역 앞에서 그 생각이 났는지 그 까닭을 알 수 없었다. 내 안에도 씻어내려야 할 비둘기 똥이 있었는지도 모르겠다. 그 옛날 삼랑진역 앞에서 느꼈던 절망감을 깨끗하게 씻어내고 싶었는지도 몰랐다. 부산으로 갈 것인지 마산으로 갈 것인지를 어머니에게 묻던 젊은 아버지의 그 끝 모를 무력감에 나는 절망했었다. 그 절망감으로부터 완전히 벗어나기 위해서 일찍부터 나는 아버지 곁을 떠날 계획을 세웠다. 그 계획은 성공했고 삼랑진역을 출구 삼아 주기적으로 경전선에서 경부선으로 내몸을 옮겨 실었다. 삼랑진역을 통과하는 순간 마산에서의 모든 기억을 깡그리 잊을 수가 있었다.

삼랑진역 앞에 서보기는 그때 이후로 처음이었다. 「통도사 가는 길」에 나오는 삼랑진역에 촉발되어 막상 실물 앞에 섰지만 그곳에는 어떤 감흥도 기다리고 있지 않았다. 깨끗하게 리모델링된 삼랑진 역사는 아무것도 보여주지 않았다. 마치 통도사의 텅 빈 불단처럼, 그곳에는 내가 기대했던 그 어떤 풍경도 없었다. 그저 텅 비어 있었다. 복층의 현대식 역사는 시원한 유리창으로 통째로 덮여 있었다. 마치 시간의 존재가 무색한 우주정거장처럼.

이제 더 이상은 첫사랑 이야기를 연기할 구실을 찾지 못하겠다. 삼랑진에서 첫사랑 그녀와 마지막으로 만나고 헤어졌다는 그 한마디를 하기 위해서 여기저기 우회로를 너무 많이 거쳐 왔다.

그녀와 나는 교회 학생회에서 만났다. 신앙심 깊은 어머니를 따라서 중학생 때 처음 교회에 나온 그녀는 3학년 무렵 나와 함께 학생회 임원을 맡았다. 회장, 서기, 회계가 임원이었는데 내가 서기를 맡고 그녀가 회계를 맡았다. 그러나 명시적으로 말이나 행동으로 호감을 표시한 적은 한 번도 없었다. 그녀나 나나 느낌으로만 알고 있었을 뿐이었다.

그 느낌을 행동으로 옮긴 것도 단 한 번뿐이었다. 중3 여름방학 직전이었다. 교회 학생회에서 하계휴양 행사로 배를 타고 호수 같은 합포만을 가로질러 건너편 귀산 지역 딸기밭으로 향했다. 밖으로 나오자 소녀가 대담해졌다. 교회 안에서는 내외를 밥 먹듯이 하더니 거기서는 자연스럽게 내 옆자리를 찾아 앉았다. 치마 밑으로 하얀 종아리가 눈부시게 빛났다. 나는 내가 쓰고 있던 밀짚모자를 그녀의 무릎 위에 얹어주었다. 그 모습을 바라보며 하얀 치아를 드러내고 환하게 웃는 그녀의 얼굴이 정말이지 눈부시게 아름다웠다. 치마 아래로 빛나던 그녀의 하얀 종아리, 그리고 나를 향해 활짝 웃어주던 그 빛나는 얼굴, 그 장면만 생각하면 지금도 가슴이 설렌다. 소녀는 얼굴도 흰 편이고 키도 컸다. 같이 서면 서로의 눈이 거의 수평을 이루었다.

우여곡절 끝에 고등학교에 진학할 수 있었던 나는 그녀와의 앞날도 순탄하게 풀려나갈 것이라고만 믿었다. 그런데 전혀 뜻하지 않은 곳에서 복병을 만나야 했다. 복병 이야기를 하기 전에 먼저 고등학교 진학에 우여곡절을 겪은 사정과 형의 신기한 신통력(그렇게 말할 수밖에 없었다)에 대해서 언급하는 게 순서지 싶다. 복병은 항상 행운 뒤에 숨어 있기 때문이다. 아버지의 고군분투(어머니가 돌아가시고 기댈 곳 없는 집안 형편은 더 어려워졌다)에도 불구하고 내 고등학교 입학등록금은 끝내 마련될 수가 없었다. 교회 안 분위기가 너무 안 좋았다. 부목사 외아들, 장로 막내아들, 영향력 있던 집사의 고명딸이 모두 입시에 실패하고 재수 생활로 접어들게 되었던 것이다. 미운 오리 새끼처럼, 사찰 아들 혼자서 번듯한 고등학교에 진학한다는 것을 그 누구도 반기지 않았다. 학교에서는 담임선생님과 학생주임 선생님이 동일계(이름만 같았지 입학시험은 쳤다) 고등학교로 진학할 것을 적극 권했다. 성적 우수자들이 역외로 다 빠져나가면 동일계 고등학교 수석 입학을 타 중학교에 뺏길 수도 있다는 것이 그 이유였다. 그러나 그때 내게는 오직 아버지 곁을 떠나야 한다는 것만이 유일한 삶의 목표였다. 다른 선택은 없었다. 결국 모든 이들의 밉상이 되었던 나는 아버지에게도 버림을 받고(자력으로는 두 아들 모두에게 등록금을 줄 수 없었다) 하릴없이 방 안에서 누워 지낼 수밖에 없었다. 그러던 중 하루는 형이 큰목사님 사택에 가서 신문지를 얻어오라고 시켰다. 기분전환도 겸해서 방 도배를 하자는 거였다. 왠지 신선해 보였다. 그런 형의 모습을 보면서 나도 모르게 중학교 입학 때의 일이 생각났다. 그때도 사정이 비슷했다. 중학교 입시에 합격은 했으나 어머니는 두 아들 몫의 등록금을 다 구할 수가 없었다. 판사 할아버지 댁에서 간신히 형의 등록금만 얻어올 수가 있었다. 그렇게 차일피일 보내고 입학등록금 마감 날짜가 다가왔을 때 갑자기 형이 교복을 꺼내 입었다. 그리고 자기와 함께 내가 합격한 중학교의 교장선생님을 한번 만나보자는 거였다. 언덕길을 한참 올라가서 당도한 중학교는 석양의 긴 그늘 아래 유난히 웅장하고 멋져 보였다. "넌 문 앞에서 기다리고 있어라." 형은 서무과장의 안내를 받아 교장실 문안으로 들어서면서 그렇게 말했다. 얼마나 시간이 흘렀을까, 형이 문밖으로 나오며 말했다. "사흘간 말미를 얻었다." 사흘간 말미를 얻는 일이 무슨 소용이 있을까, 순간 그런 생각이 들지 않았던 것은 아니었으나 기분이 나쁘지 않았다. 형이 집으로 가는 도중에 들려준 말이 또 재미있었다. "하늘은 스스로 돕는 자를 돕는다." 형은 고백처럼 그렇게 말했다.

형의 고백처럼 하늘이 우리를 돕는 일이 생긴 것은 사흘 말미의 마지막 날 저녁이었다. 집 밖이 소란스럽더니 몇 사람의 신사가 대문을 두드렸다. "이렇게 집이 숨어 있으니 찾을 수가 있나?"라고 누가 투덜댔다. 입학원서에 기재된 주소로 하루 종일 찾아다녔지만 찾을 수 없어서 초등학교 담임선생님까지 모시고 와서 간신히 찾았다는 것이다. 그럴 수밖에 없는 것이 길가에 가로로 면한 한옥을 반으로 뚝 잘라서 앞에다 건물을 짓고 그 뒤편의 남은 집칸을 우리에게 무료 대여를 해주고 있었던 것이다. 고마운 집주인이었다. 당연히 밖에서 보면 신축 건물에 가려 집이 안 보였던 것이다. 찾아온 까닭은 장학금 전달 때문이었다. 마산의 라이온스클럽에서 뒤늦게 장학금을 기증했는데 그 수혜자로 내가 선정되었다는 것이다. 물론 교장선생님의 특명이었다. 서무과장에게 여태 등록금 납입이 안 된 것을 확인하고는 곧장 그 '형제는 용감하였다'의 주인공들을 찾아보라고 지시했다는 것이다. 등록금에만 그치는 것이 아니라 교복, 책, 가방까지 다 살 수 있는 넉넉한 금액이었다. 그 덕분에(형, 교장선생님, 라이온스클럽) 내 공부 인생이 중도에 좌절되지 않고 계속 탄력을 받아 평생 이어지게 되었다. 나는 그렇게 믿는다.

　아니나 다를까, 이번에도 형은 '하늘은 스스로 돕는 자를 돕는다'를 증명해냈다. 그 신문지 벽지 위에서 종친회 장학생 모집 광고를 발견한 것이다. 과연 형에게는 신통력이 있었다.

어떻게 종친회의 별명(別名)을 알아보고 아버지에게 그 사실을 알렸다. 보통은 성씨의 유래와 관련 있는 장소나 사건으로 종친회의 이름을 대신하는 경우가 많은데 형이 그 별명을 알아보았던 것이다. 종친회원 자녀 중 학업성적이 우수한 고등학생 한 명과 대학생 한 명에게 전학년 장학금을 지급하겠다는 내용이었다. 급하게 종친회 주소로 편지를 썼고 중학교 전학년 성적표와 고등학교 입학 허가증을 보내라는 답장을 받았다. 그렇게 해서 나는 제1기 종친회 장학생이 되었다. 입학식도 하기 전이었지만 유난히 모자 둘레가 컸던 교모를 사서 의기양양하게 그것을 쓰고 서울로 갔다. 밤새 기차를 타고 서울역에서 내려 지하도를 건너고 정동길을 거쳐 서소문에 있었던 종친회 건물에 가서 장학금을 수령했다. 그렇게 또 하늘이 돕는 일이 생기고 만 것이다. 그동안 꼼짝없이, 어른들 말안 듣고 제멋대로 날뛴 죄로, 아버지 밑에서 꼬박 일 년을 교회 하우스보이로 지내야만 할 운명이었는데(만약 그렇게 일년을 보낸다면 그동안 내게 어떤 변화가 올지 진심으로 오리무중이었던 상태였다) 구사일생으로 그 암담한 팔자에서 벗어날 수 있게 되었던 것이다. 그것도 삼 년 전학년 장학생으로 뽑혔으니 엄청나게 큰 복이 아닐 수 없었다.

이제 본격적으로 복병에 대해 이야기할 순서다. 형(신통력 있는)과 하늘(스스로 돕는 자를 돕는), 종친회장(장학금을 단독 출연한)의 도움으로 무난히 아버지 곁을 떠나 형과의 팍팍

하지만 알찬 자취 생활을 꾸려나가던 나는 서너 달 잘나가다가 갑자기 은단 먹은 병아리처럼 비실대며 그만 고꾸라지고 말았다. 몸은 몸대로 허약해지고 급기야 정신까지 혼미해지곤 했다. 상사병이라는 불치의 병에 걸리고 만 것이다. 그야말로 생각지도 못한 복병이었다. 멀쩡하게 공부도 잘하고 새로 사귄 친구들과 어울려 운동도 열심히 하던 때였다. 첫 달 시험에서 시골 출신답지 않게 반에서 3등을 마크해 형을 깜짝 놀라게 했고(반 아이들 중 상당수가 중3 겨울방학 때 이미 고1 과정을 한 번 훑고 들어온 상태였다), 내가 주축이 되어 전원 초짜들로 반 핸드볼부를 만들어 교내 체육대회에서 준결승까지 진출하는 기염을 토하기도 했다. 다른 반에는 중학교 때 선수 생활을 했던 아이들이 한둘 있었지만 우리 반에는 아무도 없었다. 손과 발을 다 쓰는 핸드볼 경기에서는 선수 출신이 한두 명 있는 것과 전원이 초짜인 것은 거의 하늘과 땅 차이였다. 그러나 중학교 시절 핸드볼부를 했던 형에게 단기간 교습을 받고 팀을 만들어 집중적으로 연습을 해서 좋은 결과를 낼 수 있었다.

공부면 공부, 운동이면 운동, 모두 잘하고 있던 시절이었는데 느닷없이 들이닥친 상사병에 모든 것이 여지없이 무너져버렸다. 소리 소문도 없이 자객처럼 나타난 사무치는 연정(戀情)이 나를 사정없이 땅바닥에 메다꽂았다. 난생처음 죽음의 문턱까지 갔다 오는 체험을 했다. 식음을 전폐하고(상사병이 죽을병이라는 것은 앓아본 사람만이 안다) 오직 그 소녀에 대한 그리움으로 사경을 헤매야 했다. 나를 볼 때마다 홍조를 띠며 수줍은 듯 고개를 돌리던 소녀의 얼굴로만 온통 머릿속이 가득 차 있었다. 왜 주변의 권고대로 아버지 곁에서, 또 그녀 곁에서 고등학교를 다니지 않았는지 후회가 물밀듯이 닥쳐왔다. 며칠을 누워 있다가 이대로는 죽겠다 싶어서 불문곡직 마산행 기차를 탔다. 해 질 무렵 마산역에 도착해서 바로 소녀의 집으로 향했다. 소녀의 집 앞에서는 소녀의 오빠가 평상에 누워 부채질을 하고 있었다.

"방금 학원에서 와가지고 샤워하고 있을 거다. 좀 앉아서 기다려라."

오빠는 그렇게 다정하게 말했다. 마치 소녀와 나의 사이를 훤히 꿰뚫고 있다는 투였다. 오히려 그 상황이 좀 난처한 느낌으로 다가왔다. 그렇게 엉거주춤 앉지도 서지도 못하고 있는 나를 두고 오빠가 집 안으로 들어갔다. 소녀를 불러내기라도 할 태세였다. 무슨 생각이었는지, 지금 생각해도 오리무중인데, 그 순간 나는 발걸음을 돌려 마산역으로 뛰어갔다. 그리고는 대구행 전동열차에 뛰어올랐다. 열차 안에서 무슨 생각을 했는지는 전혀 기억에 없다. 아무 일도 없다는 듯 형이 기다리는 자취방으로 돌아갔다. 그리고는 상사병에서 벗어났다. 소녀 생각도 더 이상 하지 않게 되었다.

상사병이라는 복병 이야기는 거기서 끝난다. 이제 또 다른 복병 이야기를 해야겠다. 시간은 다시 아버지 곁을 떠날 무렵으로 돌아간다. 교회 안의 다른 아이들이 모두 입시에서 실패하는 바람에 혼자서 먼 곳으로 집을 떠나는 마음이 홀가분하지 않았다. 앞에서도 이야기했지만 목사 아들, 장로 아들, 집사 딸이 모두 떨어지고 사찰 아들 혼자 붙은 탓에 교회 안의 분위기는 그저 냉랭할 뿐이었다. 설마 설마 하던 일이 결국 벌어지고 만 형국이라고나 할까? 모두가 다 우리 가족을 외면하는 눈치였다. 그런 때 구사일생으로 종친회 장학금이 하늘에서 떨어진 것이다. 그 덕에 아버지 곁을 떠날 수는 있었지만 기분이 마냥 가벼웠던 것은 아니었다. 무엇보다도 첫사랑 그 소녀를 재수생으로 두고 떠나는 마음이 개운치 않았다. 지금처럼 휴대폰으로 언제든지 자유롭게 소식을 주고받을 수 있는 때가 아니었다. 그렇다고 둘이서 따로 만나자고 연통을 넣고 할 계제도 아니었다. 시간이 멈춘 듯한 주변 상황도 우리에게는 안 좋은 환경이었다. 고등학교 입시 결과가 나오고 나서 우리 또래 교회 학생회원들은 일제히 통행금지 상태로 들어갔다. 아무도 교회 근처에 얼씬거리지 않았다. 나부터도 집으로 찾아다니며 교회 친구들을 만날 염이 생기지 않았다. 깊은 물속에 무겁게 가라앉은 추처럼 주위의 모든 것들과 단절된 채 하루하루를 보냈다. 그러나 무거운 마음은 무거운 마음이고 나에게는 새로운 세계가 기다리고 있었다. 일단 집을, 교회를, 아버지를, 내 사춘기와 함께 시작한 온갖 남루와 비굴을 벗어나고 나면 무언가 내 인생에도 밝은 빛이 깃들 것이라는 막연한 기대가 있었다. 그저 훌쩍 떠나는 일만이 내게는 당면한 선결과제였다. 드디어 날짜가 잡히고, 형에게서 올라오면 어디서 만나자는 전갈을 받은 후 아버지가 꾸려준 한 달치 양식을 지고 가벼운 발걸음으로 아침 일찍 집을 나섰다.

소녀가 이른 아침 아버지 홀로 남은 우리 집을 찾은 것은 내가 어둠을 헤치고 집을 나선 직후였다. 아침 일찍 대구로 향하는 전동열차가 있었다. 대구와 마산을 연결하는 출근 열차였다. 시간 안에 닿기 위해 내가 서둘러 집을 나선 지 십여 분이나 되었을까, 새벽 예배 뒷정리를 하고 교회 마당으로 내려온 아버지는 느닷없이, 교회 마당 한가운데 들어와 있는 소녀를 보고 깜짝 놀랐다. 그 시간에 그 아이가 그 자리에 있을 이유가 없었던 것이다.

"새벽기도 왔었니?"

물론 아니었다. 소녀는 내가 조만간 떠날 것이라는 걸 알고 찾아온 모양이었다. 큰 눈을 멀뚱거리며 말없이 그저 자기를 쳐다보기만 하던 숫기 없는 머슴애, 당신의 아들을 찾아왔노라고 소녀는 또박또박 대답했다. 아버지는 냉정하게 말했다.

"벌써 떠났다."

그다음 아버지가 또 무슨 말을 했는지, 또 소녀가 어떤 말을 하고 어떤 표정을 지었는지, 나는 알지 못한다. 거기까지만 아버지에게 들었기 때문이다. 혼자된 아버지는 내가 자기 옆에서 평생 같이 있어주기를 원했다. 그러나 나는 그러기가 싫었다. 아버지와 함께했던 마산에서의 시간이 하나 없이 다 끔찍했다. 가능하다면 나에게 지독한 절망과 고통을 안겨준 마산에서의 기억은 남김없이 깨끗하게 지워내고 싶었다. 그 때만 해도 소녀의 존재가 그렇게 심각하고 심란한 것이 될 줄은 꿈에도 몰랐다. 다만, 그녀에게 대놓고 말 한마디 제대로 건넬 수 없는 나의 가난과 누추함이 싫었을 뿐이었다. 그녀가 그 모든 것들을 제압하는 힘 센 존재라는 것은 앞에서 말한 대로 몇 달 뒤에야 알게 된다.

내가 떠나던 날 소녀가 우리 집을 찾았다는 것을 안 것은 아주 한참 뒤의 일이다. 아버지가 소녀에 대해서 단 한마디의 말도 내게 해주지 않았기 때문이다. 아버지가 소녀의 방문에 대해서 이야기를 꺼낸 건 아주 오랜 시간이 흐른 뒤 내가 대학 졸업을 코앞에 둔 때였다. 졸업을 앞두고 잠시 집에 내려온 나에게 아버지는 갑자기 결혼 문제를 꺼냈다. 누구누구가 우리를 좋게 보고 있는데 그 집 딸이 어떻겠냐는 거였다. 일 년 아래로 학교를 다닌, 나도 잘 아는 아이였다. 그런 분위기는 어느 정도 눈치는 채고 있었다. 그러나 아버지 뜻을 따를 수 있는 입장이 아니었다. 분명한 것은, 그 결혼을 승낙하는 순간 나는 아버지와 평생 함께 살아야 한다는 것이었다. 그러기 위해서 아버지는 며느리를 직접 고른 것이다. 그래서 그럴 생각이 전혀 없다고 잘라 말했다. 군대도 갔다 와야 하고, 돈도 모아야 하고, 무엇보다도 교회 안에서의 결혼이 싫다고 분명히 말했다. 그러자 아버지가 옛날이야기를 꺼냈다. 마치 복수라도 하듯 갑자기 소녀 이야기를 꺼냈다. 소녀가 두 번, 내가 떠나던 날과 그해 여름 어느 날, 뜬금없이, 우리 집으로 나를 찾아왔었다는 것이다. 아, 그랬었구나. 그 순간, 그동안 안개처럼 나를 감싸고돌던 모든 의혹들이 한순간에 다 사라졌다. 무엇인가 우리를 갈라놓으려는 검은 힘이 있을 것이라는 예감이 맞았구나. 그 순간은 아무것도 보이지도 들리지도 않았다. 그저 멍한 느낌뿐이었다. 근 십 년 동안, 안개 속에서 헤매던 목적지 없던 여행, 그 고단한 노정(路程)이 갑자기 거기서 끝나는 느낌이었다. 아쉽고 허전했다. 그러나 그것은 이미 떠나간, 다시 못 올 첫사랑이었다. 아버지는 두번째 그녀의 방문이 왜 이루어졌는지 모르고 있었다. 나도 설명하고 싶지 않았다.

그렇게 헤어지고 다시는 못 만날 것 같았던(소녀는 고등학교에 들어간 이후로 교회를 나오지 않았다) 소녀를 다시 만난 것은 고3 늦겨울 구마산역에서였다. 서울로 진학하는 것을 포기하고 대구의 국립 사범대로 진로를 결정하고 그 사실을 아버지에게 통보하고 다시 올라가던 때였다. 주말이어서 그런지 플랫폼이 사람들로 붐볐다. 붐비던 이 사람 저 사람 사이에서 환하게 누가 다가왔다. 바로 그 소녀였다. 그렇게 세상이 환했던 적은 그전에도 그 후에도 한 번도 없었다. 미시마 유키오가 일찍이 그 비슷한 감정을 적었던 것처럼, 플랫폼 안의 모든 소리, 움직임, 풍경들이 마치 '커다란 하나의 에로스'의 각종 부속품이나 되는 듯한 표정으로 내 몸을 향해 일제히 달려들었다. 낯익은 사물들이 그렇게 선명하고 신선하게 느껴진 것은 그때가 처음이었다.* 피아노 전공 쪽으로 진로를 정한 그녀는 대구에서 열리는 한 콩쿠르에 참가하러 가는 길이었다. 묻지도 않았는데 그렇게 자기 사정을 밝히고는 내게 물었다.

"대학은?"

"사범대학 국어과."

짤막하게 대답했다. 그녀가 잠자코 고개만 끄덕였다. 그녀는 아직 2학년이었다. 그러곤 각자의 자리로 헤어졌다. 그녀는 일행이 있었고 나는 혼자였다. 자리에 앉고 기차가 움직이자 속이 울렁거렸다. 기차 멀미는 그때가 처음이었다. 그

---

* 다음 대목의 묘사를 두고 한 말이다. "기차가 달리는 그 길은 내가 태어난 고향으로 향하는 낯선 길인데도, 낡고 시꺼멓게 된 열차가 이토록 신선하고 신기한 모습으로 보인 적은 없었다. 정거장이며, 기적 소리며, 그리고 이른 아침의 확성기에서 나오는 쉰 듯한 목소리의 울림마저 같은 하나의 감정을 반복하고 강조하였으며, 또 눈부실 만큼 서정적인 전망을 내 눈앞에 펼쳐 보였다. 아침 해는 광대한 플랫폼을 비추기 시작했다. 거기를 지나면서 나는 구두 소리, 튕기는 게다 소리, 마냥 단조로이 울리는 벨, 구내 판매원의 광주리에서 내밀어진 귤의 빛깔…… 이 모든 것이 내 몸을 맡긴 커다란 사물 중의 하나하나로 여겨졌고, 또한 하나하나의 징조처럼 생각되었다."(『금각사』, 196쪽) '커다란 하나의 에로스'라는 것도 미시마의 표현이다. 이 책 131쪽의 각주 참조.

저 혼미 속을 덜컹거리며 가고 있는데 그녀가 다시 나를 찾아왔다. 삼랑진역에서 기차가 잠시 머무를 때였다. 그녀는 나를 데리고 열차 칸 사이로 나갔다. 거기서 내 눈을 똑바로 쳐다보며 무슨 말이라도 해보라는 표정을 지었다. 그렇게 서 있으니 유난히 그녀의 키가 더 커 보였다. 나는 군화를 신고 있었고(그때는 고등학생들이 워커를 많이 신고 다녔다) 그녀는 굽 낮은 운동화를 신고 있었는데도 꼭 그녀가 나를 내려다보는 느낌이었다. 나는 할 말이 없었다. 너, 남학생들 사이에서 인기가 좋다더라, 교회는 왜 안 나오니? 그런 싱거운 질문이 목젖까지 올라왔지만 입 밖으로 낼 건 아니었다(친구 중의 하나가 그녀와 재수 생활을 같이 했는데 그런 소식을 전한 적이 있었다). 그녀를 잊고 지낸 시간들이 자책되기도 했다. 그냥 멀뚱멀뚱 그녀의 시선만 받아내고 있을 수밖에 없었다. 기차가 다시 출발하고 몸을 가누기 어려운 진동 속에서 그렇게 한참을 말없이 서 있어야 했다.

만약 그때 그녀가 우리 집을 두 번씩이나 찾았다는 것을 내가 알았더라면 아마 상황이 많이 달라졌을 것이다. 그러나 나는 아무것도 모르는 상태였고, 그녀 역시 많이 야속한 상태였다. 얼마나 오랜 시간이 흘렀을까. 끝내 입을 열지 않는 나를 물끄러미 쳐다보고만 있던 그녀가 말했다. 섭섭하고 어이없고 화난 표정이었다.

"그만 들어가요……"

소녀가 갑자기 존대를 했다. 그렇게 삼랑진에서 헤어진 뒤 다시는 그녀를 볼 수 없었다. 그 이후로 그녀의 소식은 영영 접할 수가 없었다. 마치 유령처럼, 소녀는 자신의 이야기를 한 토막도 남기지 않고 내 앞에서 연기처럼 사라졌다.

광장의 저편

우리의 추억은 늘 어떤 장소와 함께한다. 세상 따뜻한 공간이었던 어머니의 품에서부터, 어린 시절 나의 하나뿐인 작은 우주가 되어주던 집 마당과 동네 골목길, 학교 운동장과 교실은 온갖 추억의 배양 공간이다. 그 외에도 들뜬 마음으로 찾던 놀이공원. 야구장, 수영장, 바닷가 해수욕장, 근사한 식당들까지, 우리의 기억은 수많은 공간 속에서 추억으로 진화한다. 사람은 크게 보면 두 부류다. '장소를 아는 자'와 '장소를 모르는 자'가 그것이다. 물론 그것도 정도 나름이다. 장소를 아는 것도 지나치면 병이 된다. 장소애(topophilia)에 사로잡히면 사물을 대하는 균형감각에 약간의 문제가 생길 수도 있다. 내가 토성(土城)이라는 장소에 지나치게 집착하는 게 그 예가 된다.

소설가들도 장소를 중시하는 작가와 장소를 중시하지 않는 작가로 나뉜다. 공간 묘사에 유독 공을 들이는 작가가 있는가 하면 아예 무심하게, 혹은 태연하게 공간을 무시해버리는 작가가 있다. 한국 현대소설의 두 거장 김동리와 황순원의 소설을 보면 그런 '공간에 대한 작가의 취향'을 일별할 수가 있다. 김동리는 전자, 황순원은 후자에 속한다. 황순원 소설은 단도직입, 곧바로 심리(心理)로 들어가 독자의 시선을 그쪽으로 집중시킨다. 사건이 언제 어디서 일어났느냐는 별로 중요하지 않다. 사건 그 자체에만 몰두한다. 역사나 장소가 비집고 들어올 틈을 허용하지 않는다. 4·3의 제주도를 배경으로 한 「비바리」 같은 소설에서도 사정은 똑같다. 부각되는 건 애틋한 '생명' 그 자체다. 「소나기」도 그렇다. 배경이 평안도 대동군이든 경기도 양평군이든 아무런 상관이 없다. 그런 차원에서 보자면, 「소나기」의 배경이 경기도 양평 어디쯤이라며 그곳에다가 황순원문학관을 건립한 것은 좀 우스운 일이다.

김동리 소설은 다르다. 공간에 대한 집착이 있다. 「무녀도(巫女圖)」 서두에 나오는 모화의 집터 묘사나 모화가 생을 마감하는 곳이 만물이 돌아가는 장소인 '큰물'이라는 것이 그것을 증명한다. 모화의 이름도 경주 지역의 '모화'라는 지명에서 온 것이다. 일반적으로 소설에서의 공간 묘사는 주제를 암시하는 것 이외에도 이야기 속에 어떤 리듬을 창조하는 데 사용된다. 독자의 시선을 장소 쪽으로 돌리게 해서 필요 이상의

'사건의 긴장'을 제어할 수 있고 그 부수적 효과로 주제의 숙성을 이끌어내기도 한다. 그 반대로 위기의 순간에 공간 묘사로 이야기(시간)를 정지시킴으로써 가외의 서스펜스를 자아내기도 한다. 음악의 서곡처럼 작품의 행동과 어조를 예고하는 역할은 물론 공간 묘사의 기본 임무이다.

우리 이야기도 장소에 대한 존중이 남다르다. 거의 모든 이야기가 특정한 장소를 중심으로 전개된다. 앞에서도 말했지만 나의 장소애 때문이기도 하고 나의 소설작법 취향에 따른 것이기도 하다. 이제 내 스무 살의 청춘에 대한 이야기를 할 순서다. 내 스무 살의 청춘과 떼려야 뗄 수 없는 공간이 '혜성여인숙'이다. 특별한 전의(戰意)도 없이 바람이 불면 바람이 부는 대로, 비가 오면 비가 오는 대로, 풍찬노숙의 심정으로, 패잔병처럼 하루하루를 버티던 혜성여인숙 시절의 이야기를 빼고는 내 젊은 날을 회고할 수 없다. 대학 시절의 대부분을 보낸 혜성여인숙(옛날 여인숙 시절의 간판을 그대로 붙여놓고 하숙집을 하고 있었다)은 학교와 경북도청 사이, 실내체육관 뒤쪽 골목 안에 위치하고 있었다. 실내체육관은 당시 그 부근에 있었던 유일한 대형 건물이었다. 아마 그쪽 손님을 생각하고 혜성여인숙도 생겼을 것이라고 짐작한다. 그러나 얼마 안 있어 실내체육관 앞쪽에 대형 모텔들이 생기면서 혜성여인숙은 여인숙 영업을 접고 하숙집으로 갈아탔다. 하숙비가 학교 인근의 하숙집들보다는 비교적 염가여서 학생들 사이에서는 많이 알려져 있는 하숙집이었다. 지붕 위에 크게 붙어 있는 혜성여인숙 간판을 존중해서 우리끼리는 혜성여인숙 하숙생이라고 누구에게나 스스럼없이 말하고 다녔다.

혜성여인숙에서의 추억을 추스를 때 가장 먼저 생각나는 사람이 채형이다. 이름은 채규혁. ROTC 출신의 학사편입생이었다. 당시 하숙생은 총 다섯 명이었다. 도청에 나가는 공무원이 한 명, 대학생이 네 명이었다. 대학생은 전자공학과 복학생 홍형과 화학과 복학생 정형(두 사람은 동향이었다), 채형, 그리고 나였다(사이사이에 서너 명의 하숙생이 머무르다 갔다. 동거 기간이 짧고 제대로 어울린 기억이 거의 없어서 그들은 이야기에서 뺀다). 공무원 하숙생과 제주도에서 올라온 주인집 친척 아이들 두 명(그들이 왜 올라와 있었는지는 지금 기억나지 않는다)과는 교류가 전혀 없었다. 채형이 들어오기 전에는 우리 대학생들은 모두 각자 놀았다. 학교도 각자 다녔고 연애도 각자 했고 술도 따로 먹었다. 그런 '조용한 가족' 상황에 변화가 온 것은 채형이 나타나면서였다. 잠시 하숙을 하다가 입주 가정교사로 들어간 밀양 출신 박군(우리는 군대 미필자를 '군'으로 제대복학생을 '형'으로 불렀다) 자리에 채형이 들어오면서 모든 것이 바뀌었다. 채형이 합세한 혜성여인숙은 마치 조용한 참호에 수류탄이 하나 날아 들어온 형국이었다. 거의 폭발하는 느낌이었다. 채형이 주도해서 이틀이 멀다 하고 술판이 벌어졌다. 아침 등교 장면도 군대식

학과 출장을 방불케 했다. 보무도 당당하게, 와자지껄, 아침마다 요란하게 학교를 갔다. 통학로에는 대도(大道)시장이라는 제법 번성한 골목시장이 있었는데 그곳이 우리들의 주 보급창고였다. 채형이 하굣길에 사 온 소주 몇 병과 오징어나 순대와 같은 푸짐한 안줏거리는 우리 사총사의 전투식량으로 완벽한 역할을 다했다.

술판에서의 군대 이야기는 남자들의 전매특허다. 동사무소 방위병 출신의 정형, 전방 1사단 부사단장 당번병 출신의 홍형, 그 옆 부대의 GP소대장 출신의 채형, 공교롭게도 그들은 모두 출신 성분이 다 달랐다. 같은 육군이라도 섞일 수 없는 군대 핏줄의 소유자들이었다. 군대 안에서는 위계가 멀쩡한 관계지만 예비역들끼리는 서로를 그루밍해줄 수 있는, 묘한 '이상한 가역반응'이 일어날 수 있는 관계였다. 미필자인 내가 봐도 세 사람의 군대 경험담은 케미가 좋았다. 채형이 늙은 선임하사 군기 잡고 뽀대 잡은 이야기를 하면 넉살 좋은 홍상병은 사모님 장바구니에서 야식거리를 삥땅 치던 모험담을, 고참 방위병 정형은 업무를 몰라 쩔쩔매던 신임 예비군 중대장 뺑뺑이 돌리던 무용담을 늘어놓았다. 얼큰하게 술기운이 돌기 시작하면 손뼉 장단을 잡으며 합창을 했다.

"행주치마 씻은 손에/받은 님 소식은/전선의 향기 품어/그대의 향기 품어—"

홍형이 자신의 십팔번인 「향기 품은 군사우편」을 선창하면 우리는 일제히 손뼉을 치며 따라 불렀다. 그다음에는 채형의 십팔번「불효자는 웁니다」를 따라 불렀고, 정형의「전선야곡」은 그다음이었다. 노래판이 서너 번은 돌아야 우리의 술판도 끝났다. 신세대 미필자인 나는 주로「고래사냥」이나「왜 불러」를 불렀다. 늙은 복학생들도 기꺼이 내 노래를 따라 부르며 좋아했다.

술판과 함께, 지금도 기억에 뚜렷이 남아 있는 것이 등굣길 행사다. "추억은 공간에 매여 있다"라는 말이 실감 나는 장면이다. 체구는 컸지만 매사에 바지런했던 홍형이 매번 앞장을 섰다. "학교 갑시다— 대학 어린이—" 홍형은 제일 앞에 서서 그렇게 선창을 하고 우리는 발맞추어 홍형의 뒤를 따랐다. 밖으로 나와서는 횡대로 서서 골목을 꽉 채우며 걸었다. 하숙집을 나오면 기다랗고 가파른 내리막길이 나오고 그 내리막길이 끝날 때쯤이면 좌측으로 대도시장이 나왔다. 골목시장 주제에 대도(大道)라니, 그 가당치도 않은 이름을 비웃으며 우리는 낄낄대며 시장을 가로질렀다. 시장길 언덕 너머 학교로 들어가는 속칭 개구멍이 있었다. 있으나 마나 한 학교 담장이 그 부분부터는 아예 사라지고 없어진 자리에 작은 오솔길이 나 있었다. 지금은 그곳이 번잡한 유흥가를 앞에 둔 사실상의 정문 역할을 하는 곳이지만 그때는 대학 뒷산으로 통칭되며 인근 초등학생들의 소풍 장소이자 우리의 교련 훈련장이 되던 곳이었다. 그 비탈진 개구멍 길을 따라 올라가면 대학본부 건물의 뒤통수가 보였다(지금은 그 자리에 중앙도서관이 자리 잡고 있다). 우리는 거기서 각자 갈 곳으로 흩어졌다. 나는 사범대학이 있는 좌측으로 갔고, 홍형과 정형은 공대와 자연대(그때는 문리대) 쪽으로 직진했고, 채형은 우측 농과대학 쪽으로 향했다. 우리가 그렇게 제 갈 길로 흩어지던 곳이 지금은 작은 로터리가 되어 있다.

그러나 혜성여인숙의 나날이 늘 희희낙락이었던 것은 아니었다. 불가피한 갈등도 있었다. 그 자세한 사정을 낱낱이 밝히기는 어렵다. 우리 이야기는 개인의 프라이버시를 최대한 존중한다는 원칙을 지켜야 하기 때문이다. 등장인물들의 추억에 조금이라도 누가 되는 일은 결코 하고 싶지 않다. 한마디 덧붙이고 싶은 것은, 사실 젊은 시절을 회고한다는 것이 그리 만만하고 즐겁고 보람 있는 일만은 아니라는 것이다. 낯부끄러울 때가 많다. 오직 '그때가 좋았다'라는 일념으로 밀어붙이지 않으면 아예 불가능한 일일 수도 있다는 것을 양해해주시기 바란다.

내가 혜성여인숙에 들어오게 된 것은 대학 1학년 2학기에 접어들면서였다. 누구의 소개였는지 지금은 기억에 없지만 누군가의 소개로 알게 되었다. 고등학교 때부터 있던 하숙집에서 리어카 하나로 짐을 옮겼다. 그때 혜성여인숙에 먼저 와 있었던 이가 안형이었다. 홍형과 정형은 복학생들이라 그 일년 반 뒤 3학년 초에 왔다(나도 2학년 때는 입주 가정교사를 하느라고 혜성여인숙을 떠나 있었다). 안형은 문리대 사회학과에 다니고 있던 학구파였다. 군대는 면제받았는지 미필자인데 나이는 많아서 채형, 홍형네와 비슷한 연배였다. 소문에는(내가 교양과정부 학생회 일을 봤던 터라 여기저기서 듣는 게 좀 있었다) 서울에서 대학을 다니다가 안 좋은 일로(학사경고 같은 것으로) 짤리고 다시 우리 대학에 들어왔을 거라고 했지만 직접 물어보지는 않았다. 안형이 틈을 내주지 않아서 그만큼 친해지기도 어려웠고, 채형의 등장으로 하숙집 분위기가 일시에 주당(酒黨) 친화적으로 바뀌고 있을 무렵 안형이 그만 하숙집을 옮겨버렸기 때문에 속 깊은 대화를 나눌 시간이 없었다. 안형은 처음부터 채형을 백안시했다. 채형이 있는 집 자식이라는 표식을 여기저기 뿌리고 다니는 것이 싫었던 것 같았다. 첫날 인사 때부터 안형은 표정이 좋지 않았다.

"독방 쓸 형편이 안 되어서 2인실을 쓰는 건 아닙니다. 전 외롭지 않게 두 사람 같이 쓰는 게 훨씬 좋습니다."

채형은 그렇게 나와 동거하기로 한 이유를 설명했다. 그때까지는 모두 독방을 쓰고 있었다. 주인아주머니가 일정액을 깎아줄 테니 2인실을 써볼 생각이 있는 사람이 있느냐고 물었을 때 그 제안에 응한 것은 나 혼자뿐이었다. 홍형, 정형, 안형은 모두 농촌 출신이었다. 지금은 많이 나아졌지만 그때만 해도 농촌 살림이 그닥 좋을 때가 아니었다. 집 사정을 고려한다면 삼분의 이 가격으로 하숙비가 내려가는 걸 외면하기 힘들 때였다. 다행히 혜성하숙집이 주변 하숙집들보다는 하숙비가 좀 싼 편이라 2인실 쓸 돈으로 독방을 쓰고 있는 중이었다.

다른 사람은 몰라도 나는 안형이 그때부터 채형을 못마땅하게 여기기 시작했다는 것을 눈치채고 있었다. 부잣집 아들이 자작 2인실을 쓰겠다고 하는데 시골의 부모가 등골 빠지게 일해서 보내주는 돈으로 혼자서 호의호식, 비싼 돈 주고 독방을 쓰고 있는 자기가 싫어질 수도 있었던 것이다. 자기가 싫어지거나 미워질 때면 누구나 '준 것 없이 미운 놈'을 밖에서 찾기 마련이다. 그게 인지상정이다. 안형도 그런 자책감으로 비뚤어진 경우가 아니었나 싶은 것이다. 내 입장에서는 그렇게 생각할 수밖에 없었다. 그만큼 당시에는 가난이 최대 화두였다. 내 친구들 중에도 운동권임을 자처하는 애들이 몇 있었지만 하나같이 다 살 만한 집 자식들이었다. 진짜 가난한 집 아이들은 운동이란 운동은 무엇이든 엄두를 내지 못했다. 있는 집 아이들은 테니스 라켓도 들고 다녔고 비밀스럽게 모여 '공부'하는 운동도 했다. 그런 친구들을 보면 부러울 때도 있었지만 '돈 벌면 나도 한다'라고 생각하고 그쪽으로는 눈을 돌리지 않았다. 우선은 내가 타고난 가난으로부터 자립하는 일이 훨씬 더 급했다. 실제로 대학 졸업식 날 나는 캠퍼스를 뛰어다니며 만세를 불렀다. 이미 그때 시골의 한 사립고등학교에 취직이 되어 있었다. 일주일에 두 번 대학원 수업을 나갈 수 있게 해준다며 좋은 조건으로 입도선매가 되어 있었다. 내 인생에서 최초로 자립을 하게 된 것이다. 중간에 군대에 가라는 아버지의 요구를 거절한 것도 바로 그 '자립'에의 의지 때문이었다. 힘들게 등록금을 빌리고 입주 가정교사를 해서 끝까지 버틴 것은 일단은 남은 삼 년 내로 교사자격증을 따고 무사히 혼자서 밥벌이를 할 수 있어야 했기 때문이었다. 그 일을 삼 년씩 뒤로 물린다는 것은 절대 수용할 수 없는 일이었다. 그 기간 중에 좋은 일이 생길 확률보다는 안 좋을 일이 생길 확률이 최소한 서너 배는 더 높았다. 그렇게 확실히 믿었다. 그리고 그때의 그 생각이 틀리지 않았다는 것이 지금의 내 생각이다. 내 인생에서 아주 중요한 일들이, 그러니까 글쓰기에 입문한 일, 대학원에 진학한 일, 아내를 만난 일, 그리고 혜성여인숙에서 겪은 일 등 현재의 나를 있게 한 그 모든 일의 시작이 바로 그 기간 중에 일어났기 때문이다.

어쨌든 안형은 채형을 필두로 한 우리의 가면 놀음을 인정하지도, 견디지도 못했다. 채형이 입버릇처럼 달고 다니는 "빨로우 미(Follow me)!"를 특히 싫어했다. 미 육군보병학교 교훈이자, 우리나라 육군보병학교의 교훈인 그 말, '나를 따르라!'를 채형이 술에 취해 꼬부라진 혀로 내뱉을 때마다 안형은 얼굴을 찡그렸다. 그 퇴폐적이고 냉소적인 음담패설과 군담패설, 변함없이 반복되는 「향기 품은 군사우편」, 「불효자는 웁니다」, 「전선야곡」, 「고래사냥」도 안형에게는 참을 수 없는 고문이었다. 그러나 안형이 우리 곁을 떠나게 된 결정적인 계기는 따로 있었다.

채형이 등장하고 우리에게 소대장이 생겼다는 것은 누구나 인정하는 사실이었다. 술판에서는 채형의 공식 명칭이 소대장이었다(술이 좀 들어가면 소대장이 소대가리상으로 바뀌었다). 어이 소대가리상, 한잔 받으쇼잉, 충성. 홍형이 잔을 건네면 채형은 감사합무네다 홍상병 마마님, 하고 잔을 받았다. 당연히 정형의 이름은 정일병이었다. 미필자인 나만 민간인이었다. 모두 군인들이었다. 타임 슬립, 술과 함께 군대 시절로 돌아가 현재와 과거를 섞으며 서로 조롱하고 빈정대는 걸 즐겼다. 그리고 또 하나의 타임 슬립이 있었다. 우리는 우리가 아주 어렸을 때 경험한 '무상 원조'를 다시 경험해보고 있었다. 초등학교 교실에서 허겁지겁 받아먹다 혓바닥을 데곤 하던 뜨거운 우유(분유 끓인 물)와 서로 받아 가려고 다투던 옥수수로 만든 빵(아마 미국에서는 동물 사료로 쓰일 것 같은)의 모습을 다시 보게 된 것이다. 다만 품목이 우유(분유)나 옥수수빵이 아니라 술과 각종 안주라는 것만 다를 뿐이었다. 새로운 원조국이 등장하면서 우리들의 나라에도 새로운 질서와 복지가 주어졌다. 채형은 어느새 혜성여인숙의 중심이 되어 있었다. 눈치 빠른 주인아주머니도 의논할 일이 있으면 채형을 먼저 찾았다. 그러던 어느 날이었다. 신입 하숙생이 한 명 들어왔다. 신입 하숙생 박형은 도청 공무원이었다. 나이는 역시 채형, 홍형 또래였다. 채형이 입주식을 제안했다. 지금껏 없었던 일이었다. 그러나 누구도 채형의 제안에 이의를 제기하지 않았다. 늘 벌이던 술상에 젓가락 하나 더 놓으면 될 일이었다. 그런데 소주잔들이 한번 부딪치고 막 화기애애한 입주식이 시작될 무렵 홍형이 불쑥 숙장(宿長) 추대 문제를 꺼냈다. 아마 채형, 정형, 홍형 사이에서는 농담 삼아 한번 나왔던 이야기였던 것 같았다. 아르바이트로 하숙비 벌기 바빴던 나는 지난 회식 때 참가하지 못해서 처음 듣는 이야기였다.

"채형을 우리 혜성여인숙의 숙장으로 추대합니다. 경애하는 영도자 채숙장 동지를 위해 박수—"

채형이 손을 저으며 사양했고 홍형이 먼저 박수를 쳤다. 늘 회식비를 부담하는 채형에 대한 립서비스, 감사의 표시로 받아들여도 될 문제였다. 나는 소대장이면 어떻고 숙장이면 어떤가, 그런 생각으로 아무 생각 없이 따라서 박수를 쳤다. 정형과 박형도 따라서 박수를 쳤다.

"나는 반대요."

그런데 좌중에 찬물을 끼얹으며 안형이 정색을 하고 어깃장을 놓았다.

"군대 문화를 하숙집에 들이는 건 반대요. 그냥 옛날처럼 조용히들 삽시다."

군대 문화 운운했지만, 사실은 채형을 반대한다는 말이었다. 그가 벌이는 술판이 싫다는 거였다. 옛날처럼 조용히 살자는 말은 이런 식의 단체 행동은 백해무익하다는 평소의 태도가 그렇게 나온 것이었다. 안형은 이미 그런 눈치를 많이 내비치고 있었다. 그래서 최근에는 아침 등굣길에도 우정 동행하지 않고 있는 중이었다.

"조용하게 사실 분은 조용하게 사시고…… 오늘부로 본 혜성학숙(어느새 여인숙이 학숙으로 변해 있었다)의 숙장으로 채규혁 옹이 취임했음을 선포합니다. 땅땅."

홍형도 지지 않았다. 나머지 사람들은 그저 눈만 멀뚱멀뚱 뜨고 앉아 있을 뿐이었다.

그 뒤부터 안형은 '우리'에서 떨어져 나갔다. 두어 달 뒤 하숙집을 옮길 때까지 안형은 있어도 없는 사람이었다. 안형과의 씁쓸한 이별 뒤에도 우리는 여전히 술 마시고 노래하고 춤추는 생활을 지속했다. 4학년이 되어서 취직 공부에 바빴던 홍형이나 정형이었지만 틈만 나면 기회를 잡아 채형은 술판을 벌였다. 술이 좀 들어가면 채형의 실없는 넋두리가 흘러나오곤 했다.

"우리는 불행하다. 식민지 시대의 젊은이들은 그래도 명분 있는 술판을 벌일 수 있었다. 그들의 술잔은 한 조각 일편단심의 피맺힌 울분을 담을 수가 있었다. 그러나 우리는 어떤가. 찾아야 할 조국도 삭여야 할 울분도 없지 않은가. 도대체 우리의 술판을 술판답게 해줄 수 있는 것이 무엇이란 말인가.

불행하다, 우리의 술판이여. 슬프다, 다리 밑에서 주워온 우리의 우국충정이여……"

물론 채형의 술주정을 귀에 담는 사람은 아무도 없었다. 우리는 그렇게 모여서 같이 떠들고 마시고 먹고 있었지만 모두 사는 형편도 다르고 하는 생각도 다르고 진로도 제각각이었다. 모두 영악한 생활인들이었다. 원조는 원조고 자력갱생은 자력갱생이었다. 모두 앞으로의 경제부흥이 최대의 관심사였고 목표였다. 겉모습만 학생이었지 속은 모두 시장의 상인처럼 살고 있었다. 그런 의미에서 "학이시습지 불역열호아!", 배우고 대로 익히니 그 또한 즐겁지 아니한가를 외칠 수 있는 진정한 학생은 사실 채형밖에 없었다. 채형은 집에서 그렇게 멀리(채형의 고향은 전주였다) 떠나와 한 번 졸업한 대학교를 또다시 다닐 이유가 없어진 상태였다. 식품영양학과를 졸업한 채형은 (가업을 잇기 위해서) 잠업기사 자격증을 따기 위한 학사 편입을 결행한 이였다. 그런데 그가 학사편입을 한 바로 그해 가을에 법이 바뀐 것이다. 잠사학과를 다니지 않아도 얼마든지 경력과 경험만으로 잠업기사 자격증을 딸 수가 있게 되었던 것이다. 그러니 채형이 학사편입의 목적과 명분이 없어진 뒤에도 학교를 계속 다닌 것은 그야말로 학구열(그러나 채형이 공부하는 걸 나는 본 적이 없다) 때문이거나 아니면 우리와의 우정, 그것도 아니면 일반적인 대학가의 낭만을 즐기려는 취지에서였다고 볼 수밖에 없었다. 얼핏 그에게서 서울에서 잘나가는 '잘난 형'이 한 사람 있다는 말을 들은 적이 있는데 어쩌면 그 형에게서 받는 스트레스에서 잠시라도 벗어나고픈 마음 때문인지도 몰랐다. 채형이 술김에 내게 해준 말이었는데, 그 형 때문에 자기는 시골에 내려와서 가업을 이어받아야 한다고 했다. 못난 아들들이 보통 그러하듯이 고향에서 부모님을 모시는 일이 자기 몫이라고, 그것 때문에 얼마 전 서울서 잠깐 오고 가던 혼사도 깨어졌다고, 불행감이 많이 든다고, 씁쓸한 어투로 내게 말했다. 마음에 드는 서울 아가씨였는데 시골서 시부모 모시고 살아야 하는 결혼 조건을 끝내 수용하지 않더라는 것이다. 모든 불행한 가정에는 다 각자의 불행한 이유가 있다더니 채형같이 유복한 가정에서 태어난 이도 불행해질 수 있다는 게 너무 신기했다. 하루하루가 생활전선, 보급투쟁이었던 나와는 달라도 너무 다른 인생이었다.

이 글을 적으면서 확인한 것인데 채형과 나의 청춘 동거생활에 대한 기억도 색이 많이 바래 있었다. 마침 옛날에 소설 형식으로 그 시절 이야기를 발표한 것이 한 편 있어서 필요할 때마다 대조도 해보고 했지만 큰 효과는 없었다. 그때 내게 중요했던 것과 지금 내게 필요한 것이 달랐다. 다만 한 부분은 예외였다. 그 당시의 기록이 없었다면 도저히 기억을 해낼 수 없는 내용이 있었다. 채형 이야기의 클라이맥스에 해당하는 '나를 따르라!' 부분이다. 가급적이면 그때의 기록을 그대로 옮기려고 애썼다. 유치한 부분도 군데군데 있다. 그러나 그것들이 만들어내는 감동이 더 중하고 귀하다.

4학년 학기 말이 다가오면서 채형의 낭만파 학사편입생 하숙생 시절도 서서히 막을 내리고 있었다. 홍형과 정형도 취직 시험에 바빠서 더 이상 채형의 술 동무 노릇을 해주지 못했다. 의기소침해진 채형은 하숙집을 비우고 고향 집에 가 있는 날이 많았다. 어떤 때는 일주일씩 고향 집에 가서 오지 않을 때도 있었다. 그러던 어느 날이었다. 그때도 채형은 고향 집에 가고 나 혼자 독방 신세를 면하지 못한 채 방에서 밍그적거리며 늦장을 부리다 늦게 학교로 갔다. 홍형과 정형은 이미 도서관으로 향한 뒤였다. 오후 수업이라 학교 식당에서 점심을 해결한 후 로터리 벤치에 앉아 양광을 즐길 때였다. 그 당시 자칭 타칭 내 별명이 로터리 백작이었다. 일청담이라는 작은 연못을 끼고 있는 로터리에 앉아서 오고 가는 남녀 유권자들(교양과정부 학생회장에 출마했을 때 모두 나를 찍어준 고마운 동지들이었다)과 '우연히' 조우하는 것이 유일한 내 취미였다. 그날도 로터리 벤치에 앉아 있는데 오랜만에 보는 서클 동기 간호학과 여학생이 눈웃음을 살살 치며 내 앞을 지나쳤다. 4학년이라 의대 수업이 많아서 로터리 주변에서는 잘 보이지 않던 친구였다. 마침 도서관에 볼일이 있었던 모양이었다. 그냥 보내기가 섭섭해서 불러 세웠다.

"김간호 씨, 왜 그리 날로 예뻐져요? 몰라볼 뻔했네―"

실제로 졸업이 다가오면서 여학생들의 미모가 날로 일취월장하고 있었다. 김간호 씨는 단구(短軀)의 귀요미상이었는데 특유의 여성미가 철철 넘쳐흐르는 매력 있는 친구였다. 매력과는 별개로 눈웃음을 치는 폼이 현재는 남자 친구 없이 지내는 모양이었다. 교양과정부 학생회장 선거 때 의예과와 간호학과에서 몰표를 얻어 당선된 나로서는 그쪽 친구들이 늘 고마웠고 정도 더 갔다.

"말로만 그러지 말고, 진지하게 대시를 좀 해봐욧!"

김간호 씨는 그렇게 일갈하고는 도서관 쪽으로 올라갔다. 수업 시간이 좀 많이 남아 있어서 계속 죽치고 있는데 이번에는 학보사 현 기자가 내게로 왔다.

"우리, 인문관 뒤에 가서 막걸리 한잔합시다."

뜬금없이 막걸리 타령이었다. 로터리는 평지에 있고 주변의 풍경들은 다 언덕 위에 올라앉아 있었다. 뒤쪽은 일청담, 정면 언덕에는 대학본부, 오른쪽 언덕 위에는 도서관, 왼쪽 언덕 위에는 인문관이 자리 잡고 있었다. 왜 하필이면 인문관 뒤쪽인지 궁금했다. 자기가 문리대 사학과 재학생이라서 그런가, 그런 생각만 들었다.

"웬 대낮부터 막걸리 타령이야— 난 오후에 수업이 있어서 못해. 안 그래도 현 영감한테 찍혀서 졸업도 간당간당한 상 탠데."

현 영감은 2학년 때 국어학개설로, 3학년 때는 국어사로

'나에게 모멸감을 준'(가차 없이 F를 준) 강골의 노교수였다. 그 덕분에 학사경고까지 받아서 천신만고 끝에 겨우 졸업을 하게 된, 그야말로 서로 못 잡아먹어서 앙앙불락하던 사이였다. 그런데 그렇게 나를 갈구던 이가 대학원에 진학했더니 언제 그랬느냐고, 마치 사위나 삼을 것처럼, 친절과 사랑을 베풀었다. 사위로는 한 해 선배가 낙점되었다. 마침 현 기자에게는 집안 어른이 되는 관계였다.

"그래? 그러면 할 수 없고. 우리끼리 한잔하는 수밖에……"

왠지 표정이 좀 어두웠다. 지난여름 내가 학보에 기고한 원고가 사전 검열에서 잘렸을 때 내게 사과하며 짓던 표정과 많이 닮아 있었다. 이제 졸업이 다 되어가니 모두들 우울해지는구나, 그렇게만 생각했다. 문득, 고향에 가서 오지 않고 있는 채형 생각도 났다.

현 기자가 막걸리 한잔을 하자고 했던 이유를 아는 데에는 채 한 시간도 걸리지 않았다. 천근같이 무거운 발걸음을 이끌고 강의실로 들어와 만금같이 무거운 마음으로 책을 보고 있는데 갑자기 로터리 근처에서 몇몇 사내의 함성이 들리기 시작했다. 아, 저거였구나. 교단 위의 노교수의 목소리가 갑자기 딱딱하게 굳어졌다. 마치 귀신에나 씐 듯 앞뒤 안 가리고 뛰쳐나갔다. 아마 "나가자!"라고 고함도 질렀을 것이다. 그러나 단 한 명도 따라 나오는 사람이 없었다. 남학생 삼십 명 여학생 열 명 중에서 나를 따라 나온 사람은 단 한 명도 없었다.

함성을 듣는 것은 딱 삼 년 만이었다. 우리가 입학하던 해 3월 캠퍼스가 발칵 뒤집어졌다. 당시 2학년들이 주동이 된 대규모 학내 시위가 있었다. 박정희와 사범학교 동기인 총장이 "우리 대학이 폐교될지도 모른다"라는 담화문을 곳곳에 써서 붙였다. 수십 명의 제적자가 생기고 학생운동이 지하로 완전히 숨어 들어갔다. 그다음부터는 아예 함성을 들을 수가 없었다. 대학 자체가 시범 케이스로 날아갈 수도 있다는 말도 공연한 협박으로만 들리지 않았다. 사법 살인으로 사람 목숨까지 마음대로 가져가는 자들이 무엇을 못하겠느냐는 말도 공공연하게 돌았다. 가히 공포의 시대였다.

내가 로터리로 뛰어갔을 때에는 이미 그 함성이 뿔뿔이 흩어지고 있는 형국이었다. 체포조들이 어떻게 알고 들어왔는지 군용 트럭까지 몰고 들어와서 선언문을 낭독하던 현 기자와 그의 동료들을 한 명씩 낚아채 실어 가고 있었다. 주동은 모두 대여섯 명쯤 되는 것 같았다. 모두 동기생들이었다. 그전에 얼핏 들리던 말이 생각났다. "졸업하기 전에 후배들에게 한번 보여주고 나가야 하지 않겠나?"라는 말이었다. 그 말이 헛말이 아니라는 걸 그날 보여주고 있었던 것이다. 그들이 소리치며 트럭 위로 실려 나가는 것을 보면서 모두 발을 동동 굴렀다. 마침 그 주간과 다음 주간이 졸업앨범 사진을 찍을 때여서 적지 않은 사람들이 로터리 주변을 에워싸고 있었다. 도서관 앞 월파동산과 본부건물을 배경으로 단체 사진을 찍는 사람들도 있었다. 그 많은 인원이 모두 그냥 보고만 있었다. 눈물을 흘리는 여학생들도 꽤 보였다. 그러고 보니 낯익은 아저씨들이 우리 곁을 부지런히 오가며 학생들의 동태를 살피고 있는 중이었다. 정보계 형사들인데 내가 로터리에 죽치면서 안면을 트고 지내던 이들이었다. 그렇게 일이십 분만에 상황은 종료되고 말았다. 모든 것이 끝나고 교실로 다시 돌아오자 아무도 나를 쳐다보지 않았다. 교수도 학생도 모두 책만 보고 앉아 있었다.

그날의 불발탄 시위가 남긴 후유증은 심각했다. 시위의 함성과 약동, 그 흥분을 처음 경험한 1학년, 2학년, 3학년, 그리고 신입생 때의 악몽이 되살아난 4학년, 모두 깊은 우울증에 빠져야 했다. 수백 명의 학생들이 지켜보는 가운데 그들은 개같이 끌려갔다. 도살장으로 끌려가는 개처럼 엉덩이를 빼고 소리치며 저항하던 그들, 그들이 남긴 잔상이 유령처럼 캠퍼스를 돌아다녔다.

"구경만 하고 있던 그 많은 남학생들은 뭥미?"

화살은 엉뚱하게도 못난 우리들에게로 날아왔다. 로터리에 앉아 있으면 오고 가는 여학생들의 힐난하는 듯한 눈초리가 온몸에 와 박히는 것을 느껴야 했다. 우리가 자주 죽치던 후문 앞 새길다방에서도 마찬가지였다. 아는 여학생들이 일부러 찾아와서 한 마디씩 쫑코를 주고 갔다. 어떤 친구는 눈물까지 글썽이며 성토를 했다. 한마디로, "다들 나가서 뒈져라!"였다. 전혀 예상치 못했던 상황이었다.

당시 우리(교양과정부 때 학생회 일을 같이했던 인연으로 사 년 내내 뭉쳐 다니며 놀던 친구들)는 파란만장했던 학창 생활을 조금씩 정리해나가는 중이었다. 영광과 치욕의 새길다방 시대도 서서히 막을 내리고 있을 때였다. 수업이 비는 시간에만 새길에서 휴식을 취했다. 학교 수업이 완전히 끝나면 시내로 진출해 예비 사회인으로서의 자세를 연마했다. 밤늦도록 당구도 치고 술도 마시고 연애도 했다. 각자 연애나 아르바이트를 하고 돌아오는 시간이 달랐으므로 시내 한가운데에 본거지를 두고 오며 가며 작당을 해서 놀았다. 새로운 둥지는 '여왕(The Queen)'이라는 고전음악다방이었다. 거기에 가면 누구든 한 명은 자리를 지키고 있었다. 이층 입구쪽 가장 훤한 자리였다. 일이층으로 된 복층 구조였는데 이층으로 올라오는 계단 바로 앞에 우리 자리가 있었다. 이제 캠퍼스 안이나 캠퍼스 후문 앞에서가 아니라 도시의 중심가에서 전면적으로 우리 얼굴을 팔기 시작한 것이다. 듣는 음악이 새길다방에서의 닥터 후크의 「Queen Of The Silver Dollar」나 스모키의 「Living Next Door To Alice」, 딥퍼플의 「Smoke On The Water」 같은 팝송에서 헨델의 「왕궁의 불꽃놀이」나 M. 부르흐의 「콜 니드라이」, 바흐의 「무반주 첼로 조곡」 같은 클래식으로 바뀌게 되니 약간의 혼선이 없지는 않았지만 그런 대로 잘 적응해나갔다. 그런 '집단적 취향의 변화'가 그렇게 자연스럽게 이루어진 과정이 지금 생각해보면 좀 기특한 면이 있다. 아마 그 시절은 그렇게 무엇이든 빨아들일 수 있는 스펀지나 해면체 같았던 모양이다. 보이는 대로, 듣는 대로 다 내 것이 되는 때였다.

그러나 그 시절이 마냥 즐겁고 낭만적이었던 것은 아니었다. 부지런히 후문 앞 새길다방과 중앙통의 고전음악다방 여왕을 오가면서도 각자의 진로를 두고 이런저런 고민이 많을 때였다. 나중에 학도호국단 사단 새마을부장까지 꿰찼던 재주꾼 법대생 기찬오(奇燦梧)는 졸업을 못한 채 군대를 가기로 되어 있었고(제대 후 복학한 뒤 국영기업체에 취직한다), 불어교육과 김우빈(金友斌)은 주특기인 빛나는 사교성을 살려서 호텔업계로의 진출을 도모하고 있었지만 장담할 수 없었고(한 학기 더 학교를 다닌 후 해병대 장교로 군복무를 마치고 마침내 서울의 한 특급호텔에 입성한다). 절대 게임비 내는 일이 없었던 왕소금 짠돌이 당구 300의 영문과 우마적(禹馬賊) 역시 일단 한 학기 더 해서 졸업 학점을 채우면 대학원에 진학해서 공부나 더 해볼까 생각 중이었고(유명 자립형 특목고의 교사가 된다), 허허실실 유비를 닮은 행정학과 장익덕(張翼德)은 고시 공부를 계속할 것인지 공기업 취직을 할 것인지를 두고 심사숙고 중이었고(공군 장교로 군 복무를 마친 후 공기업에 입사했다가 다시 고시 공부를 해서 지금은 변호사로 맹활약 중이다), 간신히 제때 졸업이 가능해진 나는 성취감과 무력감을 동시에 느끼며 아무 생각이 없었다. 국영수는 발령이 잘 날 때니까 아무 데나 발령을 받아서 몇 달 봉직하다가 군대를 갔다 오는 게 내가 가진 미래의 전부였다. 어쨌든 모두들 당면한 하나의 '출구'를 찾아서 동분서주하고 있을 때였다. 그런데 설상가상으로, 아주 엉뚱한 데에서, 전혀 예기치 못했던 도전이 그야말로 막다른 골목으로 우리를 밀어 넣은 채, 우리를 기다리고 있었던 것이다. 그야말로 일생일대의 정체성 위기가 찾아왔던 것이다. 당시 우리들의 사고력은 거의 백 퍼센트 여학생들에게 지배당하고 있었다. 삶 전체가 그네들과 관련된 것이었다. 그들에게 거부당하거나 무시당하는 것은 곧 지옥에 떨어지는 것과 진배없었다. 모든 욕망, 심지어 식욕마저도 압수해 가는 것이 그녀들의 거부와 무시였다. 이제 가부간에 결단을 내려야 했다. 친구들이 잡혀가는데 병신 같은 니네들은 도대체 뭐 했냐는 질타에 고개 숙이고 침묵을 지키며 그냥 죽든지 아니면 죽이 되든 밥이 되든 무슨 일이라도 꾸며댈 것인지를 결정해야 했다. 아무런 말은 없었지만 대세는 '꾸미자'는 쪽으로 주사위가 던져진 모양새였다. 모르긴 해도 모두 똑같은 심정이었던 것 같았다. 모두 침울하게 가라앉아 있으면서도 무언가 안에서 불끈불끈하는 걸 느끼고 있었다. 무슨 일이든 닥치는 대로 꾸미지 않으면 안 되는 분위기였던 것이다. 그런 분위기 속에서 아무 생각 없이 불쑥, '예고편' 이야기가 내 입에서 튀어나왔다.

"다음 주 화요일에 진짜 데모가 있다네? 같은 시간에…… 지난번은 예고편이었고. 이번에는 제대로 할 거라고…… 싸게싸게 전달하라는데?"

그날도 가정과 후배 여학생 두 명이(한 명은 친구 동생이었다) 다방으로 들이닥쳤다. 오빠들은 도대체 무슨 생각으로 사느냐는 표정이 역력했고 우리는 이미 무슨 말이라도 해야 되는, 깊고 푸른, 막다른 골목으로 몰려 있었다. 어쩔 수 없이 그렇게 아무 말이나 둘러댔다. 급한 김에 아무 말이나 둘러댄 거였지만 꺼내놓고 보니 그럴듯했다. 그날은 대부분의 학과에서 4학년 단체 앨범 사진을 찍는 날이었다. 로터리 인근의 월파동산과 대학본부 앞으로 학생들이 몰려나올 게 분명했다. 캠퍼스 안에서 그만한 배경이 없었기 때문이었다. 김우빈과 우마적이 '무슨 소리냐?'는 표정으로 내 쪽을 힐끗 쳐다봤지만 모른 척했다. 기왕에 벌어진 일, 죽이 되거나 밥이 되거나 내가 알 바가 아니었다. 그때부터 만나는 사람마다 "화요일에 만나요!"를 줄창 퍼뜨리고 다녔다. 일단 사람들이 모이면 무슨 일이라도 일어나겠지라는 생각도 들었고 한편으로는 지금은 꽁꽁 숨어 있는 지도부가 그런 호기를 놓치지는 않을 것이라는 막연한 기대도 있었다. 그러나 이번에 잡혀간 현기자와 그의 동료들(현대사상연구회 멤버들)이 지도부 전체가 아닐까 하는 막연한 불안감도 없지 않았다. 그러나 그것까지 내가 걱정해줄 입장은 아니었다. 최소한의 성의만 표하면 될 일이었다. 그런데 묘한 일이 벌어졌다. 하루하루 캠퍼스 분위기가 밝아지고 있다는 느낌이 들었다. 물론 내 기분일 수도 있는 것이었지만 분명히 하루하루 분위기가 변하고 있다는 걸 피부로 느낄 수 있었다. 마치 우리만이 공유한 어떤 '비밀의 숲'에 단체로 야유회를 나온 기분이라고나 할까? 다음주 화요일에는 뭔가를 보여주겠다는 어떤 결의와 각오가 학생들의 얼굴 표정에서 흘러넘쳤다. 그리고 드디어 화요일이 왔다. 시간은 오후 한시 반. 학생들이 든든하게 점심을 먹고 나올 시간이었다.

군데군데 단체 사진을 찍고 있는 학생들도 있었지만 그냥 서서 로터리 쪽만 바라보는 학생들이 훨씬 많았다. 우리 과도 얼른 단체 사진을 찍고 모두 헤어진 상태였다. 나도 월파동산 언덕 위에서 로터리 쪽을 주시하고 있었다. 마치 전교생이 다 모인 것 같은 인파였다. 수천 명의 학생들이(그렇게 많아 보였다) 그렇게 장승처럼 서서 로터리만 바라보고 있었다. 모두 비장한 얼굴이었다. 누가 곧 선언문을 낭독하러 로터리 시계탑 위로 뛰어오르기만 하라는 분위기였다. 일촉즉발의 긴장감이 주변을 감돌았다. 주변을 살펴보니 북부서 정보계 아저씨들이 요소요소에서 요주의 인물들의 움직임 하나하나를 체크하고 있었다. 내 옆에도 모교 법대 출신이라며 평소 친절하게 대해주던 아저씨가 서 있었다. 가볍게 목례를 했다. 인사를 받는 둥 마는 둥 선배 아저씨는 잔뜩 긴장한 표정이었다.

그러나 아무 일도 일어나지 않았다. 삼십 분이 지나고 한 시간째 광장에서는 아무런 일도 일어나지 않았다. 아, 그들이 전부였구나 하는 절망감이 스쳐 지나갔다. 그와 함께 몇몇 시선이 내 쪽을 훑고 지나가는 것도 느낄 수 있었다. '너라도 나서야 하지 않겠니?'라는 시선이었다. 그러나 내가 할 수 있는 일은 아무것도 없었다. 우마적과 김우빈 같은 친구들도 묵묵히 로터리만 바라보고 있을 뿐이었다. 침묵의 시위, 장승(처럼 서 있기만 하는) 데모가 한 시간 이상 지속되는 그 기이한 풍경을 어떻게 말로 설명할 수 있을까? 유신의 본거지라고 손가락질당하던 이 도시에서 이런 이상한 풍경이 벌어지고 있다는 게 참 신기했다. 모든 게 동화 속의 풍경 같았다. 아마 그랬던 것 같다.

침묵의 장승 시위를 깬 것은 우리가 아니라 적들이었다. 갑자기 군용 트럭 두 대가 쏜살같이 로터리를 향해 달려왔다. 그리고는 거기서 내린 전경들이 대오를 지어 진압봉을 흔드는 무력 시위를 했다. 빨리 해산하라는 거였다. 우리는 아무 일도 저지르지 않았는데, 무해하고 선량한 군중에 불과한데, "너희들 불순분자들은 진압봉이 두려우면 빨리 도망가라!" 라고 겁박을 하는 거였다. 장승처럼 서 있던 학생들 사이에서 웅성거리는 소리가 들리기 시작했다. 이건 아닌데…… 겁먹은 학생들이 한두 명씩 발길을 돌리는 것도 보였다. 그러나 대부분은 그대로 서 있었다. 아무 말도 없이 선 채로 그들의 허깨비 무용을 구경하고 있었다. 허깨비들은 구령과 구호까지 외치며 로터리를 전진 후진하며 마음대로 누비고 있었다. 정말이지 가관이었다. 갑자기 속에서 무언가가 훅 하고 치고 올라왔다.

"유신 독재 철폐하라! 구속 학생 석방하라!"

정말이지 더 이상은 참고 견디기가 힘들었다. 나도 모르게 그런 구호가 갑자기 입에서 튀어나왔다. 옆에 있던 정보계 형사가 날랜 동작으로 내 허리띠를 낚아챘다. 그의 손을 힘차게 떨쳐내고 냅다 로터리를 향해서 뛰어 내려갔다. 그러자 우르르, 같이 서 있던 친구들도 일제히 함께 뛰었다. 거대한 산사태였다. 한 명씩 장승처럼 서 있던 학생들이 일제히 중심을 향해 몰려 내려왔다. 장엄한 장면이었다. 수천 명의 군중이 한곳으로 몰려 내려가는 그 기세는 정말이지 엄청난 것이었다. 허깨비 무용을 공연하던 전경 소대는 순식간에 풍비박산이 나고 그들의 트럭은 최루탄을 쏴대며 뒤꽁무니를 내보이고 도망가기 바빴다. 정보계 형사들도 어디론가 감쪽같이 사라졌다. 캠퍼스는 시위대의 힘찬 구호와 발 구름 소리로 완전히 뒤집어지고 있었다. 유신 독재 철폐하라! 구속 학생 석방하라! 우리 대학에서 삼 년 만에 다시 듣는 함성이었다. 길바닥에 전경들이 버리고 간 진압봉과 방패들이 나뒹굴었다. 군중의 힘은 정말 무서웠다.

그날의 봉기는 한마디로 지축을 흔드는 쾌거였다. 거의 천지개벽에 버금가는 것이었다. 특히 대구에서는 2·28(4·19의 기폭제가 되었던 학생 시위) 이후 가장 크게 벌어진 시위였다. 캠퍼스 안에서 세 불리를 느끼고 교문 밖으로 후퇴한 진압 병력들은 교문 안으로 무차별적으로 최루탄을 쏘아대며 시위대의 해산을 종용했다. 물론 조금 약해진다 싶으면 신속하게 밀고 들어와 일제 검거 작전을 수행할 태세였다. 그걸 모를 리 없던 우리도 별동대를 조직해 교문 안에서 필사적으로 돌멩이를 던지며 그들의 재진입에 저항했다. 본진은 스크럼을 짜고 캠퍼스 곳곳을 누비고 다녔다. 대오가 흩어지지 않도록 앞뒤에서 3, 4학년들이 목이 터져라 구호를 외쳤다. 얼핏 보니까 고등학교 일 년 후배인 법대의 상마무(尙馬武)가 맹활약을 하고 있었다. 요즘 말로 꽃미남 친구였는데 정의감이 넘치고 행동이 민첩했다. 말같이 펄펄 잘 달린다고 내가 그런 별명을 붙여주었다. 마무와 그의 동료들이 앞장서서 시위대를 요령 있게 잘 이끌고 있었다. 그러나 정문과 후문이 다 막혀 있어서 어떻게든 탈출구를 찾아야 했다. 이러다 지치면 모든 것이 끝이었다. 벌써 대오에서 이탈해서 각개로 교문을 빠져나가는 학생들도 있었다. 혼자서 교문을 나서는 학생들은 경찰들도 건드리지 않았다. 물론 개중에는 시내에서 다시 만날 것을 약속하고 나가는 친구들도 있었다. 그러나 그렇게 각개 전투로 나가서 성공할 확률은 거의 없었다. 대오를 이끌고 나가야 시민들의 관심과 동조를 얻을 수가 있었고 우리도 무사히 귀가할 수 있었다. 그때였다. 낯익은 목소리가 들렸다.

"빨로우 미! 학우들이여 나를 따르시오!"

채형이었다. 어제 고향에서 하숙집으로 돌아온 그였다. 설마 그가 그런 자리에서 그렇게 나설 줄은 꿈에도 몰랐다. 소대가리상에서 진짜 소대장이 되어 있었다. 채형은 무리 앞에서 크게 팔을 흔들며 우리의 통학로였던 뒷산 개구멍 길로 시위대를 안내하고 있었다. 일제히 시위대가 한 줄로 대오를 바꾸어 채형의 뒤를 따랐다. 순식간에 우리는 경찰 진압대의 후방을 공략하며 시내로 바로 통하는 도청교 쪽으로 뛰어갔다. 기상천외의 탈출구였다. 나는 그 순간 깨달았다. 계시였다. 계시는 이렇게 오는구나. 그런 염이 들었다. 채형이 우리에게 온 까닭을, 그가 우리의 의심을 사며 더 이상 필요 없는 군더더기 학창 생활을 그렇게 계속해온 연유를, 그가 왜 그렇게 "빨로우 미!"를 외치며 우리의 술판을 주도했는지를, 비로소 알게 되었다. 채형은 오로지 이 한 장면을 위해서 우리에게 온 것이다. 다른 이유는 없었다. 그것만이 모든 것을 설명해 줄 수 있는 것이었다. 채형의 기지로 탈출구를 찾은 시위 본진은 기세 좋게 시가지를 향해 뛰어나갔다.

"엇샤! 엇샤! 유신 독재 철폐하라! 구속 학생 석방하라! 엇샤! 엇샤!"

10차선 도로가 시위대로 가득 찼다. 본대가 나오자 먼저 나가 있던 학우들이 합세를 했다. 시민들의 동조도 꽤 있었다. 경찰 진압대는 이백 미터 간격으로 방어선을 쳤지만 이내 뚫리기를 반복했다. 어디서 구해 왔는지 시위대의 돌덩이들이 경찰 진압대를 향해 비 오듯 쏟아졌다. 보도블록을 깨서 던지는 학우들도 있었다. 마지막 방어선은 2·28 기념탑이 있던 명덕(明德) 로터리였다. 거의 시가지를 관통해서 시위를 벌인 셈이었다. 제대로 보도가 안 되어서 그렇지 이날의 시위는 그다음 해 있었던 유신정권의 대몰락을 예고한, 전조(前兆)가 되는 사건이었다. 그동안 잠잠하기만 했던 유신의 본거지에서 이런 대규모 학생-시민 연대 저항이 발생했다는 것은 보통 사건이 아니었다. 그다음 해 일어난 부마항쟁의 전초전이었던 것이다.

해가 저물고 어두워지자 시위는 저절로 소강상태로 들어갔다. 그제서야 경찰은 대대적인 검거 작전에 들어갔다. 버스로 길을 막고 포위한 채 남녀 불문하고 학생들을 잡아갔다. 나중에 들은 이야기로, 이백여 명을 여러 군데의 경찰서에 분산 수용하고 주동자 색출에 나섰다고 했다. 거의 모든 학생이 주동자로 나를, 행동대장으로 상마무를 지목했다고 들었다. 둘 다 평소 얼굴이 많이 팔린 덕이었다. 특히 마무는 그 잘생긴 얼굴 때문에 여학생들의 집중적인 지목을 당했다는 후문이었다. 잘생겨서 억울하게 중죄인이 되고 만 셈이었다. 중벌을 예상했는데 예상외의 결과가 나왔다. 졸업이 얼마 남지 않은 4학년은 불문에 부치고(모교 법대 출신이라던 소문이 있었던 그 정보계장 덕분인지도 모르겠다) 3학년 위주로 처벌이 내려졌다. 그리고 '주동자 없는 우발적인 시위'로 결론이 났다. 나는 무사했고 마무는 무기정학에 처해졌다가 나중에 유기정학으로 감경되었다. 결과적으로 보면 그 역시 나와 친하게 지내다가 데모꾼이 되어 제때 졸업 못하는 신세가 되고 만 것이다.

채형은 그다음 날 전주로 돌아갔다. 그 이후로 학교가 휴업 상태로 들어갔기 때문에 하숙집에 더 이상 있을 일도 없었다. 그전에 나와 마무는 일단 몸을 피하자는 생각으로 남쪽으로 도피행각을 벌였다. 일주일 정도 돌아다니다 오니 앞에서 말한 '주동자 없음'과 '3학년 위주 징계'라는 사건 처리 방침이 정해져 있었다. 도주 행로에서 가장 먼저 택한 곳이 고모님 댁이었다. 부산역에서 내려 마무를 데리고 40계단을 올랐다. 그 너머 영주동에 고모님 댁이 있었던 것이다. 한 이틀 머무는데 사촌 여동생이 꽃미남 마무를 보는 눈이 예사롭지 않았다. 아마 그의 미색에 홀렸던 모양이었다. 그때도 눈빛이 예사롭지 않더니 얼마 전 아이 결혼식 때 와서 은근히 내게 물었다.

"오빠야, 그때 그 후배는 잘 있나?"

그때는 너무 바빠서 제대로 대답을 못했었다. 이번에는 내가 먼저 소식을 전한다. 그 후배 잘 있다, 동생아. 얼마 전에 첫째 딸 결혼식 때 가보니 행복하게 잘살고 있더라. 둘째 딸은 의산데 어디 좋은 자리 있으면 소개 좀 해달라 카더라. 2주 뒤에는 잘 나가는 자기 동기들 친목 행사에 나와서 한 시간 강연도 좀 해달라 카네.

이제 '아무것도 내세울 것 없는' 스무 살의 청춘 보고서를 그만 적을 때가 된 것 같다. 가급적이면 과장과 왜곡이 없게 하려고 노력했는데 잘 안 된 것 같다. 소설은 소설이니까. 그때가 가장 좋을 때였다는 것을 이 글을 적으며 알게 되었다. 그때는 아무것도 보이지 않았다. 발걸음 머무는 곳이 광장인지 골목길인지 들판인지 늪인지도 몰랐다. 사는 게 지옥일 때도 많았다. 그러나 결과적으로는 늘 데우스 엑스 마키나(기계장치를 타고 내려오는 신)가 내려오곤 했다. 터무니없이 좋게 끝난 일들이 너무 많았다. 좋은 친구들, 감사한 선배들, 고마운 이웃들이 너무 많았다. 이렇게 재미있는 이야기를 남길 수 있는 것도 모두 그분들 덕택이다.

은화 1불의 여왕

글쓰기의 숙명이 나를 찾아온 것은 내 인생을 통틀어 딱 두 번이다. 한번은 초등학교 2학년 때이고 또 한번은 광주보병학교 시절이다. 돌이켜보면, 그 두 번의 '운명과의 만남'이 지금까지의 내 인생의 방향을 결정지은 것들이다.

초등학교 2학년 때의 운명과의 만남은 교내 백일장 때였다. 의무적으로 아무 생각 없이 써낸 「필통」이란 글이 가작으로 뽑혔다. 필통 안에서 일어나는, 연필과 지우개와 칼의 갈등과 화해를 다룬 동화다. 그 덕에 『수정(水晶)』이라는 이름의 전통 있는 교지(지금은 백 년도 넘었다)에 작품이 실렸다. 글쓰기로 맛본 최초의 영광이었다. 그러나 그 영광도 잠시, 호사다마라고 평생 잊지 못할 가시밭길이 나를 기다리고 있었다. 글짓기 학교 대표선수로 뽑혀 매일같이 황금 같은 방과 후를 호랑이 선생님 앞에서 글짓기 연습으로 보내야만 했다. 무엇보다도 매일 다른 이야기를 써내야 한다는 것이 큰 고역이었다. 그야말로 지옥에서의 한철이었다. 피 말리는 고역을 몇 달 무사히 치러내고 드디어 출전 길에 나섰다. 시내의 한 대학에서 주최하는 글짓기 대회였다. 1학년을 제외한 전 학년에서 한 명씩, 대여섯 명이 뽑혀 나갔는데 형도 함께 출전했다. 형은 글짓기부도 아니면서 대회에 출전했다. 그런데 문제가 생겼다. 나는 원래 산문부였는데 출전 당일 운문부로 전격적으로 이적(移籍)되었다. 선생님 말씀인즉슨 날이 갈수록 내 글이 짧아지는 게 필시 운문 적성인 것 같다는 거였다. 아마 운문 산문 짝을 맞추다 보니 최저학년이었던 내가 그렇게 밀린 것 같았다. 섭섭했지만 어머니도 순순히 받아들였고 나는 아무 생각이 없었다. 어머니, 형과 함께 버스를 타고 집에서 멀리 떨어진 대학 캠퍼스로 가서 정해진 대로 각자 교실로 들어갔다. 교실에 들어가 앉으니 키 큰 남자 선생님이 칠판에다 시제를 적었다. 고구마, 달밤, 전봇대…… 그런 거였지 싶다. 그중 어느 것 하나를 골라 시를 쓰라는 거였다. 갑자기 막막했다. 늘 자유과제로 쓰고 싶은 산문만 쓰다가 갑자기 지정과제로, 그것도 운문으로 쓰려니 전혀 감이 잡히질 않았다. 아, 이건 아니다, 라는 생각이 들었다. 그래서 시제로 나온 단어들을 모두 섞어서 얼른 한 편 써내곤 교실을 나와버렸다. 교실 밖 모과나무 옆에서 서성이던 어머니가 그런 나를 보고 물었다. "조근놈, 아직 교실 못 찾았니?"

결과는 당연히 참담했다. 형은 그나마 3등을 해서 대학 마크가 새겨진 묵직한 메달과 함께 부상까지 듬뿍 받았다. 나는 당연한 것으로 여겼다. 형에게는 그런 상찬이 지극히 당연한 것이었다. 그런 형의 찬란한 영광과 그 뒤에 머물던 나의 쓸쓸한 그림자는 너무나 익숙한 것이어서 상처라 할 것도 없었다. 얼마 전, 어머니가 그 아래에서 서성이던 모과나무에서 잘 익은 모과 열매 두 개를 따 왔다. 집에 가져와 거실 장식장 위에 올려놓고 오며 가며 냄새도 맡고 한번씩 쓰다듬기도 한다. 크기도 크고 잘생기기도 했다. 생기기도 잘생겼지만, 고는 속도도 아주 더디다. 아마 아내의 난방비 절약 의지가 너무 강해서 방 안 공기가 너무 차가운 탓이 아닌가 싶다. 나는 매년 그 모과를 탐낸다. 누구도 그걸 막거나 흠잡지 않는다. 지금 내 연구실이 바로 그때 그 글짓기 대회장 교실의 위층이다. 층수만 일층에서 사층으로 올라왔을 뿐이다. 이번에도 관리인 아저씨에게 부탁해서 큰 놈으로 두 개 골랐다. 모과나무는 여전히 그 모과나무다. 그 앞을 지나, 나는 매일같이 그때 그 교실 문 앞을 들락거린다. 그래서 가끔씩 어머니 목소리도 거기서 듣는다. "조근놈, 아직 교실 못 찾았니?"라는.

글쓰기의 숙명과 두번째 조우한 것은 1981년 광주보병학교 시절의 일이다. 울며 겨자 먹기로 사범대학 국어과로 진학한 뒤 시인이나 작가가 되고 싶다는 생각은 막연하게나마 늘

하고 있었다. 그 길이 그쪽에서는 최선의 선택인 것 같았다. 그러나 '딱 이거다!'라는 느낌이 든 적은 없었다. 시를 써도 고만고만했고 소설은 아예 엄두도 못 내고 있었다. 그저 하루하루 일상을 유지하는 일에 동분서주했을 뿐이었다. 무엇보다도 생활비를 충당하는 일이 가장 큰 고역이었다. 한 달이라도 아르바이트가 끊기는 날에는 그야말로 동가식서가숙, 체면 없이 친구들의 신세를 지지 않을 수 없는 하루살이 인생이었다.

그런 스무 살의 막막함 속에서도 「몰개월의 새」(황석영, 1976)는 큰 위로가 되었다. 대학 2학년 때, 수업 시간 중이었다. 늘 하던 대로 뒷자리에 앉아서 몰래 소설책을 읽고 있었다. 귀로는 수업을 듣고 눈으로는 소설을 보는, 일종의 감각 게릴라전을 벌이던 중이었다. 갑자기 간혹 띄엄띄엄 들려오던 노교수의 목소리가 순간 완전히 사라졌다. 불안감을 동반한 채 불쑥불쑥 출몰하던 그것들이 한순간 깨끗하게 섬멸되었다. 마치 소이탄(燒夷彈)이라도 맞은 듯, 그들이 암약하던 내 귓가의 소란이 일순 정적으로 채워졌다. 무엇인가 강력한 것이 지상의 모든 소리를 차단했다. 몇 초나 지났을까, 다시 뭇소리들이 땅굴에서 기어 나오는 새까만 게릴라들처럼 한둘 그 모습을 보이기 시작했다. 그리고 그것들 위로, 무엇인가 빠른 속도로 내 머리를 가로질러 지나갔다. 섬광처럼. 그것이 지나가고 난 다음 내 머릿속은 전에 없이 평온해졌다. 어떤 무겁고 딱딱한 것 하나가 내 몸에서 떨어져 나와 저 먼 곳 어디로, '태평양'쯤이나 되는 먼 곳으로 날아간 느낌도 들었던 것 같다. 아, 그랬던 거구나, 나지막이 나는 그렇게 내뱉었다. 깊은 잠에서 막 깨어나는 느낌이었다.

　여자들이 무엇인가를 차 속으로 계속해서 던지고 있었다. 그것들은 무수하게 날아왔다. 몰개월 가로(街路)는 금방 지나갔다. 군가 소리는 여전했다. 나는 승선해서 손수건에 싼 것을 풀어보았다. 플라스틱으로 조잡하게 만든 오뚜기 한 쌍이었다. 그 무렵에는 아직 어렸던 모양이라, 나는 그것을 남지나해 속에 던져버렸다. 그리고 작전에 나가서 비로소 인생에는 유치한 일이 없다는 것을 알았다.[*]

　소설 대목 중의 '인생에는 유치한 일이 없다'라는 말이 계속 내 귓바퀴 주변을 맴돌았다. 깊은 잠에서 깨어난 나는 그 대목을 읽고 또 읽고 있었다. 세상에는 어디 하나 하찮은 것이라고는 없는 법인데 젊어서는 그걸 잘 모른다. 소설의 주인공이, 총탄이 빗발처럼 쏟아지는 전장에서, 방금 같이 담배를 나누어 피우던 전우가 총에 맞아 쓰러지는 걸 보면서, 유치하게 여겼던 술집 작부(미자)의 이별 선물(오뚜기 인형)을 바

[*]　황석영, 「몰개월의 새」, 『한국현대문학전집』, 삼성출판사, 1979, 392~393쪽.

다(남지나해)에 던져버린 것을 못내 후회했다는 대목이 마치 적탄처럼 내 폐부에 와서 박혔다.

그러나 그때의 감동이 실물(實物)로 내 글쓰기 인생에 개입한 것은 아니었다. 다만 소설을 읽는 태도에 어느 정도 긍정적인 영향을 미친 것만은 틀림없는 사실이었다. 시와 소설을 왔다 갔다 하던 일도 그만두게 되었다. 소설 하나로 가기로 했다. 숙명은 전혀 예상치 못한 곳에서 나를 기다리고 있었다. 친구들이 모두 군대에 들어간 뒤 혼자서 대학원을 마치고 사관학교 교수요원이 되어 육군보병학교로 장교 임관 교육을 받기 위해서 광주에 갔을 때였다.

광주에서의 16주는 철부지 문청에게, 「물개월의 새」를 읽으며 처음 느꼈던, 관념적이고 막연했던 어떤 '고래 배 속'을 실제로 체험할 수 있도록 해주었다. 광주에서의 병영생활은 내게 사회적 고아 의식이라고나 할까, 완전한 고립감으로 점철된 것이었다. 광주에서의 16주를 아무런 시간 감각도 없이 보내면서 나는 그 고아 의식과의 싸움에 오로지 전심전력했다. 가늘게나마 모태와 연결되던 탯줄이 완전히 끊어진 느낌, 어디 하나 기대거나 어리광을 부릴 대상이 전무하다는 느낌, 용서받고 죄사함 받을 고해대마저 사라진 느낌, 최종적으로 조회해볼 수 있는 마지막 율법마저 사라진 느낌, 그래서 이 세상에 홀로 던져져 있다는 느낌, 그런 것들로 인해 삭막하기 그지없는 잿빛 하늘 아래에서 천애의 고아가 되어 있다는 느낌, 그런 '버려진 느낌들' 속에서 헤맬 수밖에 없었다. 군대 생활이 순조롭게 이루어질 리가 없었다. 사십여 명의 동기생들 중에서 단연 톱을 달리는 고문관이었다. 곧 퇴교를 부를 정도로 벌점이 수북하게 쌓여 있었다. 중대 훈육관은 그 벌점을 만회하라는 취지로 고된 유격훈련이 편성되어 있는 마지막 2주간을 당직사관 후보생으로 지낼 것을 요구했다. 밤낮없이 철모를 쓰고 대검을 차야 했고 구보 때마다 앞장서서 뛰어야 했다. 그렇게라도 '고래 배 속'을 체험해보라는 거였다. 덕분에 마지막 훈련 기간은 그런대로 집중해서 보낼 수가 있었다.

반복해서 말하지만, 광주에서의 사 개월은 태초의 어느 한 시점, 혹은 바닥을 알 수 없는 늪의 한가운데에 던져진 느낌이었다. 로렌 아이슬리가 자서전 『그 모든 낯선 시간들』에서, 자신의 출신지인 네브래스카주 서부 제3 황무지에서의 삶을 "우리는 이집트가 나일강 진흙 평지에서 처음 일어날 때 이미 있었던 그 시간 없는 고독 속에서 살았다"라고 표현했던 것처럼 광주에서의 내 삶 역시 '시간 없는 고독'에 완전히 잠겨 있었다. 나중에 안 사실이었지만 나만 그런 것이 아니었다. 광주라는 도시 역시 마찬가지였다. 내가 모르는 사이에 그 도시의 '시간 없는 고독'이 독(毒)이 되어 내 육신과 영혼을 이곳저곳 마비시켰던 것 같았다. 그중에서도 사고력을 집중적으로 공략했다. 아무런 생각도 들지 않았다. 매사에 흥미를 잃고, 관심이 없었다. 그러니, 그 어떤 것도 실감으로 다가오지 않았다. 벌점은 쌓이고 구대장들과의 갈등도 깊어갔다. 처음에는 금연의 부작용, 금단 증세 때문인가도 싶었다. 그러나 그것 때문만은 아니었다. 나중에 알았지만 결정적인 것은 도시 전체의 비극적인 정조 때문이었다. 그 전해 일어났던 광주의 비극이 우리를 그렇게 가사 상태로 몰고 간 것이다. 광주 땅을 처음 밟고 나서야 나는 침묵 속에서도 울부짖는 소리가 있다는 것을 알게 되었다. 처음 밟은 그 땅은 사개*가 너무 정연했다. 모든 것이 단정했다. 그럴수록 침묵과 고요가 너무 낯설었다. 그러나 강요되고 과장된 평온일수록 어쩔 수 없이 드러나는 원(怨)과 한(恨)을 막아낼 수는 더더욱 없는 것이었다.

입대를 하루 앞두고 광주를 찾은 나는 금남로 식당에서 저녁을 먹고 남는 시간을 음악다방에서 보냈다. 혼자서 마지막 담배를 피우며(입영과 함께 금연이었다) 닥터 후크(Dr. Hook)의 「은화 1불의 여왕(Queen of the Silver Dollar)」을 주문했다. 「Carry Me, Carrie」와 함께 대학 시절부터 자주 듣던 노래였다(지금도 차 안에서 닥터 후크의 노래 네 곡을 USB 지정곡으로 듣고 있다). 그리고 대구에 두고 온 한 여자를 생

---

* 상자 따위의 모퉁이를 끼워 맞추기 위하여 서로 맞물리는 끝을 들쭉날쭉하게 파낸 부분.

각했다. 그녀도 「몰개월의 새」에서처럼 출정을 앞둔 남자 친구에게 선물을 주었다. '모라도'라는 상표를 가진 목이 긴 모직 스웨터였다. 그 스웨터를 입고 앉아서 메모지에 그녀의 얼굴을 그리고, 멀리 떨어진 대구에서 왔다는 것, 입대를 하루 앞두고 있다는 것, 고향에 두고 온 여자 친구를 생각하며 신청한다는 내용을 적어 보냈다. 남자 디제이는 그 내용에 대해서는 아무런 내색을 하지 않았다. 그냥 또박또박 자기 사정만 전했다.

"광주에는 닥터 후크 앤 메디신 쇼(Dr. Hook & the Medicine Shaw)의 1971년도 판이 아직 들어오지 않았답니다. 청하신 「은화 1불의 여왕」 대신 「킬링 미 소프틀리」를 보내드립니다."

그러면서도 디제이는 닥터 후크의 음악성에 대해서 짤막하게나마 부연 설명을 덧붙였다. 대단한 뮤지션이라는 말이었다. 그러나 그 내용과는 전혀 어울리지 않는, 연민도 공감도 없는, 건조하기 짝이 없는 목소리였다. 마치 '우리가 판이 없지, 음악을 모르겠냐?'라는 식이었다. 전후 사정을 전혀 모르고 있었던 처지였기에 조금 엉뚱하다 싶었다. 두 노래의 메시지가 어떻게 접속되는지 도무지 짐작이 가지 않았다. 가사는 물론이고, 필링이나 톤이 전혀 다른 노래였다. 약간 이상하기는 했지만, 그때만 해도 광주는 그저 다른 모든 타향 중의 하나였다. 내가 광주가 다른 땅과는 영원히 같을 수 없다는 것을 안 것은 그로부터 한 달 뒤였다. 4주간의 기본 군사훈련이 끝나고 외출이 허용되어 광주 시내를 돌아다닐 수 있었던 때였다. 대구에서 같이 입대한 친구와 함께 금남로의 한 목욕탕을 찾았다. 그때 무슨 대화를 나누었는지는 자세한 기억이 없다. 다만 오랜만에 사제(私製) 목욕탕에 들어가는 기분에 경상도 기분으로(사투리가 좀 시끄럽다) 크게 소리를 낸 것만은 틀림이 없었다. 탕 속으로 막 들어가면서였을 것이다. 갑자기 목욕탕 안에서 모든 소리가 사라졌다. 사람 목소리뿐만이 아니었다. 물 끼얹던 소리도 물바가지 굴러다니던 소리도 일순 모두 사라졌다. 한순간에, 모든 음향과 화면이 정지되고 말았다. 그런 느낌이었다. 그 정지 화면 상태에서 움직이는 것은 오직 우리 둘의 시선뿐이었다.

잠깐 동안이었지만, 숨 막히는 공포감이 엄습했다. 모든 생명 있는 것들은 아무 말 없이도, 어떤 식으로든 교감할 수 있다는 것을 그때 분명히 알았다. 그건 분명한 살기(殺氣)였고, 원(怨)이었고 또 한(恨)이었다. 그와 나는 서둘러 "걸레 조각 같은 적막으로"(이승욱, 「꿈이 없는 빈집에는」) 몸을 닦아내고 목욕탕을 나왔다.

귀대해서 서울에서 내려온 한 동기생에게서 '광주의 비극'에 대해서 들었다. 우리가 그렇게 활보하던 거리에서 그토록 참혹한 살상이 이루어졌다는 것이 도저히 믿기지가 않았다. 왜 「킬링 미 소프틀리」였는지, 왜 가끔씩 군사학 교관들이 뜻 모르게 실어증을 노출시켰는지, 그때야 비로소 알게 되었다. 킬

링필드, 고해(告解), 죄 많은 내 청춘, 그 순간 내게는 문득 그런 단어들이 떠올랐다. 광주에서 돌아와 나는 본격적으로 글쓰기 공부에 매진했다. 내 인생이 글쓰기의 숙명을 타고났다는 것을 그제서야 알게 되었다. 문학이 고작해야 은화 1불짜리 여왕에 불과하다 하더라도 내게는 그것 이외에는 다른 선택지가 없었다. 그리고 이 년 뒤, 어렵게 작가가 되었다. 나는 어눌한 수상 소감 말미에 "문학은 나의 종교다"라고 적었다.

혈지도 血地圖

먼저 혈지도가 무엇인지 설명을 드려야겠다. 내가 처음 독서가로 입문한 것은 중학교 1학년 때다. 같은 반 친구 집에 무협지가 많았다. 당시에는 성공한 중산층 가정에 무협지 전질이나 세계문학대전집이 거실 장식용으로 즐겨 비치되던 사회 풍조가 있었다. 돈은 어지간히 벌었으니 이제부터라도 교양을 좀 갖추어야 하지 않겠느냐는 책장사들의 권유가 제대로 먹히던 때였다. 친구 아버지는 무협지 마니아였다. 책장 하나가 무협지로 가득 차 있었다. 그 무협지들을 근 일 년에 걸쳐서 다 읽었다. 그때부터 책 읽는 재미를 알게 되었다. 비록 무협지긴 했지만 소설이라는 것이 참 대단한 것이라는 것도 그때 처음 알았다. 내가 무협지 마니아가 되도록 앞장 서서 인도한 것이 『무유지(武遊誌)』라는 무협소설이다.* 그 책에서 모든 갈등과 불화의 씨앗이 되는 것이 바로 혈지도다. 천하무적의 무공비급과 금은보화가 묻혀 있는 장소를 그려놓은 지도다. 그러니까 이 혈지도가 있어서 비로소 '무유지'라는 한 판의 영웅들의 대서사(大敍事)가 이루어지는 것이다. 이 혈지도 때문에 새로운 강호의 영웅도 탄생하고 선남선녀의 영롱한 로맨스도 이루어지는 것이다. 이 소설의 주인공은 방조남(方兆南)과 매강설(梅降雪)인데 이 두 사람이 처음 만난 것도 혈지도 때문에 살육이 벌어진 현장에서였고, 우여곡절 끝에 두 사람이 사랑의 결실을 맺는 것도 이 혈지도를 둘러싼 무림의 암투를 합심해서 해결해내는 과정에서다. 재미있는 것은, 방조남과 매강설이 강호의 화근을 제거하고 무림 맹주로 등극할 즈음에는 이미 혈지도의 위력이 소멸된 때라는 것이다. 주인공들이 혈지도를 만든 장본인을 직접 만나서 '지도에 없는 것들'까지 다 전수받게 되기 때문이다. 그런 과정에서 혈지도는 인간의 허영심을 부추기는 것일 뿐 진정한 영웅을 만들어내는 만능 키가 아니라는 게 만천하에 드러난다. 실제로 혈지도를 만든 사람이 노린 것도 그것이었다. 혈지도를 만들어서 분란이 일어날 소지를 제공했던 것이다. 내가 어린 마음에 가장 탄복한 것이 바로 그런 결말이었다. 방

---

* 대만의 무협 작가 와룡생(본명 우학정)이 지은 『무유지』의 원제는 『강설현상(降雪玄霜)』(1963)이다. 나중에 『군웅문』, 『무유대전』 등의 이름으로 번역 출간되기도 했다.

조남과 매강설의 사랑놀이도 가슴을 졸이게 했지만 자기도 모르는 사이에 올바른 길을 걷는 과정에서 영웅이 되어가는 주인공의 성장 기록이 너무 보기 좋았다. 모르긴 해도 그 영향으로 '성장의 기록'이 향후 내 글쓰기 인생의 한 중요한 좌표가 된 것만은 분명한 사실인 것 같다.

천신만고 끝에 소설가가 되어 '문학은 나의 종교다'라고 호언장담을 했지만 현실은 그리 녹록한 것이 아니었다. 가장 먼저 나를 압박해온 것이 군인이라는 신분이었다. 당시 새 근무지로 정해진 서울의 사관학교 교수부가 내 일로 발칵 뒤집어졌다. 아직 전입신고도 하지 않은 신입 교관이 보안검열도 받지 않고 작품 발표를 한 것이 문제가 되었다. 그리고 세 편의 수상작 중에 군대 이야기를 다룬 것이 한 편 있는 것도 사정을 더 나쁘게 만들었다. 출판사 쪽에서도 가급적이면 문제를 일으키지 않으려고 주의를 많이 기울이는 눈치였다. 연전에 한 선배 작가의 군대 이야기 소설이 보안대 병사를 나쁘게(정확히는 기분 나쁜 존재로) 묘사한 것이 문제가 되어서 그쪽에서 한번 출판사를 찾아와 "그 작가 어디 있느냐?"고 으름장을 놓고 갔다는 소식도 전했다. 궁여지책으로 「동물과 군기」라는 소설 제목을 전혀 맥락도 닿지 않는 「외출」로 바꿔서 발표를 했다. 그런데 사태가 그리 간단치가 않았다. 병사도 아니고 현역 장교가 군율(軍律)을 무시하고 멋대로 군대 이야기를 소설로 쓴 것을 보안대에서 그냥 넘어갈 리가 없었다.

"안녕하세요? 보안대 황중삽니다. 조만간 한번 뵈러 갈게
요—"

그 전 부대에서도 업무상 보안대를 정기적으로 방문하곤
했다. 군사교리 전문지 편집장교를 일 년 동안 했기 때문에
출간 전에 보안검열을 받으러 원고를 들고 지역 보안대를 들
르곤 했던 것이다. 그런데 막상 나 자신이 조사 대상으로 그
런 전화를 받고 나니 오금이 저렸다. 사실 발표 전부터 걱정
이 전혀 없었던 것은 아니었다. 그러나 '예술작품 발표인데
크게 문제가 되겠나?'라는 낙관적인 기대가 더 컸었다. 비평
쪽에서는 맹활약을 하는 타 사관학교 교관도 있었다. 그쪽은
오히려 '실력 있는 교수진'으로 평가받고 있는 느낌이었다.
그런데 보안대 중사의 그 겸손하고 나지막한 목소리를 전화
기 너머로 한번 듣고 나니 그런 속 편한 생각은 쥐 죽은 듯이
조용해졌다. 일단 방문 조사를 한번 한 다음에는 보안대로 부
르겠지, 아니 방문은 생략하고 그냥 전화로 한번 오라고 할지
도 몰라, 그리고는 낡은 훈련복으로(계급장이 없는) 갈아입
히고는…… 영창에 처넣고…… 그다음 일은 생각하기도 싫
었다. 어디선가 들은 선배 문인들의 고난사도 떠올랐다. 먼저
학과 선배 교관들에게 그 사실을 알리고 출판사에도 전화를
했다. 그것밖에 내가 할 수 있는 일이 없었다.

다행히 보안대로부터 연락은 다시 없었다. 나중에 전해 듣
기로는 윗선에서 잘 무마가 되었다고 했다. 사관학교 교관이

그 정도의 자율성도 가지지 못하면 국가의 간성(干城)을 기르는 막중한 책무를 어떻게 완수할 수 있겠느냐고 같은 과 선배 교관들이 일제히 한목소리로 옹호했다고 전해 들었다. 심사위원 선생님들도 학연을 동원해 이런저런 당부를 하셨다고 들었다. 이 자리를 빌려서 그때 상관으로 모셨던 교수부장님, 처장님, 과장님, 그리고 심사위원이셨던 두 분 선생님께 감사를 드린다. 너무 무사히 상황이 마무리되어 '태풍의 핵심에는 태풍이 불지 않는다고 하더니 이것도 그런 현상인가?'라는 생각도 얼핏 스치고 지나갔던 것 같다. 다행히 잘 무마는 되었지만 그 직후 있었던 신입 교관 오리엔테이션 때 내 사례가 인용되는 걸 피할 수는 없었다. 예술작품 발표 시의 보안검열의 중요성과 예술 활동과 국가관의 관련에 대해서 따끔하게 한 말씀 들을 수밖에 없었다. '사람 좋은 분'이었던 교수부 행정과장은 때가 때인 만큼 모두들 각별히 군인으로서의 본분에 충실해줄 것을 신신당부했다. 그 일을 겪은 후 나는 군인으로서의 정체성 확립에 만전을 기했다. 시내 외출 때에도 주로 군복을 입고 다녔다(동기 교관이 강남의 어느 문학 출판사에 볼일이 있어 같이 간 적이 있었는데 비슷한 또래였던 시인 사장이 군복 차림의 나를 '뭐 이런 작자가 다 있지?'라는 시선으로 쳐다보던 것이 생각난다). 그런 상황에서 절치부심, 심기일전해서 쓴 소설이 「고비(古碑)」였다. 광개토왕비 비문 조작 사건을 다룬 이백 매 정도의 긴 단편소설인데 형식은 대체역사소설(역사의 빈틈을 상상력으로 메꾸는 소설)이었지만 그 속은 은근하게 사회 전반에 만연한 역사왜곡 의식과 독재정권하의 파쇼적 행태를 (지역의 한 저항적인 지식인을 묘사하면서) 비판하는 내용이었다. 보안검열은 받지 않았다. 군대 이야기가 없어서 그런지 보안대에서도 문제 삼지 않았다. 그 소설을 본 같은 과 동기 교관이 "야, 너 저력 있다—"라고 칭찬을 했다. 소설이 그렇다는 것인지 굴하지 않는 똥배짱이 그렇다는 것인지는 분명치 않았다.

새로 부임한 사관학교에서 크게 경을 친 것은 나만이 아니었다. 아내도 호된 입사식을 치렀다. 군인 아파트는 빈 곳이 없어서 들어가지 못하고 인근에 방 한 칸을 얻어서 신접살림을 차렸다. 복지 차원에서 사관학교 구내에 설치된 목욕탕이나 극장 같은 것은 언제든지 자유롭게 이용할 수가 있었다. 아내가 처음 영내 목욕탕에 가서 목욕을 하던 중에 일어난 일이다. 계급사회의 속성을 잘 모르고 있던 아내가 큰 실수를 저질렀다. 아무나 보고 같이 등을 밀자고 말을 걸었던 것이다.

"저, 같이 등 좀 밀까요?"

인상이 좀 좋아 보이는 중년의 아주머니가 혼자서 때를 밀고 있길래 그렇게 말했다. 그런데 돌아오는 것은 쌀쌀한 침묵의 냉대였다. 힐끗 쳐다보더니 아무 말 없이 등을 휙 돌리더라는 것이다.

"왜 그러지?"

아내는 퇴근한 나에게 그렇게 물었다. 무안해서 죽을 뻔했다는 것이다.

"당연하지. 어디서 굴러들어온 쫄병 마누라가 건방지게 하극상을 벌이는 것이냐는 거지. 사모님 제가 등 밀어드릴게요, 하면서 살살 기어가야지. 다 중령, 대령 부인일 건데. 그렇게 하기 싫으면 아예 그런 데 가지를 말고."

"어휴, 그런 거였어? 그럼 안 가지 뭐."

그 뒤로 아내는 영내 목욕탕 출입을 삼갔다. 나도 덩달아 목욕탕 출입을 삼갔다. 한번씩 영화가 상영될 때면 거기는 가족 단위로 다녔다. 그러나 기본적으로 군대는 직업군인이 아닌 사람들에게는 친절한 장소가 아니었다. 그것 말고도 소외를 조장하는 '소문의 벽'들도 여러 가지가 있어서 처음 하는 객지 생활을 더 외롭게 했다. 그중 하나만 소개한다. 한 영관급 교관 부인이 한 말이라며 입에서 입으로 전해진 말이다. 그 부인은 사관학교 출신 남편이 명문대학에서 위탁교육을 받고 국비로 외국 유학까지 갔다 온 입장에서 자부심이 엄청 높았는데 조식은 항상 남녀평등으로 빵과 커피로 한다는 것, 그리고 "군인을 하려면 사관학교를 나와야 하고 공부를 하려면 ○○대를 나와야" 하는데 자기 남편은 둘 다 나왔다는 것을 어느 모임에서 공공연히 강조했다는 것이다. 문제는 그 자리에는 남편이 사관학교나 ○○대를 안 나온 사람들도 많이 있었다는 것이다. 다른 대학을 나오고 행시나 외시나 회계사

시험을 패스한 이도 있었고 외국어대를 나와서 특별히 외국어에 능통한 이도 있었고 처음부터 외국 대학을 가서 깊고 넓게 공부한 사람도 있었다. 물론 나같이, 뽑지도 않았는데 낙하산으로 떨어져서 평지풍파를 일으킨 지방대 출신을 남편으로 둔 부인은 그 자리에 없었다. 어쨌든 듣는 입장에 따라서는 억울할 수도 있는 말이었다. 그러니 그 말이 좋게 퍼질 리 없었다. 아내도 어디서 그 말을 들었던 모양이었다. 아내는 아직 우리 사회의 계급에 대해서 잘 모르고 있었다. 내로라하는 교양 있는 사람들이 모인 자리에서 그런 학벌 타령이 나오는 게 좀 이상하지 않느냐고 했다.

"틀린 말도 아닌데 뭘 그래. 그게 왜 기분을 나쁘게 하는데?"

일부러 그렇게 말해주었다. 어디든 계급을 정할 수 있는 초석적 권력이 있는 법이다. 동네에는 텃세를 부릴 수 있는 토착 세력이 있고 조직에는 조직의 코어(core)를 형성하는 비공식적 라인들, 학연이나 지연 같은 게 있기 마련이다. 그 계급을 정하는 초석적 권력들은 자기 분수를 모르고 기어오르는 불순한 조직원이 있으면 반드시 응징을 통해서 계급 질서를 바로잡는다. 그 계급 중에서 가장 원초적인 것이 '주인과 객'이라는 계급이다. 주인은 한 명이고 객은 여러 명이다. 아무리 주인 비슷한 대접을 받는다고 해도 주인이 아니면 주인이 아닌 것이다. 대한민국의 주인은 돈과 학벌이라는 걸 아내는 아직 몰랐다. 본격적으로 계급사회에 들어가 활동해본 적이 없기 때문이었다. 이제 나를 만나서, 소설가의 부인이 되어서, 엘리트들이 모여 있는 사관학교 교관 부인이 되어서 비로소 계급 입문식을 가지게 된 것이다. 어디든 그 땅의 주인들이 있는 법이다. 로마에 가면 로마법을 따르면 그만이다. 그런 걸 가지고 기분이 나쁘기 시작하면 평생 눈에 불을 켜고 계급투쟁을 하며 살아야 한다. 마음 편하게 훌훌 털고 강호를 떠날 수 없다. 출처도 모르는, 진짠지 가짠지도 모르는 혈지도 한 장을 들고 정체 모를 적을 찾아 평생을 헤매야 한다. 그런 것 역시 '사건 그 자체'로 받아들이는 게 현명한 처사다. 아마 그렇게 아내를 위무했던 것 같다.

다시 혈지도 이야기로 돌아오자. 내가 내 인생의 혈지도를 손에 넣은 것은 아내를 만난 덕분이었다. 전적으로 아내의 안내와 도움 때문이었다. 이를테면 『무유지』의 매강설이 방조남에게 한 일을 아내가 내게 한 것이다. 아내를 만난 후부터 내 인생이 백팔십도 달라졌다. 달리 말하면 나는 아내 복으로 여태 잘 살아왔다. 처음에는 내게 닥친 행운이 본디 아내의 몫이었다는 것을 인정하기가 싫었다(물론 아내는 처음부터 지금까지 줄곧 "나 만나서 복 터진 줄 알아라!"를 연발하고 있다). 다만 내 찢어지는 가난에 약간의 여유를 가능케 해준 정도의 공로는 부인할 수 없었다. 그런데 슬슬 내 무협지의 결말이 다가오면서 생각이 달라진다. 엄밀히 따지자면 이 세상에는 결코 내 자신의 복이란 게 있을 수가 없었다. 만약 발복(發福)이 있었다면 그건 내 복이 아니라 얻은 것이거나 훔친 것이거나 빌린 것이거나 최소한 남이 맡겨둔 보관품일 뿐이다. 그게 맞는 생각이었다. 이건 지혜도 아니고 계시도 아니다. 그 역시 당연한 '사건 그 자체'다. 내가 그렇게 생각할 수밖에 없는 빌미를 제공한, 내가 아내와 만난 이후에 그녀로부터 받아 쓴 복에 대해서 한번 차근차근 기록해보자.

아내와 만난 후 처음 내게 온 행운은 사관학교 교관 임용이었다. 물론 그전에 아내가 준 삼십만 원으로 석사논문을 인쇄할 수 있어서 무사히 대학원을 졸업할 수 있었던 일도 있었지만(멋모르고 학원강사로 나섰다가 '재학생 학원 금지' 조치가 내려져 졸지에 백수가 된 후 극심한 경제난에 시달리고 있었던 시절이었다), 그 부분은 '만남'의 계기가 된 것으로 치부하고 행운으로는 간주하지 않는다. 나는 교관 시험에 합격하고 장교 임관을 위해 광주보병학교에 입교할 때까지 그 행운이 오로지 내 것인 줄로만 알았다. 그런데 그게 아니었다.

원래 사관학교 국어과는 통틀어(육군의 사관학교는 서울과 지방에 각각 1개교씩 있었다) 교관 한 명을 뽑기로 했는데 어찌 된 일인지 세 명이나 합격을 해서 다 함께 보병학교에 입교를 해 있었던 것이다. 당연히 당사자들은 그때까지 모두 자기 혼자 합격한 줄로 알고 있었다. 무슨 피치 못할 사정이 사관학교 측에 있었던 것 같았다. 임관해서 임지에 부임해서 알게 된 사실이 또 하나 있었다. 첫 학기는 신입 교관들 모두 담당 수업이 없었다. 후학기에 가서야 두 반씩 수업이 배당되었다. 아, 이럴 수도 있는 거구나. 참 신기하고 신통했다. 이런 경우를 어떻게 표현하나? 하늘은 스스로 돕는 자를 돕는 하늘이 아니었다. 그냥 무지막지하게 운 좋은 자를 팍팍 밀어주는 하늘이었다. 출근해서 모자를 책상 위에 올려놓고는 책을 보거나 교정을 산책하거나 하면서 유유자적하게 지냈다. 일과가 끝나면 테니스장에서 테니스를 쳤다. 그렇게 한 학기를 보내고 다음 학기에 교양국어 수업을 몇 시간씩 했다. 그리고는 이내 뿔뿔이 흩어졌다. 그 업보인지는 모르겠으나 일대 학제 개혁이 있었다. 새로운 학제와 커리큘럼이 들어서고 국어나 영어 같은 교양과목이 아예 필요 없게 되었다. 고참 교관들은 남아서 '지휘관 화법' 같은 것을 가르치기로 하고 신참들은 다른 곳으로 이리저리 팔려갈 수밖에 없었다. 자기 복에 따라서 다른 사관학교로 가거나 육본이나 교육사령부, 종합행정학교 같은 실무부대로 발령이 났다. 그리고 또 일 년후, 우여곡절 끝에 우리는 다시 한곳으로 모이게 된다. 그 '우여곡절'에 관한 자세한 설명은 약한다. 일종의 항명으로 비칠수도 있는 집단 반발이 있었다는 것과 양식 있는 지휘관의 배려 그리고 '스스로 돕는' 몇몇 사람의 희생적인 헌신이 있었다는 것만 밝힌다. 앞에서 말한 것처럼 나는 특명으로 학과교관들도 모르는 사이에 서울의 사관학교로 전입을 명받았다. 어쨌든 내가 내린 결론은 명확하다. 그런 터무니없는 행운은 반드시 내 복이 아니다. 중학교, 고등학교 진학 때는 형의 복을 내가 잠시 빌린 것이고, 사관학교 교관 임용은 아내의 복을 양껏 빌린 것이다. 당시 나를 도울 수 있는 위치에 있던 사람이 그들이었기 때문이다.

그리고 그 뒤로 내게 찾아온 여러 행운들, 이를테면 복병이 아니라 복장교로(이 표현은 대학 한 해 선배인 모 시인이 한 말이다) 갑자기 작단(作壇)에 들어선 일이나 젊어서 (아무도 될 것이라고 믿지 않은) 종합대학의 교수가 된 일 같은 것들도 모두 아내가 가져다준 복이었다(교수 임용 때 이야기도 드라마틱하지만 생략한다). 학창 시절에 학업성적이 좀 좋았다거나 학생회장 선거에 나가서 당선이 되었던 일 정도는 내 복이라고 할 수 있었다. 최대한으로 확장한다면 대학원에 들어갈 수 있었던 것까지는 내 복이었다. 4학년 때 본의 아니게 큰 데모를 터뜨려 학교가 휴업을 하게 된 이후 내가 불현듯 결심한 것은 대학원 진학을 해야겠다는 것이었다. 학교에 가지 못하고 시내 다방에 앉아서 무념무상으로 지내던 중에 갑자기 그런 생각이 쓱 들어왔다. 마침 4학년들은 졸업논문을 써야 해서 제한적으로나마 교내 출입이 가능하다고 했다. 도서관과 교수 연구실은 문이 열려 있었다. 학교 도서관에 가서 선배들에게 들은 출제 교수들의 저서를 일람하기로 했다. 그러나 그 책들을 도서관 서가에서 뽑아 드는 순간 경악하지 않을 수 없었다. 그때만 해도 복사기가 없었던 시절이라 중요한 부분들은 모두 예리한 칼로 오려 가버린 상태였다. 뼈와 살은 하나 남아 있지 않고 겉가죽만 덩그러니 남은 꼴이었다. 어쩔 수 없었다. 남들이 오려 가지 않은 부분만 띄엄띄엄 반나절 들여다보고 나왔다. 영어와 제2외국어는 고등학교 때 실력으로 밀어붙이기로 했다.

시험 당일날 전공 문제지를 받아보는 순간 나는 내 눈을 의심하지 않을 수 없었다. '겉가죽'으로 남아 있던 내용들이 고스란히 문제로 나왔던 것이다. "한국 시가의 운율에 대하여 논하시오"를 필두로 그동안 문제로 나온 적이 없었던 주변적인 내용들이 출제되어 있었다. 물 만난 고기처럼 일필휘지로 답안을 써내려갔다. 영어와 독어 문제도 유별났다. 영어는 너무 어려웠고 독어는 너무 쉬웠다. 영어는 해석 문제만 네 문제 출제되었는데 두 문제만 해석해내면 대성공이었다. 한 문제는 대충 읽어내고 다른 한 문제는 완전한 순수 상상력으로 작문을 했다. 독어는 십 분 만에 문제를 다 풀 수 있었다(고등학교 시절 3학년 때까지 독어 수업을 한 곳은 우리 학교뿐이었다). 결과는 '(아무도 예상치 못한) 우수한 성적으로 합격'이었다. 그것도 잘 생각해보면 내 복이 아닌 것일 수도 있었다(달포 전의 그 지축을 울린 함성들의 복일 수도 있었다). 그러나 그렇게까지 확장할 문제는 아니었다. 일단 그때는 내 곁에 아무도 없었다. 친구들과 뿔뿔이 흩어져 혈혈단신으로 강호를 헤쳐나갈 준비를 할 때였다. 그래서 거기까지는 내 노력과 자질, 혹은 배경이 작용을 했다고 보기로 했다. 남의 복이 내게 내려올 때는 반드시 어떤 일정한 패턴이 있다. 막바지로 내몰린 내 운기(運氣)가 갑자기 새 힘을 얻어 불운을 돌파할 때 보여주는 어떤 공통적인 요소가 있는 것이다. 가장 대표적인 것이 고비 고비마다 귀인이 나타나는 패턴이다. 전혀 예기치 못했던 새 인연이나 사건 행동(이를테면 형이 교장실을 방문하자고 한 일이나 신문지를 얻어 방 도배를 하자고 한 일 등)이 다가오고 그 안에서 생각지 못했던 타개책이 열리곤 했다.

아내의 경우는 '새 인연' 쪽이었다. 아내와의 인연은 정확히 『무유지』에 나오는 매강설과 방조남의 그것과 같았다. 무상(無償)의 사랑과 원조가 아니라 어떤 대가를 전제로 한 것이었다(논문 인쇄비 삼십만 원 사건이 그 사례다. 대학원 졸업이 임박해서 인쇄비가 없었던 나는 인쇄비를 희사하는 사람과 결혼도 불사하겠다고 공언했고 그다음 날 집사람이 삼십만 원을 봉투에 담아 가져왔다). 여기서 잠깐 독자의 이해를 돕기 위해 매강설이 방조남에게 혼약을 강권하는 장면을 살펴보기로 하자. 매강설은 자신의 출구 없는 삶에 하나의 돌파구를 마련할 필요를 느끼고 상선지재(上選之才)인 방조남을 만났을 때 자신의 모든 것을 건다. 솟구치는 연정(戀情)도 존중하면서 동시에 자신이 처한 출구 없는 상황의 유용한 타개책으로 그를 적극 활용한다. 그녀에게 방조남은 수단이자 목표였다. 그러기 위해서는 일단 그와 혼인의 약조를 맺어둘 필요가 있었다. 강호무정(江湖無情)을 빙자해 어리숙한 방조 남에게 그녀는 강호식 위계(僞計, 남을 속이기 위해 거짓으로 꾸민 계획이나 계책)를 강요한다. 독자들이 보기에는 치기 어린 장난질이었지만 사랑의 포로가 된 순진한 방조남에게는 천라지망(天羅地網, 피할 수 없는 운명)이 된다.

방조남은 어떤 결단을 내린 듯 분명하게 잘라 말했다.

"자아, 그럼 말씀해보시오. 내 힘으로 될 수 있는 일이라면 도와드리겠소."

그 말을 듣자 백의녀의 입가엔 미소가 어렸다.

"그건 간단해요. 그 혈지도를 언니들이 찾아낼 수 없는 곳에 감춰놓으면 돼요. (……) 당신께서 그 그림을 잠시 동안 삼켰다가 언니들이 가버린 후에 내가 당신의 배를 갈라 다시 그림을 끄집어내면 돼요."

눈썹 하나 까닥 않고 태연하게 이런 말을 하는 그녀를 보고 방조남은 오싹 소름이 끼쳤다. (……)

백의녀는 부드러운 손으로 방조남의 손목을 잡는다. 그리고 몇 발자국 걸음을 옮기더니 이윽고 문밖에 이르자 무릎을 꿇었다. 이미 이 정도로 사태가 진전되었으니 이제 와서 아무리 항거한다 하더라도 소용이 없음을 깨달은 방조남은 그녀가 하자는 대로 할 수밖에 없었다. 백의녀는 그의 손목을 꼭 쥐고 있다가 다시 그것을 끌어당긴다. 방조남은 그 힘에 이끌려 무릎을 꿇고 그녀와 어깨를 나란히 했다. 부드러운 달빛은 한 쌍의 젊은 남녀를 고요히 내리비치고 있었다. 그 달빛 아래 비친 백의녀의 자태는 한층 아름다움을 더했다. 이윽고 그녀는 달을 쳐다보면서 두 손을 모았다.

"하늘에 계시는 달님이시여! 소첩 매강설(梅降雪)은 본적이 소주(蘇州)요 당년 십팔 세이온데 이제 방조남 도련님과 백년해로를 맹세하나이다. 바다가 마르고 땅이 꺼지더라도 우리들의 이 마음은 변함이 없을 것입니다. 만일 오늘 이후 두 마음을 가진다면 천지신명께서 소첩에게 천형(天刑)을 내려주시옵기를 손 모아 비나이다."*

방조남은 혈지도를 삼키는 대신 매강설과 정혼한다. 나 역시 아내와 정혼을 하고 광주보병학교로 떠났다. 장교 임관을 위한 군사훈련을 받으러 그곳에 가서야 알게 된 그 행운의 내막은 그야말로 '오싹 소름이 끼'치게 하는 거였다. 매강설 아니면 만들어낼 수 없는 무지막지한 강복(降福)이었다. "세상에 어떻게 그런 일이!"를 외치지 않을 수 없었다.

여기서 '사족 한 마디'가 나와야 할 타임이다. 내가 쓴 『내 손안의 주역』이라는 주역 읽기 책에 실려 있는 한 부분이다. 아내와 내가 만난 상황에 대한 요점 요약이 되는 내용이다.

* 와룡생, 『무유지』(1권), 왕사상 옮김, 규문사, 1967, 162~165쪽.

그래도 재미가 덜한 것 같아서 제 '수뢰둔'(구름이 끼고 천둥은 치지만 비는 아직 안 온다) 이야기 한 토막 더 하겠습니다. 대학 4학년 때, 음악다방에서 무료하게 시간을 보내고 있는데 갑자기 제 앞으로 한 '암말같이 걷는 소녀'가 따박따박 걸어가는 것이었습니다. 구두를 신었는지 운동화를 신었는지는 잘 모르겠으나 잔뜩 다리에 힘을 주고 영락없이 '암말처럼' 걷고 있었습니다. 아마 바로 앞에 앉아 있는 우리 일행을 많이 의식하고 있다는 표시였지 싶습니다. 얼굴은 '민짜'였고(코가 낮아 뚜렷한 윤곽이 없었고) 몸은 허리가 없는 통짜였습니다(그런 단점을 커버하려고 두루뭉술하고 긴 상의를 입었던 것 같습니다). 느낌으로 두어 살 아래인 것으로 보였습니다. 표정이 좋았습니다. 그냥 흘깃 한번 보고 헤어졌는데 집에 오니 '저 여자와 결혼할지도 모르겠다'라는 계시가 왔습니다(지금 주역 이야기를 하는 중입니다). 제 앞에서 왔다 갔다 하는 게 꼭 제가 '도적만 아니라면' 시집을 오겠다는 강력한 의사 표현 같았습니다. 멀리 가봐야 그 얼굴 그 몸매로 누구 하나 꿰차기가 쉽지 않다는 걸 잘 알았던 모양입니다. 꿈에서까지 나타나 자기를 데려가라고 졸라댔습니다. 다음 날 아침에 일어나서 그 내용을 적었습니다. "나는 오늘 결혼할 여자를 만났다"라고 시작하는 짧은 콩트였습니다(원고가 창고 깊숙한 곳에 들어가 있어 지금 공개가 불가한 점을 양해해주십시오). 그리고는 한 이 년 잊고 지냈습니다. 대학을 졸업하고 직장 생활을 하면서 여전히 짬짬이 음악다방 출입을 하였는데 옛날의 그 '암말 소녀'가 다시 나타났습니다. 그러더니 불문곡직 저를 꿰찼습니다. 그리고는 지금까지 저를 포로로 삼고 있습니다. 나중에 알고 보니 어릴 때 한 골목에서(골목을 가운데 두고 양쪽에서) 살았던 인연이 있었습니다. 그때 알았습니다. 인연은 멀리 있는 것이 아니고, 본디 가까이 있는 것들이 더 무서운 법이라는 것을요. 어쨌든 집사람은 성공해서 중년의 나이에 다시 만난 동창생이 얼굴을 못 알아볼 정도로 기품 있고 우아한 꽃중년 여성으로 탈바꿈했습니다. 저를 말 삼아 저보다는 훨씬 멀리까지 왔다 갔다 합니다(집사람의 행동반경은 적어도 제 서너 배는 족히 됩니다). 구름이 끼고 천둥은 치지만 비는 아직 안 온다니까 저도 때가 되면 제게 맞는 말을 얻어 타고 멀리 나갈 기회가 한 번은 오겠죠? 암말이든 수말이든 도적의 말만 아니라면 타고 나갈 셈입니다요. 수뢰둔!*

그래서 드는 생각인데, 아내는 내가 모르는(그녀 자신 역시 모를지도 모르지만) 어떤 마법 세계의 일원일지도 모르는 일이었다. 만약 그렇다면 정혼 후 나에게 일어난 모든 일은 결국 아내가 부린 마법의 결과물이었다. 어릴 때는 혹시 나도 마법사의 핏줄을 타고난 것은 아닐까 생각한 적도 있었다. 학교에 가면 선생님은 꼭 내가 아는 것만 설명을 하셨고 어떤

* 양선규, 『내 손안의 주역』, 강, 2023, 28~29쪽.

책을 보든 이해되지 않는 내용을 담은 책은 없었다. 심지어는 배우지도 않은 신문의 한자들을 읽어내기도 해서 어른들을 놀라게 하기도 했다. 그러나 세월이 흐르고 세상에는 내가 모르는 일들이 하늘의 별들만큼이나 많다는 것을 알게 되었다. 그리고 세상은 가도 가도 가시밭길이었다. 그러나 어느 순간, 아내가 내게 온 다음부터 내 인생이 급변했다. 순풍에 돛 단 듯이 풀려나갔다. 그래서 알게 되었다. 마법사의 피는 아내에게 흐르고 있었다. 결국 나는 머글* 출신이라는 것을 인정하지 않을 수 없었다. 부끄럽고 민망한 이야기이지만, 아내를 만나고 나는 그녀가 그려준 혈지도 안에서 평생을 살아왔음을 고백하지 않을 수 없다.

* 『해리 포터』 시리즈에 등장하는 게으르고 자기밖에 모르고 무책임한 인간 족속.

스타벅스와 그라디바

퀴이퀘그는 머나먼 서남쪽 바다에 있는 로코보코라는 섬에서 태어났다. 어느 지도에도 이 섬은 기록되어 있지 않다. 진정한 장소는 지도에 나와 있지 않는 거다.(멜빌,『모비 딕』, 12장 첫 구절)

로코보코(Rokovoko)라는 섬은 멜빌의『모비 딕』에 나오는 '식인종 작살꾼' 퀴이퀘그의 고향이다. 그는 그 섬나라 추장의 아들이었다. 젊은 그는 미지의 세계에 대한 동경을 좇아 문명사회로 뛰쳐나왔지만 타락한 기독 문명에 절망한 채 포경선의 작살잡이가 된다. 그의 고향을 소개하면서 작가는 진정한 장소는 지도에 나와 있지 않다고 단언한다. 그 호언장담의 출처가 어딘지 궁금하다.

모비 딕을 찾아 떠나는 포경선 피쿼드 호에는 세 사람의 주역이 있다. 에이허브 선장(Captain Ahab), 일등항해사 스타벅(Starbuck), 그리고 퀴이퀘그(Queequeg)가 그들이다. 유일한 생존자인 화자이자 주인공 이스마엘(Ishmael)은 이들의 생각과 행동을 차분하고 진지한 자세로 하나씩 기록한다.

자신을 불구자로 만든 백경(거대한 흰고래)을 잡기 위해 모든 것을 희생하는 에이허브 선장, 그의 무모함에 맞서는 일등항해사 스타벅, 묵묵히 자신의 소명을 다하는 인간애의 표상 퀴이퀘그는 인간의 숙명을 각각 나누어서 묘사하고 있는 전형적인 소설적 인물들이라 할 수 있다. 그들이 맡아서 열연하고 있는 각 부분을 우리는 일생 동안 반복하며 살아간다. 물론 상황에 따라서 혹은 타고난 성격에 따라서, 어느 부분은 확장되고 어느 부분은 축소된다. 에이허브가 승리에 집착하는 이념적 인간의 삶을 대표한다면 스타벅은 이성적이고 신중하고 정열적인 모범적 삶을 대표한다. 그들이 상층부의 삶을 묘사한다면 퀴이퀘그는 하층부의 건실한 삶을 묘사한다. 희생과 헌신을 알고 자신의 소명에 충실한, 드러나지 않지만 소중한 인간적인 삶을 대표한다.

이 소설적 인물들의 매력은 160여 년이 지나도 여전하다. 한쪽 다리가 목발인 에이허브 선장은 모든 성 잘 내는 위대한 지도자들의 대명사이다. 폭풍우를 뚫고 나아가는 포경선의 선수(船首)에 서서 "앞으로!"를 외치는 그의 모습은 어느 조직에서든 선두에 선 자들의 집단 무의식으로 전승된다. 사랑스런 일등항해사 스타벅은 '스타벅스'로 복수화되어 친근한 커피 가게로 우리 곁에 머문다. 퀴이퀘그 역시 마찬가지다. '로코보코(코코보코)의 왕자'*로 불리며 젊은이들의 사랑을 독차지한다. 그의 고향 로코보코도 '지도에 없는 진정한 장소'의 대명사가 되어 이런저런 문맥에서 핵심적인 상징으로 등장하곤 한다.

살다 보면 '지도에 없는 것들'과 마주칠 때가 종종 있다. 당황스러울 때도 있고 반가울 때도 있다. 사람도 그렇다. 지도만 보고 걷는 사람도 있고 틈날 때마다 지도 밖으로 걷는 사람도 있다. 내 경우는, 젊어서는 지도 안의 삶에 몰두했던 것 같고 나이 들면서 지도에 없는 것들을 많이 생각했던 것 같다. 만약 지금 나에게 누가 문학을 묻고 글쓰기를 묻는다면 이렇게 대답하겠다. "누구에게나 자기만 아는, 지도에 없는, 자기만의 로코보코가 있을 것입니다. 문학적 글쓰기는 결국 자기만의 로코보코를 찾아 나서는 길입니다. 그리고 그 장소의 아름다움, 그 장소에서 꾸는 목숨의 꿈을 자기 손으로 하나하나 그리는 일일 것입니다."

서론이 길어졌다. 본격적으로 아내의 스타벅스 이야기를 해보자. 일단 나는 스타벅스가 싫다. 마지못해 아내를 만나러

---

* 판본(뉴욕과 런던)에 따라 로코보코(Rokovoko)와 코코보코(Kokovoko)로 다르게 표기되고 있다. 필기체 영어 첫 글자를 R로 본 것과 K로 본 것의 차이다.

한번씩 스타벅스를 찾지만 나는 십 분 이상 그곳에 머문 적이 없다. 그렇게 사람들이 아무런 보호막도 없이 촘촘하게 시루 속 콩나물처럼 틀어박혀 있는 것도 싫고 그 표피적이고 찰나 적이고 불안하고 소란스럽고 찬란한 분위기도 싫다. 남보란 듯이 노트북을 두들기고 있는 젊은 카공(카페 공부족)들을 보는 것도 싫다. 아무리 백색 소음과 피관음자적 신세가 공부 에 도움이 된다고 해도 현시욕구, 고독을 두려워하는 의존적 인 태도, 달콤한 것들의 유혹과 육체의 안일이 혼재하는 그런 곳에서 책을 펴놓고 글을 쓴다는 것은 공부의 정도(正道)가 아니었다. 아내도 그런 나의 심정을 십분 감안하는 편이다. 그곳에서의 볼 일이 거의 다 끝나갈 무렵, 이를테면 퇴장하 기 십 분 전쯤 해서 나를 부른다. 이를테면 자가용 콜이다. 그 것도 모자라 대체로는 먼저 밖에 나와서 나를 기다린다. 그런 아내의 배려는 정말이지 눈물 나게 고맙다. 평생 아내는 그렇 게 나를 배려한다.

아내는 나와는 완전 다른 사람이다. 나는 '매우 민감한 사 람(highly sensitive person)'에 속하고 아내는 정반대의 사람이 다. 그녀는 일체의 관념에 대해 불신하고 반대한다. 칼 구스 타프 융이 "극도의 민감성은 인격을 풍요롭게 만든다. 단지 비정상적이고 어려운 상황에서 이러한 장점이 단점으로 나타 난다"라고 말한 것을 나는 십분 이해하고 동조한다. 아내는 그렇지 않다. 그녀는 평생 '잠 못 이루는 밤'을 모른다. 아내가 젊어서 자주 한 말 중의 하나가 "나는 지금까지 남편의 잠든 모습을 본 적이 없다"라는 말이다. 늘 남편보다 먼저 자고 늦게 일어나는 까닭이었다. 실제로 아내는 내가 잠을 자지 않아도 되는 특이 체질인 줄 알았다고 했다.

그런 아내가 스타벅스라고 하면 사족을 못 쓴다. 아내가 나가는 계 모임의 회동 장소가 모두 스타벅스로 바뀌었다. 식사 장소도 스타벅스 가까운 곳으로 항상 정해진다. 아내가 제일 좋아하는 선물은 스타벅스 선물 쿠폰이다. 아내의 가장 큰 불만은 우리가 반경 백 미터 안에 스타벅스 하나 없는 동네에 살고 있다는 것이다. 아내는 스타벅스와 관련된 것이라면 모든 것을 꿰고 있었다. 전국 단위 각 영업장 매상까지 다 파악하고 있었다. 평생 같이 살면서 그런 중독 증세를 보인 적이 없었다. 아내에게서 그런 문화적, 몰입적, 환유적 태도를 보는 것은 놀랄 만한 일이 아닐 수 없었다. 아무리 생각해봐도 아내의 스타벅스 사랑은 쉽게 이해하기 어려웠다. 그렇게 바뀐 이유가 궁금했다.

어쩌면 그녀는 이제 완전히 토성을 떠나 스타벅스로의 이주를 도모하고 있는 중인지도 몰랐다. 여태까지 그녀의 의식(영혼)의 주거지는 당연히 그녀가 태어나고 자란 토성(土城) 언저리였다. 요즘은 생동하는 새벽시장이 활발히 열리는 곳인데, 예전에도 방문을 열면 바로 치열한 생존경쟁이 생동감 있게 펼쳐지던 곳이었다. 그곳은 도시의 사생아나 되는 것처럼, 한 울타리 속에서이지만 나머지 도시 풍경들과는 전혀 따로 존재한다. 어떤 변화도 받아들이지 않고 옛날 그대로의 모습으로 존재한다. 육십 년이 지나도 티끌 하나 변하지 않고 있다. 거기에 발맞추어 내 유소년기의 기억도 육십 년째 그대로다. 어떤 책 제목에 '글쓰기의 최전선'이라는 것이 있던데, 요즘도 그곳 앞을 지날 때면 마치 의식의 흐름처럼 그 책 제목이 떠오른다. 이 글도 그렇지만, 내 글쓰기의 최전선은 아직도 그곳 언저리를 맴돌고 있다. 아내에게도 사정은 비슷하지 싶다. 나를 만나고 나서야 아내는 그곳을 떠날 수 있었다 (조실부모한 그녀는 그때까지 소녀 가장의 책무를 떠안고 살아야 했다). 그쪽으로는 다시 눈길도 돌리지 않겠다고 맹세를 했다지만 그러나 그곳은 여전히 우리 무의식의 깊고 단단한 저장고 중의 하나가 될 수밖에 없다고 나는 생각한다. 마침 어제 그곳을 지날 일이 있었다. 큰아이가 버스를 타고 강릉에서 북부정류장으로 온다고 해서 마중을 나가는 길이었다(큰아이의 새 직장이 강릉에 있다). 이동하의 『장난감 도시』의 배경이 된 장소에 엄청난 아파트단지 공사가 진행 중이었다. 완전히 상전벽해가 되고 있었다. 그러나 아내는 그 광경을 보면서 "아무리 좋아져도 이리로 와서 살고 싶은 생각은 안 드네"라고 말했다.

아내는 제대로 토성을 떠날 채비를 하는 것 같았다. 아직도 토성 주변을 어슬렁거리고 있는 나와는 사뭇 다르다. 아내의 스타벅스 사랑을 보는 내 마음이 착잡한 것도 그 때문이다. 적두병(赤豆餠)을 마치 에피파니*나 되는 듯이 애지중지하는 것도(토성 앞에서 가장 유명한 것이 지금은 새벽시장이지만 얼마 전까지는 적두병이었다) 따지고 보면 내 콤플렉스와의 밀당에 지나지 않는 것이었다. 결국은 아기들이 자면서 자기 손가락을 빠는 일이나 진배없는 것임을 내가 모를 리 없다. 아내처럼 과감한 '세계 이주'를 결행하지 못하고 아직도 철부지 어린아이의 콤플렉스에 갇혀 사는 나로서는 부끄럽고 부러울 뿐이다. 그 점만 보더라도 아내의 스타벅스 사랑에 질투를 느끼는 옹졸한 자기 자신에 대한 가혹한 풍자가 필요하다고 다짐한다. 스타벅스는 이제 남의 일이 아니다. 아내의 소관 사항만은 아니다. 반성하는 의미로, 그 음차로 내 새 이름(필명)을 만들까 하는 생각마저 든다. 서다복(鼠多福)으로. 제 앞가림에만 신경 쓰는 팥쥐 정체성에서 쥐 서(鼠) 자를 취하고 매일 매일이 행복으로 가득하기만을 바라는 이기적인 마음으로 다복(多福)이라는 이름을 붙이면 어떨까 싶은 것이다.

"스타벅스란 이름이 멜빌의 『모비 딕』에 나오는 일등항해사의 이름 스타벅에서 나온 건 알고 있어?"*

---

* 에피파니(Epiphany)는 종교적인 기원을 갖는 말인데(신성현시), 문학에서는 등장인물이 갑작스러운 깨달음이나 통찰에 이르는 순간이나 그 계기가 되는 사건 등을 일컫는다.

* 『모비 딕』에서 가장 멋진 뱃사람으로 묘사되는 스타벅은 선장 에이허브의 어두

얼마 전, 스타벅스로 그녀를 태워주면서 조심스럽게 그렇게 물었을 때, 아내는 놀랍다는 듯이 고개까지 돌려 나를 쳐다보았다. 평소라면 그저 앞만 보고 "아니?"라고 대답했을 것이다. 그것만 봐도 그녀에게 스타벅스가 얼마나 대단한 존재인지 충분히 알 수 있었다. 다행히도 그녀는 영문과 출신이었다.

"그래? 사람 이름이었어? 그것도 그 유명한 소설에 나오는?"

그렇게 반문하면서 황홀한 표정을 지었다. 나는 지금까지 살아오면서 그렇게 황홀한 표정을 짓는 아내를 본 적이 없었다. 아내의 황홀한 표정에 은근 질투심도 들었지만 때아니게 소설가의 사기가 부쩍 오르는 것도 함께 느낄 수가 있었다. 소설가답게 조금 더 자세한 설명을 덧붙였다(이 글을 쓰면서 그 내용을 좀 더 자세하고 분명하게 찾아 적는다).

운 면을 보강하는 이상적인 선원상(像)을 구현한다. 작가는 그를 텍스트 무의식의 슈퍼에고로 사용한다. 그는 몽환적이고 살인적인 집념(이드의 분출)의 소유자인 에이허브를 살아 있는 인물로 만드는 데 크게 기여한다. 그가 독자 앞에 등장하는 소설 속의 장면을 다음과 같다. "……피쿼드호의 일등항해사인 스타벅은 낸터컷 출신으로 키가 크고 성실한 인물이었다. 추운 바닷가에서 자랐는데도 피부가 잘 구워진 것처럼 탄탄해서 열대 지방에서도 잘 적응할 것 같았다. 스타벅은 말보다는 끈기 있게 실천하는 사람이었고 때로는 다정한 모습을 보여주기도 했다. 뱃사람치고는 보기 드물게 양심적인 사람이었다. 그는 언제나 믿음직스럽게 행동했는데 고래를 잡는 아슬아슬한 순간에도 다른 선원들처럼 쓸데없는 용기로 들뜨는 일이 없었다. '나는 고래를 두려워하지 않는 사람은 배에 태우지 않는다.' 스타벅은 그렇게 말하곤 했다. 이 말은 아마도 적절한 용기는 위험을 정확히 파악하는 데서 나오며, 두려움을 모르는 사람이 비겁한 사람보다 훨씬 더 위험하다는 말일 것이다."(나무위키)

"스타벅스는 1971년 미국 시애틀의 영어 교사였던 제리 볼드윈과 역사 교사였던 제프 시글, 그리고 작가였던 고든 보커에 의해 설립됐지. 이들은 쓴맛이 강한 커피 원두 로부스타 대신 부드럽고 향기가 뛰어난 아라비카를 더 좋아했어. 하지만 아라비카 원두를 판매하는 곳이 시애틀에는 한 곳도 없었지. 그래서 이들은 1971년 각자 만 달러씩을 투자해 아라비카 원두와 향신료, 그리고 차를 판매하는 커피 전문점을 열었어. 가게 이름은 소설 『모비 딕』에서 커피를 좋아하는 사람으로 나오는 일등항해사 스타벅의 이름을 따 '스타벅스 커피, 티 앤 스파이스'라고 지었어. 그 뒤 1987년 하워드 슐츠라는 새 주인을 만나면서 지금 세계 어느 곳에서나 쉽게 볼 수 있는 스타벅스 브랜드가 탄생하게 된 거지."

아내는 어떻게 그런 것까지 다 알고 있느냐는 표정으로 나를 쳐다봤다. 역시 황홀한 눈빛이었다. 고작 인터넷 검색을 해서 알아둔 것이지만 아내의 감탄 어린 시선에 은근 기분이 좋아졌다. 꼭 나만 알고 있는 사실처럼 착각이 드는 거였다. 물론 그만한 노력을 기울인 것은 그만큼 내겐 '그녀의 스타벅스'가 '제 한 몸으로 감싸는 상징'이 되고 있다는 어떤 확신이 들어서였기 때문이었다.

"그럼, 스타벅스 로고로 사용되는 여성의 얼굴이 어디서 왔는지도?"

모르겠네, 라고 말하려다 일단 멈췄다. 아내와의 대화 중에는 나 혼자 너무 많이 나가면 안 된다는 것을 경험적으로 알고 있기 때문이다. 아내가 약간 상기된 표정으로 말했다.

"자유의 여신상 아닌가? 맨해튼에 있는……"

아내는 손자들이 다 크고 조만간 자기가 가사 업무에서 완전히 자유로워지면 곧바로 미국으로 날아갈 작정이다. 퓨전 차이니스 레스토랑으로 제법 돈을 번 처형이 살고 있는 미국은 그녀에게는 영혼의 친정과도 같았다. 이미 여행 경비는 충분히 마련된 상태였고 때만 되면 나는 그녀를 수행해서 "미국 여행 어디까지 가봤니?"를 복창하며, 미국 여행을 다녀야 한다. 매일 한 시간 이상 처형과 나누는 국제 대화 속에서 점점 구체적인 여행 코스가 등장하는 것을 듣는다. 애틀란타에서 뉴욕까지의 각종 볼거리에 대한 줄기찬 탐구 학습이 이루어지는 것을 싫든 좋든 묵묵히 곁에서 들어줘야 하는 게 요즘 내 형편이다.

"『오디세이』에 나오는 바다의 요정 사이렌이라는 말을 들은 적이 있어서……"

겸손하게 말했다. 아내는 늘 내 지식의 과잉을 나무란다. 십중팔구는 다 무용지식(無用知識)이라는 것이다. 본질은 스스로를 감추지 않는데 무용지식의 안개가 늘 본질을 가린다는 것이 그녀의 철석같은 믿음이었다(그것이 아내가 터득한 토성의 이데올로기라면 이데올로기였다). 내가 아는 명사와 형용사들은 그녀 앞에서는 늘 독 안에 든 쥐 신세였다. 그녀는 동사만 있는 세상에서 태어나서 결혼할 때까지 그 울타리 안에서만 줄곧 살았다. 물론 현재도 마찬가지다. 아직은 스타벅스로 완전한 이주를 감행한 것은 아니니까 당연히 유효한 세계관이다. 명사나 형용사를 사용해서 이것저것 안들 무슨 소용이냐? 그래서, 그것들이 우리 인생을 바꾼 게 뭐가 있느냐? 당신의 명사와 형용사가 오늘의 양식을 구할 수 있는 진짜 돈으로 환전된 적이 몇 번이나 있었느냐? 매번 그녀는 그렇게 말했다. 처형이 조국을 떠나면서 우리에게 권한 것은 반찬가게였다. 어디 신혼부부들이 많이 모여 사는 아파트 앞에다 반찬가게를 조그맣게 차려서 아내의 빠르고 정확한 눈대중과 손속, 그리고 친정어머니에게 물려받은 반찬 노하우를 적극 활용하면 틀림없이 성공할 것이라고 처형은 말했다. 물론 말은 없었지만, 그 옛날 빈대떡으로 토성 앞을 요동치게 했던 나와 어머니의 협업까지 고려했음이 분명한 처형의 권고였다. 그때는 몰랐지만 지금 생각해보면 아내의 오징어볶음, 잡채, 고추튀각, 씀바귀무침, 녹두나물이나 시금치무침, 오이무침, 애호박전, 소고기볶음고추장, 잔멸치볶음, 육개장, 고추장김밥, 고등어무조림 등은 명불허전 타의 추종을 불허하는 일미(一味) 중의 일미였다. 젊어서는 그저 당연한 것으로 여겼는데 손자 육아에 바쁜 아내가 사위가 오는 날 반찬가게에서 이것저것 사와서 해주는 반찬들을 먹어보고서야 아내의 손맛이 보통이 아니라는 것을 실감하게 되었다(그 반찬가게도 꽤나 유명한 곳이다). 물론 아내가 못하는 것도 있다. 밥을 잘 못하고(평생 살면서 내 입에 딱 맞는 진밥을 먹어본 경험이 거의 없다), 라면을 잘 못 끓이고(아내는 라면 사리가 퍼지도록 푹 익히는 시간을 절대 용납하지 않는다), 갈치를 잘 못 굽고(껍데기가 바싹해질 때까지 오래 굽지 않는다), 팥밥과 냉면과 만둣국을 선천적으로 싫어한다. 내가 젊어서 아내의 손맛을 간과한 것은 전적으로 그런 내 식취향에 대한 철저한 몰입 때문이었다. 사실 아내를 만나기 전까지 나는 아내가 못하거나 싫어하는 메뉴만 먹고 살아왔다고 해도 과언이 아니다. 일거에 그 식단을 폐기하고 아내의 식단을 받아들여야 한다는 게 너무 싫었고 불편했다. 그 불편한 오만과 편견을 벗어던지는 데 꼬박 삼십 년이 걸렸다. 처형의 '반찬가게 운운'은 나의 "학문을 할 사람에게 그 무슨 망발이냐?"는 한마디에 무참하게 무시당하고 말았다. 그것이 한 치 앞을 못 내다보는 시골 쥐 생각이었다는 것은 채 십 년도 안 되어서 만천하에 드러나고 말았다. 아파트 앞에 생기는 반찬가게마다 문전성시를 이루었다. 그 반대로 내가 그토록 갈망하던 '학문의 세계'는 이름만 다른 또 하나의 정신병원에 입원한다는 느낌을 주기에 충분했다. 후회가 물밀듯이 닥쳐왔다. 그나마 행운으로 얻은 국립대 교수라는 자리 덕분에 평생을 정부미 신세로 살면서도 자긍심 하나는 지켰다는 게 유일한 보람이었다. 아내로서는 배고픔(주로 비교에 시달리는 영혼의 결

핍감이었다)을 강요한 무용지식을 철저하게 무시하는 것, 그
것만이 그녀가 자신의 자존감을 살리는(그리고 늘 잘난 척하
는 나에 대해 복수하는) 마땅하고 옳은 일이었다. 또 하나, 그
녀가 학창 시절 만난 모든 식자(識者)들이 인간 이하의 것들
이었다는 것도 한몫했다(이는 전적으로 아내의 표현이므로
오해 없길 바란다). 그런데 이번은 예외였다. "안들 무슨 소
용인가?"* 도저히 무너지지 않을 것 같았던 평생의 그 필살
의 명제가 슬그머니 꼬리를 내렸다. 명사와 형용사가 그녀의
인생에 깊게 관여하기 시작했다. 스타벅스에 관한 한 모든 것
이 용납되었다. 그것 앞에서는 아내는 완전히 딴사람이었다.

"왜 그거지?"

두 눈을 동그랗게 뜨고 마치 학구열에 불타는 학생처럼 내
게 물어왔다.

"유혹의 요정 사이렌처럼 많은 손님을 유혹하라는 뜻이겠

---

* "가끔 시소 놀이를 한다. 대개의 경우, 시소를 끌어내린 후 다리를 벌리고 걸터
앉아 쇠 손잡이를 잡는다. 다시 시소의 배를 엉덩이까지 끌어올린 뒤에 양다리
를 번쩍 치켜들면 꿍 내려간다. 시소의 수평 상태는 불균형을 향한 머뭇거림이
다. 나는 중심에서 멀찍이 앉아 혼자서 논다. 아까 일간지에서 절제나 균형감
없이 군말이 많은 시를 나쁜 시로 분류한 비평가 Y의 새 책 광고를 보았다. 상
관없지만 그의 기준으로 보면 나의 취향은 나쁜 시 쪽이다. 나는 말쑥하고 균형
잡힌 시를 혐오한다. 안정감 있고 깨달은 자는 침묵하면 좋겠다. 나는 이랬다저
랬다 긴가민가하는 불안한 중생이다. 뭘 가르치려 들어도 말귀를 잘 알아듣지
못하는 미숙아다. 안들 무슨 소용인가." 김이듬, 「퇴폐라뇨$&#?」, 『시와반시』,
2005년 여름호, 242쪽.

지. 그렇지만 그 내용을 보면 그닥 좋은 상징인 것만은 아닌 것 같아. 아름다운 노래로 뱃사람들을 죽음으로 유혹하는 사이렌은 오디세우스의 귀향을 가로막는 장애물 중의 하나지. 『오디세이』에는 그런 구신(귀신 같은 것)들이 많이 나와요. 반인반조(半人半鳥)의 사이렌(Siren) 말고도 반인반신(半人半神)의 늙지 않는 영원한 미녀 칼립소(Calypso), 인간의 육체를 돼지로 만드는 마법사 키르케(Circe) 같은 여성 캐릭터들이 다 그런 것들이지. 모르긴 해도 아름다운 노래로 사람을 홀리는 사이렌을 로고로 사용하는 건 아무래도 스타벅스라는 상호의 기원과도 관계있는 것 같아. '인생은 항해다'라는 모종의 인생관? 아니면 넘실거리며 풍만과 풍족의 이미지를 만들어내는 대양(大洋)을 동경하는 모종의 물의 상상력과 연결되는 것 같기도 하고……"

그 정도면 충분한 대답이 될 것 같았다. 오디세우스를 유혹하는 칼립소와 키르케는 거부하기 힘든 유혹자다. 모두 매력 넘치고 능력 있는 여자들이다. 유혹에 넘어가면 원하는 것을 언제든지 손에 넣을 수 있고, 늘 쾌락 속에서 살 수 있으며, 심지어는 죽지 않는 불멸의 인간이 될 수도 있었다. 그러나 지상의 모든 유혹은 뿌리치는 데 그 묘미와 의미가 있다는 듯 오디세우스는 꿋꿋하게 아내 페넬로페(Penelope)와의 초년(初年) 의리를 지킨다. 의리에 집착하며 유혹을 모르는 인생은 얼마나 지루한가, 그런 다소 반항적인 생각을 하면서도 그런 멋진 유혹자들이 등장하는 이야기들이란 결국 눈 가리고 아옹하는 유치한 반어법에 불과하다는 것을 재차 확인한다. 그 숱한 유혹담 속의 주인공들은 사실 세상에 없는 것들, 그림자거나 환영에 불과한 것들이고, 있는 것은 냉엄한 현실, 오직 바가지 긁는 늙은 아내뿐이라는 걸 명심하라는 것이 그런 소설(이야기)들의 진짜 주제가 아니겠는가? 모름지기 세상의 모든 유명한 이야기라는 것들은, 특히 고전 명작이라는 것들은 하나같이 마누라와 아들과 딸들에 관한 이야기일 뿐이라는 것이 지금의 내 생각이다.

사람이라면 누구나 추억을 가지고 산다. '지나온 것들'에 대한 되새김질 없이는 앞으로 나갈 수 없는 게 우리네 인생이다. 이를테면 '경험의 의미화'라는 정신(정서) 기능이 상시 가동되어야 진짜 살아 있는 삶이 된다는 것이다. 아내 이야기도 그렇다. 이 나이 되도록 가장 많은 시간을 같이 보낸 사람이 아내다. 나를 낳아주신 어머니와는 고작 십여 년(그것도 같이 몸으로 부대끼면서 살아온 것은 그 절반밖에 안 된다), 아버지와 형과도 실거주로는 오륙 년 정도밖에 안 되는 시간을 함께 살았지만 아내와는 사십 년 이상을 같이 살았다. 몸으로 부대끼면서 동거한 세월로 계산하면 아예 비교조차 할 수 없을 정도로 시간차가 난다. 그러니 아내 이야기는 결국 내 이야기다. 그것도 가장 본질에 가까운 내 이야기다. 가장 가까운 사람 이야기를 하다 보면 내가 하고 싶은 이야기의 본

색이 가장 잘 드러나게 되어 있다. 물론 독서 훈련이 되어 있는 독자분들은 이미 그런 낌새를 알아차리고 있을 것이다. 늘 상 듣는 말이지만, 겉에 드러난 이야기에 집착하는 이들은 독서계의 하급 시골 무사 신세를 벗어날 수 없다. 책을 읽으며 처세술이나 생활의 지혜를 배우려 하는 것은 가장 하급 독서다. 지식 그 자체를 사랑하는 독서, 거기서 더 나아가서 윤리를 찾는 독서가 상급 독서다.

젊어서부터 가까이 지내던 한 선배가 있다. 술 좋아하는 선밴데 하루는 이 양반이 이렇게 말했다.

"그렇게 술 한 모금 안 마시고 잘 지내는 것을 보면 참 신통혀—"

"거의 하루도 안 거르고 그렇게 '술 권하는 사회'의 구성원으로 열심히 사는 선배도 만만찮거든요."

그런데 이 선배 다음 말이 재미있다.

"때로는 기억을 단절시키기 위해서 술을 마실 필요가 있는 법이지."

누구와 의절한다거나, 또 누구에게 섭섭한 일을 하지 않을 수 없을 때, 아니면 섭섭하거나 비참한 기분을 지울 때, 자기에게는 꼭 술이 필요하다는 거였다. 진탕 마시고 한잠 푹 자고는 전날의 갈등과 가책과 비굴을 망각의 쓰레기장에 모두 갖다 버린다는 거였다.

"선배에게는 술이 망각의 강 레테군요. 내게도 그런 만능 쓰레기통이 하나 있었으면 좋겠네요."

쓴웃음을 지으며 그렇게 말해주었다.

요즘 들어서 '삭제된 것들'이 제멋대로, 자동으로, 복원되는 일이 늘어서 골치다. 사실 지금 하고 있는 아내의 스타벅스에 관한 이야기도 그런 '자동 복원'에 대한 응급 처방인지도 모르겠다. 이제 오래된, 삭제되지 않는 시간들과의 헤어질 결심을 진짜로 해야 할 때가 온 것 같기 때문이다.

호메로스는 아킬레우스의 분노와 복수로 『일리아드』를 그렸고, 오디세우스의 고행과 귀향을 소재로 『오디세이아』를 만들었다. 그렇게 알려져 있다. 그러나 우리의 관점에서 보자면 『오디세이아』는 결국 '마누라전(傳)'이다. 세상에서 가장 지혜로운 자는 끝까지 마누라와의 초년 의리를 지키는 자라는 게 『오디세이아』의 주제다. 나머지 재미있는 에피소드들은 그 주제를 돋보이게 하기 위한 하나의 장식품이거나 미끼에 불과한 것이고.

지상에서 가장 지혜로운 영웅의 마지막 과업, 최종 목표가 '아내 되찾기'와 '귀향의 안식'이었다는 게 좀 생뚱맞다고 할 분이 있을지도 모르겠다. "세상은 넓고 할 일은 많다"고 했는데 너무 나이브한 인생관이 아니냐고 나무라실 분도 있을지 모르겠다. 그러나 그런 회의와 질책은 주소를 잘못 찾은 독후감이다. 외람된 말씀이지만, 그게 사실이다.

내게서 오랜만에 교양 강좌(스타벅스의 내력에 대한 이야기)를 수강한 아내는 목적지인 스타벅스에 도착하자 의기양양, 고개를 바짝 쳐들고 문을 박차고 당당하게 실내로 입장했다. 내 이야기가 스타벅스 애용자로서의 자긍심에 크게 일조한 듯 보였다. 아마 틀림없을 것이다. 왜냐하면 그날따라 아내의 뒤태가 유난히 탄력이 있었던 것이다(아내의 뒤태는 처녀 시절 그 명성이 자자했다. 특히 청바지를 입었을 때의 엉덩이는 가히 일품이었다). 오랜만에 '걸어서 아름다운 여자(그라디바)'의 모습을 다시 볼 수 있었다. 내게는 아내가 여신(女神)으로 기억되는 몇 장의 브로마이드가 있다. 그중의 하나가 걸어서 아름다운 여자, '그리디바'다. 나는 옌젠의 중편소설 『그라디바』를 분석한 프로이트의 글을 나이 들어(결혼 후에) 읽었다. 마치 귀신에 홀린 듯이 단숨에 읽었는데, 프로이트의 소설을 통한 무의식 분석도 아름다웠지만 그것보다도 원작 소설의 뼈대를 이루는 두 개의 모티프가 단연 매혹적이었다. 하나는 '걸어서 아름다운 여자' 모티프였고, 다른 하나는 '곁에 있는, 그러나 알아보지 못하는 연인' 모티프였다. '그라디바'를 처음 대하는 독자를 위해 알기 쉽게 줄거리를 요약하면 다음과 같다.

젊은 고고학자인 노르베르트 하놀트는 자신의 직업에 너무 열중한 나머지 살과 뼈를 가진 생생한 인간으로서의 여자에 대해서는 관심이 없었다. 그러던 어느 날 한 고대 그리스의 부조(浮彫)

에 매혹된다. 그 조각판에는 활기차고 당당하게 걷는 한 아름다운 여성의 모습이 담겨 있었다. 그는 그 석고 모조품을 사서 애지중지한다. 그는 그녀에게 그라디바라는 이름을 붙이고, 폼페이에 거주했으며, 귀족의 딸이며, 신전에서 일했을 거라고 마음대로 단정(망상)한다. 그 후 그는 그 비슷한 '걸어서 아름다운 여자'를 길거리에서 만나기를 소원하며 그녀를 찾아다닌다. 이는 평소 그의 여성 기피증으로 볼 때는 아주 예외적인 현상이었다. 그러던 어느 날 폼페이 최후의 날에 자기의 그라디바가 매몰되는 악몽을 꾼 뒤 그는 불현듯 이탈리아 여행을 떠난다. 그곳에서 그는 신혼여행을 온 신혼부부들을 목격하고 결혼이라는 제도가 인간이 보여준 최고의 광기가 아닌가 하는 생각을 하게 된다.[*]

여자 기피증을 앓고 있던 노르베르트 하놀트는 결혼 제도에 대한 심각한 회의에 젖는다. 특히 여자들이 남자를 선택하는 기준에 대해서는 오리무중, 납득하기가 어려웠다. 남자라고 해서 예외는 아니었다. 자기 자신만 하더라도 마음을 사로잡는 귀여운 용모, 사람을 즐겁게 하는 얼굴, 다정하고 종교적인 얼굴을 한 여자를 전혀 찾아볼 수가 없었다. 그런 얼굴은 오직 고대 예술품에서만 발견될 뿐이었다. 왜냐하면 현

[*] 막스 밀네르, 『프로이트와 문학의 이해』, 이규현 옮김, 문학과지성사, 1997, 제4장 및 잭 스팩터, 『프로이트의 예술 미학』, 신문수 옮김, 풀빛, 1981, 75~80쪽 참조.

대 여성을 고대 예술품의 숭고한 아름다움과 비교할 수는 없기 때문이다. 혹시 그의 기준이 부당하다 해도 자기 자신에게는 전혀 책임이 없다고 노르베르트 하놀트는 생각했다. 결국 인간의 모든 광기 중에서 으뜸가는 것은 어쨌든 결혼이며, 그것보다 더한 광기가 터무니없는 이탈리아 신혼여행이 분명하다는 결론에 도달한다. 그러나 그는 거기서 놀랍게도 바로 그 그라디바와 똑같은 걸음걸이를 지닌 여성을 만난다. 그녀는 분명 동시대의 사람이었고 더군다나 독일어를 말하는 사람인데도 하놀트는 그녀가 자신이 그토록 사랑했던 고대 인물, 그라디바라는 망상을 멈추지 않는다. 그 여인은 그런 하놀트의 이상한 태도에 당황하며 화를 내고 떠나기도 하지만 항상 다시 그의 앞에 나타난다. 그리고 여러 가지 모호하며 의미심장한 제스처를 취하며 그를 혼돈에 빠트린다(노르베르 하놀트의 증상을 그녀가 이해하기 시작했다). 가령 하놀트의 그라디바 부조(浮彫) 이야기를 듣고 나서 그녀가 바로 그 걸음걸이를 재현한다든지, 자신이 이천 년 전 사람인데 환생한 존재라고 말한다든지, 또 자신이 조에라는 이름을 가지고 있다고 말한다든지, 하놀트에게 반말을 사용한다든지, 마치 하놀트를 환자나 어린아이로 취급하는 듯한 태도를 취한다. 하놀트는 풀기 어려운 의문을 가진 채 그녀와의 만남을 지속한다. 그녀는 매번 정오에 폼페이의 유적지에 나타나서 그를 기다리는데 그런 나날 중에도 하놀트에게는 질투심과 관련된 복잡한 망상이 계속된다. 결국 그는 도망치고 싶은 마음과 싸우며 그라디바를 만나다가 마지막에 가서 그녀가 그의 어릴 적 소꿉친구, 조에 베르트강이라는 사실을 알아낸다. 그녀는 그의 사실상의 첫사랑, 가까운 이웃에 살고 있으나 자라면서 억압된 기억이 된, 대학 은사의 딸이었다.*

『그라디바』의 스토리는 이른바 '억압-망각-회상'의 패턴을 기본 뼈대로 삼고 있다. 소꿉친구였던 그녀가 뇌리에서 지워졌다가 우연한 계기로 다시 만나지만 한동안 망각(망상)의 상태에 빠져 있다가 감동적으로 이를 회상해내고 재결합한다는 스토리다. 이 소설에서는 그것 이외에도 다양한 정신분석적 소재들이 많이 등장한다. 프로이트가 이 소설을 보고 『옌젠의 「그라디바」에 나오는 정신착란과 꿈』(1906)이라는 불후의 명작을 남긴 것도 우연이 아니다(소설보다 분석이 더 아름답다는 말도 많이 듣는다). 모든 무의식의 최초 발견자는 작가들이라는 프로이트의 말이 과장이 아니라는 것을 잘 보여준 사례라 하겠다.

내게는 『그라디바』가 일종의 계시처럼 읽혔다. 내가 아내를 보고 처음 매혹된 장면이 '그라디바'였고, 그녀가 나중에 '조에 베르트강'으로 밝혀지는 과정도 거의 같았다. 우리는 한동네에서 골목 하나를 가운데 두고 유소년 시절을 같이 보

* 위의 책들 같은 곳, 여기저기 참조.

냈다. 그리고 아내를 만날 때의 내 상태도 하놀트와 많이 흡사했다. 망상 속에서 하루하루를 보냈으며 여성 기피증을 앓고 있었다. 하나 더 보태자면(망상을 해보자면), 나중에 같이 살다가 보니 프로이트가 분석하고 있는 조에 베르트강의 부성(父性) 콤플렉스도 아내의 경우와 매우 흡사했다.

어쨌든 그라디바 아내와 살면서 내가 내린 결론은 간단했다. 모든 남편은 하놀트고 모든 아내는 조에 베르트강이다. 각자 정도의 차이는 있을지 모르겠으나 우리는 그렇게 온갖 분석과 해석이 필요한, 보기 좋게 불완전하게 만들어진 피조물이다. 그래서 '알면' 마음이 편해진다는 게 맞는 말인 것 같다.

말이 좀 길어졌다. 그러나 페넬로페와 그라디바를 빼먹고서는 이 세상 누구도 소설을 적을 수 없다는 내 생각을 양해해주시기 바란다. 그건 그렇고, 아내는 내 얍삽한 스타벅스론을 접하고 기분이 크게 업그레이드된 것이 분명 사실이었다. 그 무엇이, 자긍심이든 자만심이든, 여하간에 그녀에게는 있었다. 흥분이 가라앉기 전까지는, 아내의 경쟁자들에게 그녀는 다시없이 당당할 것이다. 스타벅스라는 공간 안의 모든 여자는 그녀의 경쟁자이고, 모든 남자는 그녀의 관찰 대상이다. 그러니까, 남녀노소를 불문하고 그녀는 스타벅스 안에 있는 모든 인간들에게 관심이 있다. 그녀는 나처럼 망상에 사로잡힌 하놀트가 아닌 것이다. 그녀는 그라디바다. 너희들, 이 공간의 의미를 알고나 있었니? 세상은 의미로, 너희들이 모르는 것들로 가득 차 있단다, 이 어린 것들아. 무지만큼 못난 것이 어디 있겠니? 인간은 결국 아는 자와 모르는 자로 나뉜단다. 모르는 것들은 죽을 때까지 모르는 게 바로 인생의 법칙인 것을, 불쌍코 불쌍한 중생들이여. 그녀는 그렇게 경쟁자들을 조롱할 것이다. 아내는 자신이 함부로 무시당하거나 외면당하는 것을 참지 못한다. 그게 또 나와는 다른 점이다. 나는 누가 나를 무시하면 그냥 차단해버리고 만다. 그러나 그녀는 반드시 보복을 한다. 자기 앞에서 상대가 무릎 꿇는 것을 기어이 보고야 만다. 이제 중년의 마지막 고개를 넘으면서 마지막 인정투쟁을 벌이고 있는 아내가 내게 이쁘기 그지없는 것도 바로 그 때문이다. 나는 할 수 없는 것을 그녀는 해낸다. 내게는 그게 참 보기가 좋다. 옷차림도 피부 관리도 지금 절정에 도달해 있다. 평생 본 아내 중 지금의 그녀가 가장 아름답다. 미당 서정주가 「국화 옆에서」에서 "내 누님같이 생긴 꽃"이라고 중년의 미를 상찬했다지만, 친일 논란과는 별개로, 요즘 들어 부쩍 그 말이 좋게 들린다. 그게 빈말이 아니라는 걸 알겠다. 물론 나만의 주관적 평가가 아니다. 주변의 평가도 대체로 그렇다. 아내는 오랜만에 보는 학창 시절의 동무들로부터 "몰라보겠다"라는 말을 자주 듣는다. 내가 직접 곁에서 들은 것만도 수차례 된다.

아내는 스타벅스를 요나의 고래 배 속으로 활용하고 있는 게 분명하다. 인생 제2막이 화려하게 열리고 있는 게 틀림없다. 참, 아내는 요나 이야기(여호와의 말을 안 듣고 제멋대로 뛰던 선지자 요나가 뱃사람들에 의해 바다로 던져지고 고래 배 속에서 사흘을 머문 후 그 열로 머리가 다 타버렸다는 이 야기)를 알고나 있을까?* 문득 든 의문이지만 확인할 필요는 전혀 없어 보인다. 향후에도 그런 '유 퀴즈 온 더 블록' 같은 퀴즈 행사는 절대 치르지 않을 것이다. 과유불급이라고, 방자하게 지식을 과시하는 건 때로 치명적인 자충수가 될 수도 있는 것이다. 그런 의미에서 스타벅스와 아내에 대한 이야기도 일단 이 정도에서 그쳐야겠다. 두 분야 모두에 대해 너무 많은 말을 했다. 잘 알지도 못하면서.

---

* '요나 콤플렉스'라는 말은 여러 가지 내포를 지닌다. '인간이 가지고 있는 모태 귀소본능을 일컫는 말'이라고도 하고, '자기실현을 가로막는 방해(방어)기제를 가리키는 말'이라고도 하며, '밀폐되고 아늑한 공간에서 모종의 내밀함을 몽상 케 하는 무의식적 심리 경향을 가리키는 말'이라고도 한다. 가장 일반적인 것은 두번째의 의미다.(네이버 지식백과 등 참조)

특곰탕

1

"에잇, 씨팔놈!"

나오는 대로 확 내뱉어버렸다. 요즘 들어서 욕이 많아졌다. 과거를 돌아다볼 일이 많아진 탓이다. 참을성도 많이 약해졌고. 어찌나 쩌렁쩌렁한 목소리였는지 내가 다 놀랄 지경이었다. 밖에서도 들었는지 급하게 꺾어 내 차 앞을 돌아나가던 오토바이 운전자가 힐끗 이쪽을 한번 쳐다봤다.

"이 씨—입쌔끼가!"

두번째 욕설은 입 안에서만 맴돌았다. 이미 오토바이는 멀리 꽁무니를 뺀 상태였다. 배달 라이더 자기들끼리 요령 있게 신호 어기는 법이 전수되고 있다고 하더만 이건 심마이(しん

まい、신참)인지 영 상도의가 없었다. 하기야 저들에게 무슨 죄가 있겠는가? 문제는 다 생활에 있지. 내 험하고 불쌍한 과 거들 또 무슨 죄가 있겠는가? 다 양반놈, 일본놈, 소련놈, 미국놈 탓이지. 다 그 씨팔놈들 때문이지. 우리끼리 욕하고 미워할 일이 아니지. 그렇게 솟구치는 화를 진정시킨다. 칼 융도 말하지 않았나, 좀 더 먼 곳에서 원인을 찾으라고.

백수가 되고 나서는 혼자 차를 몰고 나올 일이 아예 없어졌다. 출퇴근이 없어졌으니 혼자서 차 몰 일이 없었다. 차 몰 일은 아내의 시내 출장을 도울 때만 생겼다. 아내 옆에서는 기사의 체면을 지켜야 한다. 아내는 내 욕설을 견디지 못한다. 특히 차 안에서 하는 욕설에는 가차 없는 징계가 따른다.

"야! 욕 좀 하지 말라니까! 정말 싫다고!"

즉시 속구(위협구)가 들어오는데 그 공 끝이 엄청 사나워서 이쪽의 배트가 나갈 엄두가 안 생긴다. 거의 마구 수준이다.

아내가 못 참는 건 또 있다. 내 막된 일본어 사용 습관도 용서가 안 된다.

"국어 선생만 아니라도 내가 참는다. 좀 정도껏 해라. 애들이 들을까 봐 무섭다."

그렇지만 나는 샐러드보다 사라다가 정겹고 바지보다는 즈봉이 친근하고 재킷보다는 우와기나 가다마이가 더 쉽다. 오래전 젊은 시절에 처형네가 일본에 잠시 머물렀던 적이 있었다. 미국에 들어가기 전인데 얼마간 귀국해서 우리 집에 머문 적이 있었다. 하루는 처형이 내게 물었다.

"다이죠부다가 무슨 뜻인데 일본 사람들은 툭하면 다이죠
부다, 다이죠부다라고 말해요? 보니까 대장부(大丈夫)라는
말인 것 같던데."

마침 그때 박사과정 제2외국어로 일본어를 선택해서 공부
할 때라 바로 대답할 수 있었다.

"괜찮다는 뜻이죠. 염려 마라, 다 좋다, 건강하다 같은 말
을 그렇게 하는 것 같아요."

그렇게 대답을 하면서도 왜정 때 일본 유학까지 다녀왔다
는 장인어른은 자식들한테 일본말을 전혀 알려주지 않았단
말인가라는 의문이 들었다. 우리 부모님은 우리 앞에서는 아
주 좋거나 아주 나쁜 대화는 일본어로 소통했다. 아주 어릴
때 기억이라 대화 내용을 다시 불러올 수 없는 게 참 안타까
운 일이긴 하지만 그 어조나 그 표정이나 모두 아름답기 그지
없었다는 느낌은 지금도 아주 또렷하게 남아 있다. 나중에 대
학에 들어가 문학 공부를 하면서 시나 소설에 사용되는 언어
가 옛날의 그 부모님의 외국어 대화와 비슷한 느낌을 준다는
것을 알게 되었다. 내 몸 안에서 튀어나오는 말이 아니라 내
몸 밖 어디에서부터 날아 들어와 내 몸에 콱 박히는 말들, 분
명 가짜인데 진짜보다 더 진짜 같은 살가움, 그리움, 애달픔
같은 것이 그것들에는 있었다. 그렇다고 내 막된 일본어 사용
습관이 소싯적의 부모님들에 대한 오마주라는 건 절대 아니

다. 물론 패러디도 아니다. 만약 패러디라면 내 곤궁했던 청춘에 대한 패러디는 될 수 있겠다. 내가 가진 현실 자체에 대한 조롱의 의미는 충분히 발견할 수 있는 것이니까. 어쨌든 아내는 나의 그런 태도를 굉장히 싫어한다. 자기는 나한테 함부로 막 대하면서 내 입에서는 항상 교과서 언어만 나오기를 바란다. 그게 은근히 스트레스가 되고 있는 걸 요즘 많이 느끼던 차였다. 그런데 혼자서 차를 몰고 나와 마음대로 욕설을 퍼부으니 속이 시원해지는 거였다. 그래서 욕설 위에 일본어를 한마디 얹었다.

"다이죠부다!"

그랬다. 이만하면 괜찮은 편이다. 백수 생활도 이만하면 할 만하다. 요 며칠 극심하게 저압전류(低壓電流)가 흘렀다. 그럴 때는 조심을 해야 한다. 한때 전압 변화가 심할 때는 공황장애도 온 적이 있다. 공황발작은 딱 한 번 경험했는데 완전히 신세계였다. 몸과 마음이 혼연일체가 되어 사람을 마구 잡는데 그 경지를 말로 표현하기가 어렵다. 다행히 이십오륙 년 전에 한 번 오고 아직 다시 온 경우가 없다. 두 주나 끌던 기침감기가 좀 호전되면서 그쪽 사정도 진정되는 기미가 완연하다. 아내는 자기 점심 약속이 혹시 내게 안 좋은 신호가 될까 봐 신경이 쓰인다는 눈치였다. 그건 아내의 기우다. 이제 역병도 물러가고 아내의 친교 생활도 활발히 전개될 마당인데 백수 남편 혼자 두고 혼자 나가서 친구를 만난다고 쓸데없이 스트레스를 받아서야 되겠는가. 나에게도 다 복안이 있다. 이제 본격적으로 내 식도락을 한번 즐겨볼 심산이다. 아내와 나는 식성이 달라도 너무 다르다. 그래서 둘이 같이 외식을 하는 일이 늘 번거롭고 불편하다. 평균 서너 번은 서로 식당 이름을 주고받은 후에야 결정된다. 당연히 만족을 주는 경우는 극히 드물다. 아내에게는 고약한 버릇이 하나 있는데 내가 가자고 해서 들어간 식당에서는 꼭 밥투정, 반찬 투정을 한다는 것이다. 거의 예외가 없다. 밥이 어제 한 밥 같다는 둥, 김치가 너무 싱거워서 역겨운 냄새가 난다는 둥, 반찬이 너무 달다는 둥, 느끼해서 도저히 못 먹겠다는 둥, 밑반찬 이렇게 하면서 어떻게 식당 할 생각을 했는지 모르겠다는 둥, 그때그때 밥맛 떨어지게 하는 멘트를 내 앞에서 꼭 한마디씩은 한다. 평생 변치 않는 뒤끝 있는 성미다.

그래서 방침을 하나 정했다. 그동안 아내의 까탈스런 식성 때문에(도대체 칼국수, 김밥, 홍합밥, 된장찌개 빼고는 먹을 만한 음식이 없다) 하지 못한 '나의 애정하는 식당 순례'를 당당하게 순차적으로 실행으로 옮기기로 했다. 돼지국밥집(순대국밥), 냉면집(평양냉면), 한우곰탕집(특곰탕), 돈가스집(백종원 3대천왕), 만두전골집(황해도식 만두), 일본 가정식 백반집(덴카레우동), 동태탕집(알곤섞어탕), 동네 중국집(울면)이 그것들이다. 이 집들은 직장 생활을 할 때 동료들과 자주 찾던 집이거나 내가 혼자 식사할 때 한번씩 찾는 집들이다. 좋아하는 메뉴들을 갖춘 집들이지만 그동안 혼자서 식사할 기회가 별로 없어서 마음껏 찾지 못했던 집들이었다. 아내가 일주일에 두 번씩 단독 외출을 한다 해도 너끈하게 감당해낼 수 있는 진용이다.

오늘의 메뉴를 특곰탕으로 정한 이유는 두 가지다. 첫째는 날씨다. 어제는 비가 왔고 오늘은 줄곧 흐린 날씨다. 기분을 활짝 개게 할 뜨끈한 탕이 먹고 싶다. 둘째는 장소의 추억이다. 식당 주변이 어릴 때 살던 곳이다. 돌이켜보면 인생의 설계도가 그려지는 특정 시기가 있었다. 집으로 비유하자면 터를 잡고 향을 정하고 방들의 위치와 용도를 정하고 어떤 지붕을 얹을 것인가를 결정하는 인생의 시기가 있다. 그리고 살아가면서 결정적으로 인생 설계도가 수정되는 시기도 있다. 곰탕집은 내 최초 인생 설계도가 그려지던 무렵의 공간 한가운데에 자리 잡고 있다. 속된 말로 어린 시절 내 나와바리의 정중앙을 차지하고 있다. 심리적으로나 공간적으로나 다 그렇다. 그 옛날 집에서 학교로 가는 골목길에 있던 집이다. 지금은 돈을 벌어 널찍한 주차장을 갖추고 대로변으로 입구를 내고 있지만 옛날에는 내 통학로가 되던 골목길에 지붕이 내려앉을 모양새로 납작하게 엎드려 있던 초가집이었다. 초등학교 시절 나는 엄청난 공상꾼이었다. 혼자 있을 때는 단 한시도 공상을 멈추지 않았다. 아침을 먹고 가방 들고 신발을 신는 순간부터 내 공상 일과는 본격적으로 시작된다. 학교에서 내가 주로 하는 일은 선생님의 말씀을 한쪽 귀로 듣고 다른 쪽 귀로 흘리면서 어제 본 만화의 한 장면에다 나를 집어넣고 마음껏 공상의 나래를 펼치는 일이었다. 공상이 멈출 때는 집에 돌아와 아이들과 딱지치기를 하거나 구슬 따먹기를 할 때뿐이었다. 골목길 곰탕집은 내 본격적인 공상 일과가 시작되고 마감되는 지점에 있었다.

"우와— 전혀 바깥출입은 안 하는 모양이네요. 차가 왜 이렇게 번쩍번쩍하지?"

입구 쪽에 마련된 주차 라인에 차를 갖다 대고 차에서 내리는데 문 앞에 서 있던 곰탕집 사장이 그렇게 인사를 한다.

"번쩍거릴 차가 아닌데?"

그렇게 대꾸하고 차를 보니 아니나 다를까 좀 번쩍거렸다. 얼마 전에 세차를 한 덕이긴 했지만 내가 중고시장에서 이 차를 고른 것도 유난히 가격이 싼 점과 유난히 광택이 잘 잡혀 있는 점이 마음에 들어서였다. 연식은 좀 되었지만 수년 동안 우리 식구들을 잘 태우고 다닌 든든한 애마였다. 그래도 사장의 말에는 약간의 허세가 있었다. 아마 너무 오랜만에 와서 그렇게라도 반가운 척을 해야 했던 모양이었다. 아직 시간이 일러서인지 자리가 많이 비어 있었다.

"특곰탕 하나!"

사장이 알아서 주문을 넣었다. 초등학교 십 년 후배쯤 된다고 들었다. 몇 년 전에 어른이 돌아가시고 이제 혼자서 영업을 한다. 오랜만에 메뉴판 쪽으로 시선을 옮겼다. 최근에 가격이 인상되어 새로 만든 것인데 그동안은 한 번도 그쪽으로 눈을 돌린 적이 없었다. 그냥 달라는 대로 카드로 계산하고 나오기만 했다. 위에서 아래로 훑었다. 곰탕 12,000원, 특곰탕 14,000원, 양탕 12,000원, 특양탕 14,000원, 우족탕 15,000원, 혓바닥구이 50,000원이었다. 내가 이 식당을 애용하기 시작했을 때의 출발 가격은 8,000원이었다. 곰탕 8,000원, 특곰탕 10,000원, 우족탕 12,000원 식이었다. 물론 그전에는 6,000원 했던 것으로 기억이 된다. 옛날 집에서 할 때였다. 삼십 년 동안 한 푼도 오르지 않은 것은 공깃밥 1,000원뿐이다. 그때는 우연히 한번 들렀었다. 자주 오지는 않았다. 근처에 있는 얼큰 육개장 집인 '옛날국밥집'을 더 자주 갔다. 나중에 대구 맛집으로 소문이 나고 자체 주차장이 확보되면서 애용하기 시작했다. 어릴 적 생각이 많이 나기 시작한 때도 그 무렵이었던 것 같다.

특곰탕의 내용도 약간의 변화가 있었다. 처음에는 양탕이 따로 없었고 곰탕에 양이 듬뿍 들어간 것이 특곰탕이었다. 양탕은 소 내장국이다. 소의 위장 네 개 중 첫째, 둘째 위장을 양이라고 한다. 그러다가 요즘은 수육을 중심으로 머릿고기와 양을 조금씩 가미한 것으로 바뀌었다. 지금 것이 내 기호엔 맞는다. 옛날 방식이었을 때는 주로 곰탕만 시켜 먹었다. 가끔씩 우족탕도 시켜 먹기도 했는데 나이가 들어 씹고 넘기는 속도가 따라주지 못해서 우족은 포기해야 했다. 조금 먹는 시간이 지체되면 식어서 입에 쩍쩍 달라붙었다.

"한 바퀴 돌고 올게요."

대충 한 그릇 비우고 그렇게 말하며 식당 문을 나섰다. 동네 산책을 하고 올 테니 그동안 차를 좀 대겠다고 사장에게 양해를 구했다. 처음도 아니어서 사장은 아예 쳐다보지도 않았다. 가게 옆으로 난 골목길(내 옛 통학로)을 따라 뒤편의 옛집 주거지역으로 들어섰다. 가운데 좀 넓은 골목을 두고 양쪽으로 집들이 도열해 있는 곳이다.

이쪽 달성토성 앞 동네는 육십 년 가까이 그대로다. 골목 안에 새로 몇 채의 신축 건물들이 들어서긴 했지만 전체적인 윤곽이나 분위기는 옛날 그대로다. 오히려 쇠락한 만큼 더 을씨년스럽다. 특히 옛 여중고 건물과 도랑 하나 간격으로 좁은 골목을 사이에 둔 공업사 넓은 터는 낮에도 귀신이 튀어나올 것 같은 폐허 느낌이다. 마치 영화 세트 같다. 저렇게 육십 년을 그대로(정말 그대로!) 보존하기도 어려울 텐데 도대체 이 땅의 소유 관계가 어떻게 되어 있는지가 궁금했다. 보통은 소유 권리자들이 아주 많거나 소수라도 서로 간 합의가 잘되지 않을 때 저런 경우가 자주 발생한다. 먹고사는 것도 아쉬울 바가 없는데 굳이 지분을 나누어 푼돈을 만들 필요가 있겠느냐는 생각도 있을 수 있고, 아니면 그 땅을 사서 달리 써먹을 곳이 없어서일 수도 있다. 원하는 가격에 매수자가 나오지 않는 것이다. 어쨌든 내게는 호조건이다. 그 언저리에서 얼씬거리다 보면 옛날 생각이 절로 샘솟는다. 학교 오가는 길에 그 좁아터진 여학교 옆 골목길 입구에 있는 구멍가게에서 눈깔사탕 군것질을 하던 생각도 나고 골목길 바닥의 그 울퉁불퉁한 바닥(하수도 위를 콘크리트 덮개로 덮어놓은 길이다)을 짐자전거로 쿵쾅거리며 사정없이 치면서 달리던 생각도 나고 길바닥에 무슨 도형을 그려놓고 손에 흙을 묻히면서 아이들과 구슬 따먹기에 전념하던 생각도 난다.

이곳이 내게 각별한 것은 그런 자질구레한 기억의 보고이기 때문만은 아니다. 그것보다는 이곳이 내 '상처적 체질'*의 유발지가 되는 곳이기에 더 그렇다. 쉽게 말해서 여기에서처럼 내가 행복하게 살아본 기억을 그 앞이나 뒤에서 찾기가 어렵다는 것이다. 그러니까 내 병적 장소애의 첫 대상이 되는 곳이 바로 여기라는 것이다. 자의 반 타의 반으로 이곳이 내 '잃어버린 낙원'이 되어버린 것이다. 아내와는 정반대의 '장소의 추억'이다. 같은 공간, 같은 시간인데 누구에게는 '나 돌아갈래!'의 대상이 되고 누구에게는 '그쪽으로는 오줌도 안 눈다!'의 대상이 된다는 게 참 재미있는 현상이다.

이 골목을 떠난 그날부터 내 인생 역정은 파란만장의 그것으로 점철된다. 어린 나이에 부모의 보호를 받지 못하고 세계

---

* 류근 시인의 시집(문학과지성사, 2018) 제목이다.

의 비참을 온몸으로 겪는다. 대책 없는 가난에 속수무책으로 노출되고 사별과 이별으로 가족은 뿔뿔이 흩어지고 온갖 굴욕감과 모멸감은 다 맛보며 살아야 했다. 열두어 살 무렵, 한창 자아가 생성될 즈음에 너무 강한 외침(外侵)을 당해서 완전 너덜너덜해진 에고를 간신히 수습해서 살아남아야 했다. 그 기간이 정확하게 십이 년이다. 중학교에 들어가서 대학원을 졸업하고 군에 입대할 때까지의 시간이나.

마치 네키야(태양의 밤바다 여행) 같았던 십이 년을 보내고 다시 육지로 올라온 곳도 이 골목이었다는 것이 또 재미있는 일이다. 내가 자립해서 직장을 가지고 한 가정을 꾸리게 된 것도 역시 이 골목 출신인 아내를 만나서 가능했기 때문이다. 나는 얼마 되지 않은 책과 세간살이를 아내에게 맡기고 군대에 입대했다. 그리고 제대로 된 소설 공부도 그때부터 할 수 있게 되었다. 누구의 소설 제목처럼 '잃어버린 시간을 찾아서'라는 내 평생의 문학 주제를 여기서 만날 수 있었던 것이다.

결혼을 결심하고 나와 만나면서 우리 집 사정을 알게 된 아내가 그때 내게 했던 말이 생각난다.

"아무리 없다 없다 캐도 이리 없을 수가 있나? 참 기가 막히네."

결혼을 하려는데 아무리 털어도 돈 한 푼이 안 나오자 아내는 그렇게 말하며 혀를 내둘렀다. 아내는 어릴 때 아버지 심부름으로 우리 집(아버지 가게)에도 한 번 왔던 경험이 있다고 한다(나는 아내를 본 기억이 없다). 그때는 멀쩡했는데 그 이후의 인생 질곡에 대해서는 전혀 상상이 안 된다는 것이다. 그럴 것이다. 나도 막상 그렇게 살게 되기 전에는 그런 삶이 있다는 것을 전혀 생각할 수도 없었으니까.

이 골목에서의 오륙 년 동안의 삶이 왜 나에게 낙원적 인생 경험으로 각인 혹은 미화되고, 부활한 것인지 그 원인을 한 번 되짚어본 적이 있다. 이런저런 생각이 오고 갔지만 아무래도 첫째 원인은 온전히 보호받을 수 있는 삶에 대한 애착이나 희구가 아닌가 싶다. 온전한 부모, 온전한 형제, 온전한 가업으로부터 한 점 구김살 없는 생활을 보장받을 수 있었던 때가 바로 그 시기였다. 물론 그 시절에도 빈부의 차이는 있었다. 그 골목에서도 자가용을 타고 다니던 아이도 있었고 TV가 있는 집이 있었고 각 가정에 수도가 보급되기 전에는 '수돗집'이라는 곳이 있었다. 그러나 그것들은 모두 '정도의 차이'에 속할 뿐 '종류의 차이'까지는 되지 못했다. 먹고 입는 것에는 약간의 다름이 있었지만 그것이 큰 부러움의 대상이 되는 것도 아니었다. 아이들에게는 특히 더 그랬다. 그런 것보다는 '누가 더 공부를 잘하느냐?'가 초미의 관심사였다. 우리 집 뒷집은 제법 큰 얼음 공장을 하는 부잣집이었는데 그 집 둘째 딸이 나와 같은 학년이었다. 하루는 그 집 어머니가 "아이들 과외를 같이 시키면 어떻겠냐?"라고 제안을 해왔다. 그 아이는 그 몇 년 전 개교한 모 대학 부속학교에 다니고 있었는데 학교까지 거리가 멀어 아버지 차로 통학을 하고 있었다. 어머니는 그 제안을 정중히 거절했다. "집 사정이 아이들 과외공부 시킬 형편이 안 된다"라는 게 어머니의 대답이었다. 그러나 내게 들려준 거절 사유는 좀 달랐다.

"공부 못하는 애 하고는 같이 공부 배우는 게 아니지 않니?"

자식힌데 돈 없어서 과외 시키지 못한다는 말은 죽어도 하기 싫었던 모양이었다. 나는 그 집 아이에게 호기심이 좀 있어 같이 했으면 하는 마음이 강했다. 그 아이는 이목구비가 시원시원했고 성격도 활달했다. 공부 못한다는 말은 한 번도 들어본 적이 없었다. 그래도 어린 마음에는 어머니의 그런 악담이 오직 자식의 긍지를 높여주려는 모성애의 발로로만 느껴졌다. 지금도 불가사의한 것이 그렇게 '악담 전문가'였던 어머니가 아버지에게는 언제나 무척 관대하고 다정스럽게 대했다는 것이다. 내 기억에는 두 분이 언성을 높여서 싸운 적이 단 한 번도 없었다. 어머니가 아버지에게 싫은 소리를 하는 것을 한 번도 본 적이 없었다. 두 사람 사이의 애정과 믿음이 보통 이상이었다. 그 당시에는 몰랐는데 내가 결혼을 하고 무차별적으로 아내의 투정과 빈정에 노출되면서 그분들의 부부 금슬이 보통이 아니었음을 비로소 알게 되었다. 그러나 두 분의 부부애정을 확신하면서도 또 한편으로는 내게 한번씩 들려주던 어머니의 어린 시절 추억이 무언가 '목엣가시'처럼 내 기억을 콕콕 찌르곤 했다.

　"어머니(외할머니)가 봉산까지 가서 니 아버지를 보고 왔
는데 동구 밖까지 배웅을 나오는 니 아버지 손목시계가 거꾸
로 돌아가 있더라는 거 아니갔니. 그걸 보면서 남자가 손목
이 그렇게 얇아서 어디에 쓰갔나라는 생각이 들었다고 하더
라. 저런 손모가지로 처자식을 어떻게 먹여 살릴 수 있을꼬라
는 걱정이 들면서 마음이 개운치가 않았다고 하더라. 그 말이
틀린 게 하나 없다. 사람이 배포가 없으면 몸이라도 튼튼해야
하는데 니 아버지는……"

　그러면서 한동네에 살던 신체 건장했던 '물 길어주던 총각'
이야기도 슬쩍 덧붙였다. 누가 시키거나 부탁하지도 않았는
데 매일같이 자작 물을 길어다 주곤 하던 동네 총각이 있었다
는 것이다. 서로 내외하긴 했지만 그 총각이 어머니를 좋아하
는 마음이 보통이 넘었는데 그쪽 집이 가세가 좀 빈약했는지
당사자가 공부가 없었는지 애초에 결혼 대상에서 제외되었다
는 게 어머니의 전언이었다. 물론 아버지 몰래 어린 나와만
나누던 대화 내용이었다.

　외할아버지는 해주에서 황해도청 기수(技手, 기술직 사무
관)로 독신 생활을 하다가 운 나쁘게 매독에 걸려 일찍 세상
을 뜨고(그 사실이 신문에까지 나서 온 세상 사람들이 다 알
게 되었다 한다) 외할머니 혼자서 어머니와 외삼촌을 길렀다

고 했다. 사리원에 살았지만 어머니의 성씨인 수안(遂安) 이씨 집성촌이 봉산에 있어서 그쪽에 친척이 많아 아버지와 연이 닿았다. 그동안 부모님들께 전해 들은 것들을 종합해보면 어머니 쪽은 '공부 잘하는 집안'이었고(그 대표 주자가 외할아버지와 외할아버지가 공부시킨 판사 할아버지다) 아버지 쪽은 '돈 많은 집안'이었다. 그리 큰 부자는 아니었지만 아버지의 조부와 부친이 축재에 수완이 있어서 제법 넓은 토지를 가지고 있었다고 했다. 아버지 쪽에서는 인천상업을 나온 아버지가 가장 고학력자였다. 그쪽 사람들에게 아버지는 '도련님'이었다. 할아버지와 아버지는 불과 17세 차이였다. 형 같은 아버지였다. 할아버지의 성격은 아버지와는 정반대로 공격적이고 다혈질인, 뒤끝 작렬하는, 전형적인 서북인 스타일이었다.

할아버지는 친일파였던 것 같다. 인천상업에 다니는 아버지가 방학을 맞이해서 고향에 돌아오면 읍내 주재소에 데려가서 일본 순사들에게 학교에서 배운 대로 군대식 인사를 하도록 시켰다. 아버지는 그런 과거를 아들에게 전하면서 그 어떤 이데올로기적 관점도 취하지 않았다. 할아버지와 관련된 이야기를 할 때는 늘 그랬다. 가령 "일하지 않는 자는 먹지도 말라!"와 같은 노동당 구호 같은 말을 내게 할 때와는 표정과 어조가 전혀 달랐다. 그런 말을 할 때는 완연히 사람은 착하게 살아야 하고 사회 정의는 반드시 구현되어야 한다는 쪽으로 표정이 밝게 나왔다. 조금 들떠 있다는 느낌마저 주었다. 그러나 할아버지 이야기를 할 때면 얼굴이 차분하게 바뀐다. 냉정하고 객관적인 표정이 나온다. 친일 반동 지주였던 할아버지가 왜 이남으로 내려오지 않고 아버지 식구만 이남으로 내려보냈는지 한참 동안 그 의문이 풀리지 않았다. 그때 할아버지 나이가 사십대 중반에 불과했기 때문에 더 그랬다. 요즘 들어서 그럴 수도 있었겠다는 생각이 한번씩 든다. 전쟁의 승리를 자신했거나 남은 인생을 포기했거나 그동안 자신이 이룬 것들을 모두 그 자리에서 다시 찾고 싶었거나, 아니면 그 모든 것들의 총합이었거나가 아닌가 싶다.

짐작이지만 아버지는 엄하고 자식에 대한 기대가 컸던 젊은 할아버지의 슬하에서 자라면서 어항 속의 물고기와 같은 성장기를 보냈던 것 같다. 해방이 되고 격변의 시기가 닥치자 아버지의 어항은 산산조각이 나고 말았다. 결혼해서는 어머니(어머니의 인척들)가 임시 어항 역할을 잠시 하기는 했으나 그나마 의지가 되던 어머니마저 잃게 되자 아버지는 삶의 지향을 완전히 상실했다. 외할머니의 초대면 걱정대로 식솔들을 뿔뿔이 흩어지게 만든 비운의, 허울뿐인 허수아비 가장이 되고 말았다. 어린 나의 입장에서는 우리가 애써 이룬 이 달성토성 앞에서의 온전하고 안락한 삶을 포기하고(형의 말대로 빚잔치라도 해서 좀 더 버텨보지 못하고) 마산행 남행 열차를 타게 된 것이 그 파국의 시발점이었다.

어쨌든 아침마다 한우곰탕집의 구수한 국 냄새를 맡으며 초등학교를 다니던 그 시절은 내게 온전한 부모의 보살핌이 존재했던 행복한 시기였다. 학교에서도 반장(회장이라 불렀다)이나 부반장을 하면서 큰 결핍감 없이 생활했다. 공부도 반에서 5등 안에는 들 정도로 곧잘 했다. 6학년 때는 1등도 한 번 한 적이 있었다(6학년 때는 거의 매일 석차를 매겼다). 한번은, 4학년 때인지 5학년 때인지, 청소 당번이어서 교실 마루에 초를 칠하고 걸레로 열심히 문지르고 있는 중이었는데 급우 두어 명이 내게로 와서 이렇게 말했다.

"어이, 천재! 선생님이 너 천재라 카더라."

며칠 전에 아이큐 검사를 했는데 그 결과를 두고 담임선생님이 과외를 받는 아이들에게 그런 이야기를 했던 모양이었다. 아마 교내 톱이었다는 것 같았다. 그때는 무슨 소린가 싶었다. 그때까지 나는 스스로 늘 2퍼센트 부족한 아이라고 생각했다. 그렇게까지 머리가 좋다는 말을 들어본 적은 한 번도 없었다. 오히려 '민하다(미련하다)', '애늙은이 같다', '천하태평이다'라는 말을 자주 들었다. '민하다'는 아버지에게서, '애늙은이'는 어머니에게서, '천하태평'은 형에게서 자주 듣던 말이다. 집에서나 학교에서나 나는 모든 면에서 두각을 나타냈던 형과는 아주 차이가 많이 나는 '민한' 아이였다. 밖에서는 줄곧 '누구의 동생'으로만 불렸고 나 스스로도 불만 없이 그렇게 내 정체성 서사를 써나가는 중이었다.

온전하고 탄탄한 울타리가 되어주던 부모가 있고 '누구의 동생'이라는 호칭을 안겨준 형이 있는 세상은 내게는 작은 하나의 왕국이었다. 외침(外侵)이라고는 꿈도 꿀 수 없는 행복한 나라였다. 토성은 내게 그런 장소였다.

2

혼자서 밥 먹으러 나와서 이것저것 생각하다 보니 아주 옛날 어머니와 함께 갔던 냉면집 생각이 난다. 내가 학교에 들기 한참 전 일이니 어머니가 삼십대 중반쯤의 나이였을 것이다. 앞뒤 시퀀스(사건 진행 순서)는 전혀 기억에 없다. 시내로 차를 타고 나갔지 싶다(그것마저도 희미하다). 대구역 쪽 시가지였는데 번잡한 시장이 있고 그 안에 극장이 있었다. 그리고 그 옆에 냉면집이 있었다. 어머니는 가게 앞을 한참이나 서성이다가 용기를 내어 안으로 들어갔다. 자리에 앉아서 냉면을 한 그릇 시켰다. 어린 내가 봐도 가게 앞에서 망설이던 어머니의 모습이 좀 안쓰러웠다. 냉면이 나오자 먼저 국물을 한 모금 마시고는 한 젓가락을 떠서 내게 먹였다. 입안 가득히 무언가가 들어오긴 했는데 무슨 맛이었는지 전혀 기억에 없다. 다만 그때 어머니가 한 말은 기억한다.

"이 집이 참 냉면을 잘한다."

그러면서 국물까지 깔끔하게 다 비워냈다. 그리고는 무언가 아득한 표정을 잠시 지은 뒤 내 손목을 끌어당기며 자리에서 일어섰다. 이 기억은 내가 어머니와 함께했던 몇 장의 추억의 그림 중에서 가장 앞자리에 놓이는 것들 중의 하나다. 먹는 것 삼총사라고도 할 수 있는 그 시원적 장면에 등장하는 먹기리는 팥앙금, 산도(샌드 과자), 냉면이다. 팥앙금과 산도 이야기는 앞에서 했다. 냉면 이야기는 이번이 처음이다. 나이 들어서 이십 년 넘게 자주 들르는 냉면집이 있다. 주방장 사정이 생길 때마다(이북 출신 원 창업자에게서 양도받은 집이다) 냉면 맛이 왔다 갔다 해서 좀 믿음이 덜 가긴 하지만 그런 대로 만족스런 냉면 맛을 보여주고 있다. 처음 누군가의 손에 이끌려 이 집에 갔을 때 첫 젓가락질에 내 입에 들어온 그 메밀 맛을 아직도 잊지 못한다. 공연히 눈물까지 핑 돌았다. 아주 담백하고 잡티 없고 슴슴한 맛이었다. 왜 그 맛이 그렇게 정동적(情動的)이었는지가 종내 의문이다. 그런 경험은 난생 처음이었던 것이다. 결국 '먹거리 삼총사'로 퉁을 칠 수밖에 없었다. 내 의식은 기억하지 못하지만 무의식은 또렷이 기억하는 어릴 적의 원체험으로 인정하기로 했다. 예고도 없이(그때까지 그런 맛을 한 번도 보지 못했으니) 그 슴슴하고 밍밍 쌉쌀한 맛이 (한입 가득 들어차면서) 내 무의식을 급습한 것이다. 그럴 때 누선이 자극을 받는 건 당연한 일이다.

옛날 냉면집에서의 음식평을 제외하면 어머니가 어떤 음식을 먹고 이런저런 평가를 내리는 일이라곤 없었다. 내 기억에는 그렇다. 어머니는 아예 음식 같은 것에는 전혀 관심이 없는 사람처럼 한평생을 살았다. 어린 나의 팔뚝 힘을 빌려서(맷돌을 갈아야 했다) 빈대떡 장사를 할 때도(삼일천하로 끝났다) 본인 작품을 두고 이렇다 저렇다 말한 적이 없다. 생각해보니 음식평은 아니지만 먹거리와 관련한 '한 말씀'이 하나 있기는 하다. 어머니가 세상을 버리기 몇 달 전이었다. 추운 겨울날이었다. 하루는 학교에 갔다 와서 어머니가 누워 계신 골방으로 들어가 이불 밑에 손을 넣고 손을 녹이고 있었는데 갑자기 어머니가 내게 맛있게 구운 갈치 이야기를 꺼냈다.

"조근놈, 큰 갈치 한 토막 노릇하게 잘 구워서 먹고 싶네, 언제 한번 먹자―"

그렇게 말하고 눈을 지그시 감았다. 그때는, 뜬금없이 웬 갈치? 하는 생각밖에 들지 않았다. 아버지가 돌아오시면 말씀드리면 될 것을 왜 지금 내게 하는 거지? 하는 생각도 했을 것이다. 그런데 시간이 지날수록 그 말이 계속 내 귀 언저리를 맴돌기 시작했다. 결국 그 말이 어머니가 내게 남긴 유언이 되었다. 그날 이후로 나는 어머니 방 출입이 금지되었다. 어머니의 강력한 요청이 있었다고 아버지가 전했다. 어떻게든 들어가보려고 애를 썼지만 끝내 어머니는 봉금령(封禁令)을 풀어주지 않았다. 겉으로 내세운 말은 "방에서 안 좋은 냄새가 너무 나니 조근놈은 들어오지 말아라"였지만 분명 어린

아들을 그렇게 불쌍한 처지에 두고 혼자 떠나야 한다는 게 너무 슬프고 아팠기 때문이었을 것이라고 여긴다. 나도 병석에서 피골이 상접한 어머니를 볼 때마다 가슴이 먹먹하곤 했는데 어머닌 오죽했겠나, 그런 생각이 든다.

　요즘은 어느 집이나 집 안에 비린내 배는 것을 싫어해서 갈치나 고등어를 잘 구워 먹지 않는다. 우리 집도 요즘 들어 거의 생선구이는 사절이다. 고마운 제자 한 사람이 있어 한번씩 제주산 생선을 보내줄 때가 있는데 그때만 생선 반찬을 해 먹는다. 구워 먹기도 하고 지져 먹기도 한다. 내가 지금까지 아내에게 말하지 않은 게 어머니의 이 갈치 유언이다. 내게 갈치 트라우마가 있다는 것을 밝히기 싫어서다(무슨 트라우마가 그렇게 많냐고 핀잔을 줄 것 같아서다). 그리고 어쩌다 선물이 들어와 갈치를 한번 구워주면 아주 맛있게 조금만 먹는다. 어른 손바닥만 한 크고 통통한 제주 갈치는 정말 맛있다. 그렇지만 늘 자제를 한다. 한쪽 면만 깨지락거리다 만다. 더 먹고 싶어도 참는다. 나머지는 다 아내 차지다. 아내는 여태 내가 갈치보다, 앞뒤 다 발라 먹는 고등어를 더 좋아하는 줄 안다.

3

소설은 본디 양성애자다. 어울릴 수 없는 것들을 동시에 좋아한다. 이를테면, 역사와 전기(傳奇)를 동시에 좋아하고 낭만적 허위와 소설적 진실을 병립시키려고 애를 쓴다. 역사적 사실을 전할 때에도 전기적 포즈를 취하고 망상을 마치 사실처럼 과장하거나 왜곡한다. 소설 속에서는 보통 사람으로는 감당하기 힘든 생각과 행동이 예사로 서술되고, 현실에서는 불가능한 승자와 패자의 역전이 언제든 가능하다. 현실의 승자가 소설 속에서는 비루하고 비참한 신세가 되기도 하고 당연한 역사적 필연이 한갓 개인사적인 우연의 소치로 설명되기도 한다. 그런 것들을 보기 위해서 우정 만든 것이 소설이다. 모름지기 소설은 현실을 떠나, 현실을 전복하고, 현실을 조롱하는 힘을 가져야 제대로 예술로 대접을 받는다.

……그 여름, 나를 찾아온 그의 전화를 받았을 때 나는 아이에게 젖을 먹이고 있었다. 허둥대는 어미의 기색을 본능적으로 느낀 아이는 필사적으로 젖꼭지를 물고 놓지 않았다. 진저리를 치며 물어뜯었다. 이가 돋기 시작한 아이의 무는 힘은 무서웠다. 아앗, 나도 모르게 비명을 지르며 아이의 뺨을 후려쳤다. 불에 덴 듯 울어대는 아이를 떼어놓자 젖꼭지 잘려 나간 듯한 아픔과 함께 피가 흘러내렸다. 아이의 입에도 피가 묻어 있었다. 브래지어

속에 거즈를 넣어 흐르는 피를 막으며 나는 절박한 불안에 우는 아이를 이웃집에 맡기고 그에게 달려갔다. 그와 함께 강을 건너 깊은 계곡을 타고 오래된 절을 찾아갔다.

여름 한낮, 천년의 세월로 퇴락한 절 마당에는 영산홍꽃들이 만개해 있었다. 영산홍 붉은빛은 지옥까지 가닿는다고, 꽃빛에 눈부셔하며 그가 말했다. 지옥까지 가겠노라고, 빛과 소리와 어둠의 끝까지 가보겠노라고 나는 마음속으로 대답했을 것이다. (······)

나는 더러운 간이화장실에서 오줌을 누고 브래지어 속을 열어보았다. 피와 젖이 엉겨 달라붙은 거즈를 들추자 날카롭게 박힌 두 개의 잇자국이 선명했다. 나는 돌연 메스꺼움을 느끼며 헛구역질하는 시늉을 하였다.[*]

아주 어려서부터 내 안에는 메마른 옛 우물 속에 사는 물 도깨비가 한 마리가 있다. 아마 지금도 내 눈을 피해 어두운 저 우물 아래에서 숨어 지내고 있을 것이다. 언제 악을 쓰며 다시 나타날지 모른다. "왜 나를 버리고 딴 사람을 만나러 갔는가?" 마른 옛 우물에 사는 물 도깨비는 늘 그렇게 트집을 잡는다. 그럴 때는 고통이 육체로 전이된다. 한번씩 턱관절이 아프다가 서서히 통증이 안면 상단부로 올라온다. 심할 때는

[*] 오정희, 「옛 우물」, 『저녁의 게임 외』, 한국소설문학대계 61, 동아출판사, 1995, 490~492쪽.

귓구멍 언저리까지 아프다. 최악일 때는 오른쪽 두부(頭部) 전체로 통증이 확산되기도 한다.

"소염제라도 좀 사 먹지?" 속 모르는 아내는 그럴 때마다 그렇게 말을 건넨다. 약으로 해결될 문제가 아니라는 걸 그녀는 모른다. 오정희 소설 「옛 우물」을 처음 봤을 때 나는 돌연 메스꺼움을 느끼며 헛구역질을 해댔다. 기억도 나지 않는 그 언젠가 엄마의 젖무덤에 내 잇자국을 선명하게 남겼던 일이 떠올랐던 것이다. 오랜만에 나타난 물 도깨비가 왜 그런 소설을 읽어 자기를 못살게 구느냐고 발버둥을 쳐댔다.

앞에서도 말했지만, 기억의 불순물들이 준동한다는 것을 먼저 아는 것은 내 몸이다. 나도 모르는 사이에 신체의 각 기관들이 스트레스를 받는다. 긴장이 찾아오고, 소화가 안 되고, 여기저기 근육이 뭉치고, 신경이 곤두선다. 그럴 때마다 "제발 그냥 나를 좀 내버려두라!"고 외치고 싶으면서도, 이율배반적으로 그 고통을 조금씩 음미하고 싶은 충동이 샘솟는다. 소설을 쓰고, 심리학책을 몇 권 읽은 뒤부터 더 그렇다. 심지어 밖으로 전파해서 남과 고루 나누고 싶은 마음까지 든다. 누군가 그것을 보고 헛구역질이라도 해주었으면 고맙겠다는 용심(用心)마저 든다. 그래야 내 고통이 밖으로 옮겨져서 감쪽같이 사라질 것이라는 엉뚱한 욕심이 드는 것이다. 그러나 고통은 떠도는 원귀처럼 그냥 떠돌 뿐 어디로 사라지는 것이 아니다. 자기가 내려앉고 싶은 곳 아무 데나 내려앉는다. 물 마른 옛 우물이 사라지지 않는 한 절대 물 도깨비는 사라지지 않는다.

아버지는 제주도에 정주한 지 삼 년 되는 해에 제주를 뜰 계획을 실행에 옮겼다. 휴전이 이루어진 직후였다. 아마 그 무렵에 뭍으로 올라간 집들이 꽤 있었던 모양이었다. 아버지는 간단한 짐을 챙겨 어머니와 형을 두고 혈혈단신으로 서울로 향했다. 자세한 이야기는 듣지 못했지만 서울과 인천을 오가며 여러 가지 모색을 해본 것으로 안다. 그러다가 갑자기 어머니와의 연락을 끊고 잠적을 해버렸다. 해를 넘기도록 소식 없는 지아비가 어머니로서는 참 대책 없고 불안한 존재였다. 전쟁은 모든 것을 가볍게 만들고 정상과 비정상의 경계를 몽땅 지워버린다. 가장 먼저 파괴하는 것이 윤리다. 젊은 아낙 혼자서 어린아이와 함께 제주도에서 일 년 이 년씩 버티는 것도 여간 힘든 일이 아니었다. 전쟁의 와중에서 견디기 힘든 비극을 겪어야 했던 젊은 부부의 속사정을 지금 이 시점에서 쉽게 짐작할 수는 없는 일이다. 아버지와 어머니가 어떤 종류의 애증을 서로 나누고 있었는지 태어나지도 않았던 나로서는 짐작하기조차 어려운 일이다.

도저히 그대로 있을 수 없었던 어머니는 형을 주인집 할머니에게 맡기고 어렵게 뭍에 올랐다. 우선 인천으로 가서 수소문해보았지만 몇 사람 얼굴이 익은 동향 사람 누구도 아버지의 행방을 아는 이가 없었다. 인천에서는 아버지를 본 적이 없다는 거였다. 서울로 가야 하나 생각했지만 그때만 해도 피난민들은 모두 빈털터리 신세였기에 누구 하나 선뜻 도와주겠다고 나서는 사람이 없었다. 여비도 식비도 제대로 챙길 수 없었던 형편에 당장 날이 저물어가는데 잠자리 마련하는 일도 큰일이었다. 물어물어 발품을 팔면서 혹시 가까운 친지라도 만날 수 없을까 전전긍긍하고 있었는데 길에서 한 남자가 어머니의 소매를 붙들었다. 놀라서 얼굴을 보니 봉산할아버지였다. 봉산할아버지는 할아버지의 이복동생, 아버지의 삼촌이었지만 장조카와 나이가 같아서 두 사람은 친구처럼 지냈다. 할아버지는 장자인 아버지에게는 온갖 지극정성을 다했지만 배다른 막냇동생에게는 냉대로 일관했다. 봉산할아버지는 겨우 글자만 깨칠 정도의 교육만 받았고 집안의 허드렛일을 도맡아 처리해야 했다. 장가도 제때 가지 못해서 그때까지 노총각 신세였다. 이북에 그냥 있다가는 목숨을 부지하기 힘들 것 같아서 혼자서 이남으로 내려왔다고 했다. 양키 시장을 드나들며 날품팔이를 하면서 근근이 호구를 잇고 있었다.

"아침에 일어나서 방 밖으로 나섰는데 이 사람 저 사람 쳐다보는 눈길이 참 얄궂더라. 대놓고 각시냐고 묻는 할마이도 있었고."

봉산할아버지의 거처인 닭장 같은 하꼬방에서 하룻밤을 뜬눈으로 지내고 아침을 맞이했는데 다닥다닥 붙어 있는 방에서 나온 사람들이 하나같이 다 두 사람을 신랑 각시로 취급을 해서 무안하기 짝이 없었다는 게 어머니의 말이었다. 봉산할 아버지도 난감하기는 마찬가지였다. "내 조카며느리요!"라고 말하는 게 더 어려웠다. 그냥 묵묵히 입을 닫고 있을 수밖에 없었다.

"서울에 동향 사람들이 많이 드나드는 데가 있다고 들은 적은 있지만 한 번도 가본 일이 없어서……"

그렇게 자신 없는 말을 하면서도 그냥 있을 수 없었던 봉산 할아버지는 자기도 처음 가보는 덕수궁 언저리로 어머니를 데려갔다. 그곳에서 이리저리 수소문을 해서 아버지를 봤다는 사람을 찾을 수가 있었다. 그 사람의 안내를 받아서 정동 영국대사관에 가서 아버지를 기다렸다. 거기서 저녁 무렵 거지꼴로 대사관 안으로 들어서는 아버지를 만날 수가 있었다. 아직 완전한 환도가 이루어지지 않은 상태라 대사관은 주인 없는 빈 공간이었고, 집 잃은 노숙자들이 임시 숙소로 사용하고 있었다. 그렇게 만난 아버지와 어머니는 제주도로 내려와 나를 낳았다.

"안 내려오겠다는 걸 멱살을 잡고 끌고 왔단다."

어머니는 거기까지만 이야기를 들려주었다. 그 이전도, 그 이후도 그 당시 이야기는 더 이상 들을 수 없었다.

4

아내가 이 골목 출신이라는 것을 안 것은 아내와 내가 한창 썸을 타던 중이었다. 우연히 처형과 아내가 다방에서 만나는 것을 보고 알았다. 처형은 어릴 때 얼굴이 많이 남아 있어서 금방 알아볼 수가 있었다. 아내도 나 빼고 우리 식구 모두를 기억하고 있었다. 아내는 이상하게 내 취향이었다. 이때 '이 상하게'라는 건 도무지 그 까닭을 모르겠다는 말이다. 아내를 처음 만났을 때(사실은 처음이 아니라 두번째 만남이었지만) 나는 목하 연애 중이었다. 오래 우정을 나누던 친구와 어느 날 갑자기 불이 붙어서 의사(疑似) 애인 관계가 된 이상한 연애였다. 의사 애인 관계란 신체적 접촉이, 요즘 말로 스킨십이 전혀 없는 남녀 관계란 뜻이다. 물론 연애 기간이 좀 길어졌다면 자연스럽게 스킨십도 있었을 거였지만 그러기 전에 그녀와 헤어졌다. 그 이전에도 짧은 연애가 한두 번 더 있었다. 결과론적이지만 대체로 나는 상대 여자들의 양다리 연애 사업의 희생물, 혹은 만약을 위한 스페어 신세였다. 그녀들에게 나는 올인의 대상이 아니었다. 물론 그 책임은 당연히 내게 있는 것이었다. 그때는 내가 형편도 빈궁했을 뿐만 아니라 사람을 사랑하는 법을 아예 몰랐을 때였다. 한마디로 연애에 관한 한 절문근사(切問近思, 절실하게 묻고 가까운 것부터 생각함)가 전혀 되지 않았던 게으르고 황당한 인간이었던 것이다. 마음뿐만 아니라 몸도 게을렀다. 연애를 하려면 정 나누는 일에 열심이어야 하는데 그런 게 전혀 없었다. 제대로 가까워지려면 도둑질을 해서라도 같이 맛있는 것을 먹으러 다니거나, 같이 운동을 하거나, 영화를 같이 보거나, 멀리 여행을 떠나거나 해야 할 텐데 나는 그런 일에는 도통 관심이 없었다. 그냥 차 마시고 앉아서 음악을 듣고 있거나 건성으로 상대의 말에 고개나 끄덕일 뿐이었다. 생각하기에 따라서는 자기밖에 모르는 나르시시스트로 보이기에 딱 알맞은 물색이었다. 당연히 "너 사랑이 뭔지 알기나 하니? 이런 만남을 계속할 이유가 없지 않니?"라는 메시지와 함께 결별을 통보받기 일쑤였다.

"그 여자 참 팔자도 세게 생겼더구만……"

마지막 연애를 끝내고 다방에 혼자 시무룩하게 앉아 있을 때였다. 친구와 함께 다방에 들른 아내가 불쑥 내 앞자리에 앉더니 냅다 그렇게 내질렀다. 이제 그만 볼썽사납게 낑낑거리지 말고 자기한테 오라는 것이었다. 언제 그렇게 세밀하게 관찰, 분석까지 마쳤는지 그 정성이 놀랍고 가상했다.

"연애질한다고 그동안 모아둔 몇 푼마저 다 써버렸는데 누가 논문 인쇄비 삼십만 원만 무상으로 빌려주면 내일이라도 당장 결혼하겠구만."

달리 할 말이 없었던 나는 뜬금없이 그렇게 대꾸했다. 장난삼아 한 말이지만 사실 그 문제가 제일 급한 것이기도 했다.

논문은 틈틈이 다방에 앉아서 다 썼는데 백수 신세가 되어 논문 인쇄비 융통이 원만치 못했다. 전두환이 등장하면서 재학생 학원 출입 금지 조치가 내려져 단과학원 강사였던 사람들은 돈이 있으면 돈 보따리를 싸들고 가서 학교로 다시 돌아가거나 돈이 없으면 막노동판으로, 군고구마 장수로 속수무책으로 내몰리던 시절이었다. 학기 초에 계약금 조로 당시에는 거금이라 할 만한 돈을 학원 측으로부터 받기는 했지만 몇 달 백수 기간을 거치는 동안 거의 다 탕진한 상태였다. 논문만 제출하면 졸업을 하고 교사 발령을 받아 산간벽지에 가서 몇 달 재직하다가 후학기쯤 입대를 할 수 있었다(그때는 사관학교 교수요원이 있다는 것도 몰랐다). 이 고비만 넘기면 한숨 돌릴 수 있는 거였다. 문제는 그놈의 논문 인쇄비 마련이 녹록하지가 않았다는 거였다. 두어 달 생활비를 다 털어넣어야 하는 돈이었다. 있는 돈으로 논문 인쇄비를 충당하면 굶어 죽거나 노가다판으로 당장 나가야 할 처지였다. 그러자 옆에 앉았던 아내의 친구가 '뭐 이런 사람이 다 있어?'라는 표정을 지으며 아내를 쳐다보았다. 마치 "이 남자 어떻니?"라고 아내가 묻는 것에 "너 미쳤니?"라고 대답하는 것 같았다. 나의 그런 추측은 나중에 사실로 확인되는데 그 친구는 아내에게 내가 사기꾼이 분명하다고 말했다는 것이다.

아내는 그다음 날 삼십만 원을 흰 봉투에 담아서 가져왔다. 당시 초임 교사 두 달 치 월급이었다. 그것도 이런저런 수당을 다 합한 금액이었다. 나는 그 돈을 받아들고 씩씩하게 석사논문을 발표했다. 그때는 석사논문 발표장에 원근의 온 동네 대학교수들이 다 모여서 한 말씀씩 하실 때인데(요즘은 박사논문 발표장에서도 그렇게 하지 않는다) 내 앞의 다섯 발표자들이 모두 개박살이 나서 피투성이가 된 채 교단을 내려가야 했다. 거의 인간 말종 취급을 받으며(어디서 이런 걸 훔쳐 왔느냐고 꼬치꼬치 따져 물었다) 굴욕을 견뎌야 했다. 그러나 마지막 발표자인 나는 하등 무서울 게 없었다. 내 주머니에 아내가 준 삼십만 원이 있는데 무엇이 두려운가, 그런 마음이었다. 아무 대책도 없이 사기만 엄청 올라 있었다. 마음에도 없는 동작이 자주 나타났다. 발로 교단을 구르고 (긴장을 이기지 못해) 교탁까지 툭툭 쳐가며 (무슨 말을 하는지도 모른 채) 씩씩하게 발표를 했다.

"발 구르며 하는 논문 발표는 처음 봅니다."

발표가 끝나자 앞에 앉았던 원로 교수님이 대뜸 그렇게 나무라셨다. 내가 미친놈이지, 그런 생각이 퍼뜩 스쳐 지나갔다. 다방에 앉아서 석사논문을 쓰다니, 학문을 무시해도 유분수지, 그런 자책도 들기 시작했다. 그런데 그 질책에 이어서 이상한, 질문 아닌 질문이 불쑥 튀어나왔다.

"석사논문에서 이렇게 논리적이고 명석한 분석은 근자에 처음 봅니다. 어떻게 이런 논문을 쓸 수가 있었지요? 지도교수님이 참 수고가 많으셨네요."

앞의 분위기가 너무 아니다 싶었는지, 아니면 너무 지루해서 살짝 판단력이 흐려졌는지, 고전문학을 전공하는 한 교수님이 갑자기 그런 말도 안 되는 칭찬을 해버렸다. 세상에 이런 일이, 교단 위에 서 있는 내가 몸 둘 바를 모를 지경이었다. 그때부터 갑자기 다리가 후들후들 떨리기 시작했다. 내가 좌불안석, 전전긍긍하자 제일 앞에 앉아 있던 박사과정 선배가(이분은 인근 여자대학의 교수였다) 대답하기 좋은 질문을 하나 던져주었다. 분석 관점의 한계에 관한 것이었다. 혹시 본인이 생각할 때 미진한 것은 없느냐는 거였다. 때는 이때다 싶어서 조근조근 겸손하게 이 논문이 건드리지 못하는 부분이 분명 있었음을 이실직고했다. 그리고 앞으로 공부를 더 해서 이 부분은 꼭 다시 연구해보겠다며 굽신댔다. 결과는 무사 통과.

이때부터 아내가 내겐 행운의 여신이란 확신이 들었다. 일개 사기꾼을 일거에 촉망받는 젊은 연구자로 키워낸 것은 전적으로 내 두어 달 치 월급을(자신에게는 서너 달 치 생활비를) 아낌없이 던진 아내의 헌신이었다. 아내의 헌신은 그 뒤로도 계속 이어졌다. 결혼식 비용도 전액 자기가 부담했고 서울에서 신혼방을 얻는 거금 삼백만 원도 아내가 마련했다. 나도 그런 아내의 헌신에 적극적으로 화답했는데 신혼 시절에 작가상을 받아 등단을 하고 제대 후 박사과정에 들어가서 삼 년간 공부하는 동안 일선 학원 일타강사로도 맹활약을 해서 가계 진흥에 크게 기여했다. 그리고는 박사과정 수료와 함께 아무도 예상하지 못한(심지어 내정자가 있다는 믿을 수 있는 소문까지 나돌던) 국립대학 교수 자리까지 꿰차게 된다.

5

동네 한 바퀴 도는데 채 십 분이 안 걸렸다. 그러니까 지금까지 내가 한 이야기는 고작 십 분의 상념이다. 기적처럼 우리가 살던 집은 그 모양 그대로 남아 있다. 해방 이후부터 쳐도 팔십 년을 변치 않고 이 자리를 지키고 있는 것이다. 이 험하고 막돼먹은 도시의 한가운데에서 그만한 세월의 무게를 고스란히 짊어지고 그 자리에 그대로 있을 수 있었다는 것은 거의 기적에 가까운 일이다. 내 소원이 있다면 돈 많은 친구에게 호소해 저 집을 사서 제대로 복원을 한번 해보는 것이다. 다행히 지붕 위로 무슨 천막 같은 것을 둘둘 말아서 덮어놓은 것을 보니 지붕이나 서까래가 아직은 온전한 모양이다. 내려앉은 상태는 아닌 것이다. 현재로는 집주인이 사는 집 모양새는 아니고 누군가 작게 작게 공간을 분할해서 실속 있게 임대 수입을 올리는 용도로 쓰고 있는 듯했다. 지금 내가 하고 있는 생각은 이 집에서 보낸 어린 시절 동안 단 한 번도 해본 적이 없는 것이다. 그러니까 어릴 때는 지금의 나를 꿈꾸어본 적이 없었다. 천하의 공상꾼이었으면서도 어른이 되어 이 집 앞을 서성이며 이 집을 사고 싶다느니, '내 평생의 문학 주제'를 여기서 찾는다느니 하고 있을 거라곤 전혀 예측하지 못했다. 당연한 일이다. 그때 그런 생각을 할 수 있었다면 그건 사람이 아니다. 그러고 보니 내 인생은 늘 생각지도 못한 곳에 도달하는 '길 없는 길'의 연속이었다. 지금 내 모습이 가장 예상치 못했던 미래의 내 모습이다.

이제 이 '길 없는 길' 같은 소설도 그만 쓸 때가 된 것 같다.

봄을 재촉하는 비가 연이틀 계속 내렸다. 물기 젖은 바람이 싱그럽기 그지없었다. 말 그대로 훈풍(薰風)이다. 아무런 부담 없이, 그 어떤 고민이나 고뇌도 없이 바람의 향기를 맡아 보는 것도 참 오래간만의 일이다. 이 특곰탕 이야기를 시작할 때의 내 기분이 좀 그랬던 것 같다. 이제 내 겨울의 잔흔이 완전히 사라졌다, 아마 그런 느낌이 아니었나 싶다. 어느 한 군데에도 매인 곳이 없다는 그 해방감이 훈풍처럼 내 마음을 스치고 지나갔던 것 같다. 그런 와중에 오늘 아침 창밖으로 흐릿한 물상(物像)들이 바람에 저항하는 몸짓들도 보였다. 봄을 재촉하는 비가 촉촉이 내리는 날, 흔들려고 하는 것들과 흔들리지 않으려 애쓰는 것들의 긴장을 보니 내 젊은 날의 안쓰러움들이 다시 회고가 되었다. 그런 심사를 위로할 양으로 오랜만에 서머싯 몸의 『인간의 굴레에서』를 펼쳤다. 서머싯 몸은 고등학교 때 영어 공부를 위해 『서밍업(The Summing

Up)』을 읽으며 처음 만났다. 요즘 번역본에는 '문장과 소설과 인생에 대하여'라는 부제가 달려 있다. 고등학생이, 그것도 1학년 학생이 읽기에는 무척 어려운 내용이었다. 거의 한 작가의 인생 요약집인 셈이었는데 64세의 대작가가 쓴 글을 불학무식의, 그것도 먼 이방의 소년이 읽어낸다는 건 사실 무리였다. 지금 기억에 남아 있는 것은 작가의 열등콤플렉스 이야기가 생소했다는 것과 책의 앞부분에 나오는 코트(court)라는 단어가 영어로 법정을 의미한다는 것을 신기해했다는 것뿐이다. 형은 자기가 읽고 싶었지만 읽지 못한 책이라며 내게 그 책을 권했다. 그런 점에서 서머싯 몸은 내 오랜 친구인 셈이다. '머리말'을 읽는데 최근의 내 심사를 대변해주는 대목이 있어서 화들짝 놀랐다. 그 대목이 물경 오늘의 내 심사에 딱 들어맞는다.

그렇게 퇴짜를 맞고 나는 원고를 치워버렸다. 나는 다른 소설을 써서 출판했고 희곡들도 썼다. 그러는 사이 나는 극작가로서 상당한 성공을 거두었고 남은 생을 드라마에 바치기로 결심했다. 하지만 나는 그 결심을 헛된 것으로 만들어버린 내 안의 어떤 힘을 간과하고 있었다. 나는 행복했고, 수입이 좋았으며, 바빴다. 내 머릿속은 쓰고 싶은 희곡의 소재로 꽉 차 있었다. 그런데 성공이 내가 원했던 모든 것을 다 가져다주지 못했는지, 아니면 자연스러운 반발 본능 때문이었는지, 나는 당시에 가장 인기 있는 드라마 작가로 확고하게 자리를 잡자마자 다시 한번 과거의 삶에 대한 무수한 기억들에 강박적으로 사로잡히기 시작했다. 그 기억들은 어디든지 나를 쫓아다녔다. 잠을 잘 때나, 길을 걸을 때나, 리허설을 할 때나, 파티장에서나 얼마나 끈질기게 나를 쫓아다니는지 이윽고 그것들이 엄청난 짐으로 여겨져 마침내 나는 그것들로부터 해방되는 길은 한 가지밖에 없다고 결론지었다. 죄다 종이 위에 적는 것이었다. 한편으로는 몇 해 동안 쫓기듯이 드라마만을 써왔기 때문에 나는 소설의 폭넓은 자유가 그리웠다. 나는 내 마음속의 책이 긴 작품이 되리라는 것을 알고 있었고, 글을 쓰는 동안 방해받고 싶지 않았기 때문에 매니저들이 계약을 하자고 열심히 제안하였지만 다 뿌리치고 일시적으로 무대를 떠났다. 서른일곱 살 때였다.*

『인간의 굴레에서』는 작가가 인기 있는 드라마 작가로 확고하게 자리를 잡았던 상태에서 몇 해 동안 세상을 등지고 오로지 글쓰기에만 몰두해서 생산해낸 명작이다. 서머싯 몸의 나이 서른일곱 살 때의 일이다(출간은 마흔한 살 때다). 스물네 살 때 쓴, 작가로서 쓴맛을 본 『스티븐 케어리의 예술가적 기질』(미출간본)을 다시 보충해서 쓴 작품이었다. 이 소설의 '머리말'은 자전적 소설 『인간의 굴레에서』가 어떤 동기에서

* 서머싯 몸, 『인간의 굴레에서』, 송무 옮김, 민음사, 1998, 머리말 중에서.

쓰인 것인가를 설명하고 있는 동시에, 작가의 삶이 어떤 것인가에 대한 일반론적인 해명도 해내고 있는 글이다.

서머싯 몸의 『인간의 굴레에서』는 출간된 직후에는 별로 주목을 받지 못했다. 몇 년 뒤, 미국의 저명 작가들의 주목을 끌게 됨으로써 화려하게 부활한다. 이름 있는 작가들이 이 작품을 신문과 잡지에 계속적으로 언급하면서 일반 대중들에게도 알려지게 된 것이다. 그러니까, 대중들이 놓친 것을 작가들이 다시 불러 세워서 '작품'으로 만들어준 셈이었다. "당시에 나는 무척 낙담했지만, 어디에선가 내 작품을 받아주었더라면 내가 너무 젊어 적절히 다룰 줄 몰랐던 하나의 주제를 잃고 말았을 것이다." 서머싯 몸도 그렇게 말하고 있지만, 작품을 쓰는 일에는 당연히 때가 있다. 봄바람의 따스함을 기다리지 못하고 섣불리 잎을 피워낸 가지는 생명의 열락을 충분하게 누리지 못한다.

서머싯 몸은 자신의 반생을 소설로 써서 『인간의 굴레에서』라는 불후의 명작을 남겼다. 나는 나의 전 인생을 소설로 쓴다. 서머싯 몸이 『스티븐 케어리의 예술가적 기질』(미출간본)을 다시 보충해서 『인간의 굴레에서』를 썼듯이 나도 그동안 미출간으로 남겨둔 작품들을 다시 불러내어 새 작품을 쓴다. 때가 다르고 사람이 다르니 작품도 물론 다를 것이다. 오직 자기 자리에서 자기 할 일을 다할 뿐이다.

『레드빈 케이크』 창작 일기

    연작소설 『레드빈 케이크』의 창작 기간은 길게 잡으면 삼십 년을 훌쩍 넘긴다. 이십대 후반, 삼십대 초반에 쓴 작품이 거의 그대로 들어온 것도 있다. 「광장의 저편」이 그런 것이다. 그보다는 짧지만 「삼랑진 가는 길」도 오래전에 쓴 작품이다. 처음 발표될 때는 「통도사 가는 길」이라는 제목이었다. 「레드빈 케이크」는 십여 년 전에 「적두병」이라는 제목으로 발표되었던 것을 연작소설의 중심 소설로 삼으면서 앞뒤를 새로 다듬었다. 이 소설은 단편이면서 전체 작품을 '제 한 몸으로 감싸는' 역할을 한다.

    이른바 베이비붐 세대로 지칭되는 전후 1세대(1950년대 출생자)는 그들의 삶 자체가 한 편의 성장소설이다. 그들은 적수공권으로 시작해서 우리나라의 발전과 궤를 같이하는 생산적인 삶을 살아왔다. 개인적으로나 사회적으로나 꽤 많은 성취를 이룬 명실상부한 '성장하는 인간들'이었다. 그러나 아쉽게도 그들의 삶이 본격적으로 다루어진 소설은 없다. 그들을 주인공으로 삼은 볼 만한 성장소설은 아직 없다고 할 수 있다. 아직도 그들의 부모나 형 세대들이 주인공이 되는 이념 불화 중심의 소실들이 우리 작단을 대표하고 있다. 그만큼 역사의 굴곡이 심했고 아직도 역사적, 현실적 차원의 만족할 만한 보상과 청산이 이루어지지 않고 있다는 말이기도 하다. 상황 논리를 떠나 비판적으로 보자면, 베이비붐 세대는 일정한 자기동일성이 없는 부표(浮漂)와 같은 삶을 살아온 불운한 세대라고도 할 수 있다. 내부적으로도 그들은 경제적 인간과 정치적 인간의 두 편으로 정확하게 갈라져서 서로 보기를 원수같이 하면서 살아온 불운한 분단 세대이다. 『레드빈 케이크』는 그들 베이비붐 세대의 한 자화상이다.

　연작소설 『레드빈 케이크』는 한 개인과 한 가족의 미시사를 기록하면서 동시에 그것이 베이비붐 세대의 자기동일성을 그려내기를 희망한다. 무기력한 실향민의 자식으로 태어나서 갖은 고초를 겪으면서 가족을 만들고 사회적 존재로 성장해나가는 한 인간의 삶을 그리면서 그 그림이 한국 근대사의 밑그림이 되기를 원한다. 자식은 부모 없이는 세상에 존재할 수 없으므로 부모와의 관계를 추억해내고(「취하는 것」, 「빈대떡」), 최초의 사회적 관계를 가르치고 만드는 가족 내적 관계망을 살피고(「대동강」, 「궤도반」), 주인공의 뿌리가 된, 어쩔 수 없이 체제 일탈자가 되어 역사의 중심에서 탈락한 한 경계인의 삶을 조망하고(「서북인」, 「노루몰이꾼」), 자라나면서 본격적으로 자기동일성을 구축하게 될 때 우호적인 조력자가 되는 문화적인 제반 요소와 요건들을 하나씩 점검하고 있는 것도 그런 연유에서이다(「적산가옥들」, 「토성 사람들」, 「레드빈 케이크」).

「삼랑진 가는 길」을 포함한 이후의 여섯 편은 본격적인 자기 성장의 편력을 몇 개의 주제로 나누어 극적(劇的)으로 보여준다. 소설의 틀을 벗어나지 않으면서 최대한 화자의 자유를 보장하려는 태도를 취한다. 「삼랑진 가는 길」에서는 첫사랑 이야기를, 「광장의 저편」에서는 대학 시절의 대단원을 장식하는 '주모자 없는 대형 데모 사건'의 전말을, 「은화 1불의 여왕」에서는 광주의 5·18을 만나고 껍질을 깨고 나오는 경험을, 「혈지도」에서는 사회생활의 이모저모와 작가로 본격적으로 나서게 되는 이야기를 적고 있다. 「스타벅스와 그라디바」와 「특곰탕」은 작가의 현재적 삶을 다룬다. 앞선 이야기들의 사건과 공간들이 이 소설들에서 재해석되고 그 현재적 의미가 확정된다. 작가는 어떤 식으로든 '지금, 여기'에서의 삶에 대해 말할 의무가 있다. 더군다나 그것이 자전적 성장소설이라면 "그래서 지금 너는 어떤 인간이 되어 있느냐?"라는 질문에 반드시 대답해야 한다. 「스타벅스와 그라디바」와 「특곰탕」은 그런 '작가의 의무'를 수행하려는 작품들이다.

『레드빈 케이크』의 표현 형식은 전반부와 후반부가 확연하게 구분된다. 전반부는 중심 상징어의 상징적 기능을 충분히 활용하는 화법을 쓰고(제목이 거의 다 그런 것들이다) 후반부는 동일한 주제의 소설들을 적극 인용하고 활용하는 지식인 소실의 한 형태를 보여준다. 함축된 저자인 화자가 자기 이야기를 널리 알려진 다른 소설에 의탁해서 의미화하는 것은 '서술의 자유'가 지나치게 허용된 것이라는 평을 받을 수도 있다. 하지만 『레드빈 케이크』에서는 보다 적극적인 자기 동일성 탐색 방법으로 '서술의 자유'를 활용한다. 마지막 작품 「특곰탕」에서는 연작소설 『레드빈 케이크』의 열다섯 개 이야기가 결국은 우로보로스(자기 꼬리를 물고 있는 뱀)의 형상을 보여준다는 것을 강조한다. 모든 이야기는 회고이므로 마지막 이야기가 모든 이야기의 시작이 될 수밖에 없다. 「특곰탕」은 『레드빈 케이크』의 결구이면서 출발점이다.

『레드빈 케이크』를 쓰기 시작할 무렵 『데미안』을 다시 읽게 되었는데 그 안에서 위로와 참고가 되는 내용을 발견하게 되었다. 이전에는 그저 눈으로만 읽고 지나친 부분이었다.

······내 자신을 학식이 풍부한 사람이라고는 감히 부를 수 없다. 나는 끊임없이 무언가를 찾는 구도자였으며, 아직도 그렇다. 그러나 이제 별을 쳐다보거나 책을 들여다보며 찾지는 않는다.

내 피가 몸속에서 소리 내고 있는 그 가르침을 듣기 시작하고 있다. 내 이야기는 유쾌하지 않다. 꾸며낸 이야기들처럼 달콤하거나 조화롭지 않다. 무의미와 혼란, 착란과 꿈의 맛이 난다. 이제 더는 자신을 기만하지 않겠다는 모든 사람들의 삶처럼.

한 사람 한 사람의 삶은 자기 자신에게로 이르는 길이다. 길의 추구, 오솔길의 암시다. 일찍이 그 어떤 사람도 완전히 자기 자신이 되어본 적은 없었다. 그럼에도 누구나 자기 자신이 되려고 노력한다. 어떤 사람은 모호하게 어떤 사람은 보다 투명하게, 누구나 그 나름대로 힘껏 노력한다. 누구든 출생의 잔재, 시원(始原)의 점액과 알껍질을 임종까지 지니고 간다. (……) 우리가 서로를 이해할 수는 있다. 그러나 의미를 해석할 수 있는 건 누구나 자기 자신뿐이다.(헤르만 헤세, 『데미안』, 전영애 옮김, 민음사, 2000, 8~9쪽)

위의 글 중에서 특히 "내 이야기는 유쾌하지 않다"라는 말이 큰 울림을 선사했다. 저렇게 당당하게 독자들에게 말할 수 있는 작가는 과연 몇 명이나 될까? 그런 의문과 함께 어딘가 내 안의 막힌 곳 한 곳을 시원하게 뚫어주는 듯한 통쾌한 느낌을 주는 말이었다. 스스로 자신을 '좋은 작가'로 자신하지 않고서는 입 밖에 내기 힘든 말이었다.

한번 작가로 태어난 이는 그냥 죽기가 어려운 법이다. 『레드빈 케이크』를 쓰기 시작하면서 매일 아침 "오늘 아침에 글을 쓴 자가 작가다"라는 말을 되뇌었다. 거기다가 헤세의 "내 이야기는 유쾌하지 않다"라는 말을 한마디 더 보태면서 『레드빈 케이크』를 써왔다. 다 쓰고 난 소감을 말하자면 그동안 위폐만 남발했는데 어쩌다 액면가에 방불하는 진폐(眞幣)를 한 장 건진 기분이다.

레드빈 케이크

ⓒ 양선규

| 1판 1쇄 발행 | | 2024년 5월 8일 |
| 1판 2쇄 발행 | | 2024년 12월 26일 |

지은이		양선규
펴낸이		정홍수
편집		김현숙 이명주
펴낸곳		(주)도서출판 강
출판등록		2000년 8월 9일(제2000-185호)

주소		서울시 마포구 동교로17안길 21 (우 04002)
전화		02-325-9566
팩시밀리		02-325-8486
전자우편		gangpub@hanmail.net

값 15,000원
ISBN 978-89-8218-341-6   03810